태초에 멋이 있었다

슬픈 동경, 행복한 고독

나남
nanam

조광렬(趙光烈)은 1945년 경북 영양, 주곡리(注谷里)에서 조지훈(趙芝薰) 시인의 장남으로 출생했다.

1968년 홍익대학교 건축과를 마치고 동대학원에서 수학하던 중 현대건설에 입사하여 설계과에서 근무했다.

1971년에 도미(渡美)하여 1973년 미국 조지아 공대 대학원에서 건축 및 도시계획을 전공한 후 여러 설계사무소에서 디자이너로 근무했다. 1983년에는 귀국하여 쌍용 엔지니어링 · 현대건설 · 선경건설 이사를 역임하였고 건축사무소를 자영하기도 했으나, 1992년 다시 도미하여 현재 미국 뉴욕에서 가족과 함께 살고 있다.

뒤늦게 글을 쓰기 시작하여 2001년 8월부터 4년여에 걸쳐 미주판 〈뉴욕 한국일보〉에 '삶과 생각'이라는 칼럼을 집필하면서 미주 한인사회에 폭넓은 독자들을 확보하고 있으며, 계간지 〈문예운동〉(2004년 봄호)을 통해 한국문단에 등단하기도 했다.

저서로는 아버지 조지훈을 그리며 쓴《승무의 긴 여운, 지조의 큰 울림: 아버지 趙芝薰 — 삶과 문학과 정신》이 있다.

나남산문선 72

태초에 멋이 있었다
슬픈 동경, 행복한 고독

2007년 5월 17일 발행
2007년 5월 17일 1쇄

글 · 그림_ 조광렬
발행자_ 趙相浩
발행처_ (주) 나남출판
주소_ 413-756 경기도 파주시 교하읍
　　　　출판도시 518-4
전화_ (031) 955-4600 (代)
FAX_ (031) 955-4555
등록_ 제 1-71호(79.5.12)
홈페이지_ http://www.nanam.net
전자우편_ post@nanam.net

ISBN 978-89-300-0872-3
ISBN 978-89-300-0859-4
책값은 뒤표지에 있습니다.

태초에 멋이 있었다

슬픈 동경, 행복한 고독

조광렬

나남
nanam

Bryant Park, New York.

Feb.
2007. ctro.

Bow Bridge, Central park, New York.

노란 숲속에 두 갈래 길이 있었습니다
나는 두 길을 다 가지 못하는 것을
안타깝게 생각하면서
오랫동안 서서 한 길이 꺾이어
바라다볼 수 있는 데까지
멀리 바라다보았습니다

그리고 똑같이 아름다운 다른 길을 택했습니다
그 길에는 풀이 더 있고
사람이 걸은 자취가 적어 아마 걸어야 될 길이라고 생각했던 게지요
그 길을 걸으므로 그 길도
거의 같아질 것이지만

그날 아침 두 길에는
낙엽을 밟은 자취는 없었습니다
아, 나는 다음 날을 위하여 한 길을 남겨 두었습니다
길은 길과 맞닿아 끝이 없으므로
내가 다시 돌아올 것을 의심하면서

훗날 훗날에 나는 어디선가
한숨을 쉬며 이야기할 것입니다
숲속에 두 갈래 길이 있었다고
나는 사람이 적게 간 길을 택하였다고
그리고 그것 때문에 모든 것이 달라졌다고

　　　　　　－ 로버트 프로스트(Robert Frost)의 시 〈가지 않은 길〉(피천득 님 옮김)

　나는 아버지가 걸어가시는 길을 먼발치서 바라보았다. 그 길은 인적도
드물고 힘겹고 삭막해 보였다. 춥고 쓸쓸해 보였다. 나는 그 길을 따라
걷고 싶지 않았다. 아니 어쩌면 그 길을 아버지처럼 걸어갈 자신이 없었
다는 말이 오히려 맞는 말인지도 모르겠다. 하지만 다른 한 길은 풀이 무
성하고 더욱 따사로워 보였다. 그 길을 걸으면 즐겁고 행복할 수 있어 보
였다. 그래서 나는 다른 한 길을 선택했다. 그 두 갈래 길에서.
　그리고 오랜 세월이 흘렀다. 나도 아버지가 되었다. 어느덧 잿빛 고갯
마루에 서서 오던 길을 뒤돌아보았다. 그 길을 걸어오면서 화려한 꽃들도

꺾어 치장도 해 봤고, 먹음직스런 열매도 따먹어 보았다. 단맛도 있었고 쓴맛도 있었다. 떫은 맛, 신맛도 보았다. 때로는 그것들을 얻으려 돌부리 가시밭길을 헤매다 다치고 쓰러지기도 했다. 그렇게 해서 겨우 얻은 것들마저 어느 날 누군가가 하루아침에 다 걷어가 버렸다. 내가 공들여 그리고 있던 그림들마저 여지없이 찢어버렸다.

절망에 빠져 지쳐 쓰러진 내게 부드러운 음성으로 다가와 내미는 손이 있었다. 나는 그 손길에 힘을 얻어 다시 일어나 걷기 시작했다. 그제야 나는 여태껏 보지 못하던 것들을 보게 되었다.

그 손길은 오래도록 나를 얽매고 있던 족쇄와 포박들을 모두 풀어 주었다. 오랜 갈증으로 마른 목을 축이고 비로소 나는 나의 노래를 부르기 시작했다. 새로운 길을 걸으며 배운 그 노래들을.

나는 어두운 겨울 숲 가운데로 뻗은 그 길을 바라보았다. 그 길 저 끝에는 새벽 노을이 찬란하고 황홀하게 물들어 있었다.

예전에는 그리도 쓸쓸하고 초라해 보이던 그 길에는 걸어갈수록 아름다운 것들이 여기저기 숨어 있었다. 비로소 나의 영혼은 길을 걷는 즐거움에 춤을 추었다. 늦게나마 이 길로 인도해 주신 그 손길에 감사했다.

"다른 날 걸어보리라!" 했던 그 길을 나는 반세기 하고도 5년이 지나서야 〈가지 않은 길〉 그 길, 아버지가 걸어가셨던 그 길을 찾아 들어선 것이었다. 발끝부터 등골까지 시린 고독도 이젠 노래가 될 수 있고, 꿈이 있는 곳에 길이 있기에 새로운 꿈을 찾아가는 길의 나의 노래는 설운 구름 거둬가는 바람이 되리라.

이 길에 들어선 지도 어언 5년이 흘렀다. 그동안 이 길을 걸으며 찾아낸 것들, 비록 남의 눈에는 잘 띄지 않으나 햇빛에 비수(匕首)처럼 번뜩이는 조가비들, 시냇물에 씻기우고 씻기어서 모난 곳이라고는 하나도 없는 형형 색색의 반짝이는 어여쁜 조약돌들…, 어느 누구 하나 눈길조차 주지 않고 이름조차 없어도 온 생명을 바쳐 피어난 작디작은 풀꽃, 들꽃들…, 탐스럽진 않아도 그지없이 사랑스런 열매들을 찾아내거나 꺾어 그때그때 작은 주머니에 혹은 꽃병에 간직해 두었었다.

이제, 그 작지만 내게는 소중했던 것들을 오랜 만에 꺼내어 보았다. 마치 내 자신의 나신(裸身)을 보는 듯하다. 초라하고 볼품없다고 말하는 이들도 있으리라. 내 자신도 이 초라한 것들을 세상에 내놓기가 조금은 부끄럽고 두렵게도 느껴진다. 그러나 비록 보잘것없는 것들이지만, 이런 것들을 얻은 기쁨에 노래 부르던 그때가 나의 인생에서 가장 따뜻했던 때라는 생각 때문에 이것들을 차마 버릴 수가 없었다. 그래서 숨을 것은 숨아 한 다발로 묶고 비슷한 것들끼리 꿰어 보았다.

2007년 5월
조 광 렬

나남산문선 72

태초에 멋이 있었다
슬픈 동경, 행복한 고독

차 례

• **책머리에** · 5

 3월의 '센트럴 파크'(Central Park)**에서**

3월의 '센트럴 파크'(Central Park)에서 · 19

7월의 단상 · 24

묘지(墓地)를 지나며 · 29

무궁화 꽃이 피었습니다 · 33

'가을 나그네'의 단상 · 37

낙엽을 밟으며 · 42

절 정(絶頂) · 46

"태초(太初)에 멋이 있었다" · 51

신선한 조찬 망년회 · 56

애완수(愛玩水) · 62

가는 해가 던지는 말 · 66

새해가 쥐어주는 말 · 70

카오스(chaos) 속의 성자(聖者) · 75

가지고 싶은 사람 · 79

자연(自然)은 최고의 스승 · 83

너는 듣느냐? 나의 독백을 — 맨해튼 애수(哀愁) · 87

 인생을 소풍처럼

삼불차(三不借) · 95

"팔십에도 될 수가 있네~" · 99

"꽃 한 송이 구름에 실어 보내요" — 어머니날에 · 104

"웰컴 홈"(Welcome Home) · 108

아버지의 흔적 · 113

아버지날에… · 117

아버지 시비(詩碑) 제막식(除幕式)에 다녀와서 · 121

감사의 달, 그날에… · 132

어느 할머니의 행복 · 137

인생을 소풍처럼 · 141

웰빙 유감(有感) · 144

"여러분도 행복하십시오" · 148

가정의 달, 5월에 · 152

'작은 것의 소중함'과 '여유' · 156

'상대적 만족'을 '절대적 감사'로 · 160
'반찬 투정'과 '사랑의 낚싯밥' · 163
좋은 인연은 좋은 관계성 · 166

더 게이츠(The Gates)와 꿈꾸는 사람들

더 게이츠(the Gates)와 꿈꾸는 사람들 · 171
구겐하임 유감(有感) · 175
기다림에 대하여 · 180
〈취화선〉과 자유, 그리고 만남 · 184
"대지(大地)는 우리들의 어머니" · 187
한국의 '체면문화'와 '결혼풍속도' · 192
개고기와 도회지귤(渡淮之橘) · 196
전래 가정오락을 살렸으면 · 199
음주유단(飲酒有段) · 203

월드컵의 일체감으로 조국아 일어서라!

"소인기(少忍飢) 하라" · 209
친일과 변절의 의미 · 212
월드컵의 일체감으로 조국아 일어서라! · 216
'유명세'와 '말'의 위력 · 220
지성과 문화의 힘 · 223

‘선비정신’ 부활을 백성의 채찍으로 · 226

‘편견’ 그 증오의 씨앗 · 229

‘떠남’과 ‘자유’와의 관계 · 233

빛을 찾아가는 길 · 238

아내들이여! 개혁의 윤활유가 되시라 · 242

시련은 있어도 실패는 없다 ─ 정몽헌 회장 영전에 · 246

겨울산행(山行)이 일깨워 준 교훈 · 253

만남, 사귐 그리고 떠남

만남, 사귐 그리고 떠남 · 259

‘외로움’과 ‘그리움’ · 263

2001년 가을의 단상(斷想) · 267

2001년 크리스마스에 · 270

눈물의 미학(美學) · 274

이 세상에 우린 무엇을 남길 것인가 · 278

보이지 않는 신(神)을 믿을 수 있는 감사 · 281

산시산 수시수(山是山 水是水) · 285

‘앎’이 아니라 ‘삶’이다 · 290

새해의 기도 · 294

인생은 네 박자인데 …

나를 생각게 하는 것들 · 301

헌혈소(獻血所)에서의 단상 · 304

한국이 슬프다 · 307

하물며 인간의 자유를 … · 311

울어라 닭아, 을유년(乙酉年) 닭아! · 315

인생은 네 박자인데 … · 319

'기루운' 큰 사람, 그 '님'! · 323

'죽음'이 다를 수 있는 것은 … · 328

잠시 '멈춤'은 필요하다 · 332

낙화(落花)와 대통령(代(?)統領) · 336

'모양뿐인 행복'과 '진실한 행복' · 340

잘 가거라, 닭(乙酉) 년아! · 345

• 책을 엮고나서 · 349

3월의
'센트럴 파크'(Central Park)에서

3월의 '센트럴 파크'(Central Park)에서

7월의 단상

묘지(墓地)를 지나며

무궁화 꽃이 피었습니다

'가을 나그네'의 단상

낙엽을 밟으며

절 정(絶頂)

"태초(太初)에 멋이 있었다"

신선한 조찬 망년회

애완수(愛玩水)

가는 해가 던지는 말

새해가 쥐어주는 말

카오스(chaos) 속의 성자(聖者)

가지고 싶은 사람

자연(自然)은 최고의 스승

너는 듣느냐? 나의 독백을

　　- 맨해튼 애수(哀愁)

3월의 '센트럴 파크'(Central Park)에서

산 넘어 남촌에는 누가 살길래
해마다 봄바람이 남에서 오네 …

남쪽 끝 어디메서 또 봄바람이 봄을 실어오고 있다. 올듯 말듯 하는 봄,
변덕이 심한 봄, 옷을 벗겼다간 떨게 하고 다시 옷을 찾아 입게도 한다.
봄은 뜸을 들이고 애태우며 내줄듯 말듯 그렇게 멈칫멈칫 온다. 마치 만삭
의 임산부에게 새 생명의 우렁찬 첫 울음소리가 얼마나 고귀한 것인가를
깨우쳐주듯 나올듯 말듯 맘 졸이게 하며 즐거운 진통을 주면서 그렇게 천
천히 온다. 봄은, 이겨내고 인내하고 기다리는 법을 가르쳐주며 온다. 그
래도 아기는 태어나고야 만다는 믿음이 있기에 임산부는 그 모든 것을 참
고 기다릴 수 있는 것이다. 그렇게 희망의 봄, 부활의 봄, 찬란한 2004년의
봄이 또 오고 있다. 내 쉰아홉 번째의 봄이 … .

맨해튼의 봄은 뉴욕의 허파, 센트럴 파크의 바람냄새에 섞여오는 말똥
냄새와 함께 온다. 플라자호텔 앞에 차를 세운다. 봄채비를 하며 성수기

를 기대하는 마부들의 생기 있는 미소를 싣고 연인들을 태운 관광마차의 방울소리와 말발굽 소리가 경쾌하다.

문명 속에서 원시의 냄새가 향수를 데리고 온다. 여물통에 머리를 박고 여물을 먹고 있는 말의 굽은 곡선을 보며 정현종 시인의 시를 떠올린다.

내 그지없이 사랑하느니
풀 뜯고 있는 소들
풀 뜯고 있는 말들의
그 굽은 곡선!
생명의 모습
그 곡선
평화의 노다지
그 곡선
왜 그렇게 좋은가
그 굽은 곡선

이 시를 읊으며 평화를 생각한다. 자유를 생각한다.

비록, 초원에서 자유로이 풀을 뜯고 마음껏 광야를 달릴 순 없지만 그 모습은 우리네 인간들보단 평화로워 보인다. 짐승이나 인간이나 제각기 타고난 자리와 지고 갈 짐이 있다는 걸 생각한다. 9·11 테러 이전의 미국의 넘치던 자유를 그리워한다. 스페인에서의 폭탄테러, 북핵문제, 헌정 사상 초유의 대통령 탄핵소추 국회 가결로 혼란스런 한국…, 진정한 평화는 이타(利他)와 평등과 신뢰로 더불어 살아갈 때만 이루어질 수 있다는 생각을 한다.

차를 주차시키고 센트럴 파크로 들어선다. 햇빛이 흐르고 바람이 흐른다. 봄비 내려 물먹은 대지를 걷는다.

길가의 나무들도 내린 비를 흠뻑 마시고 새순을 틔우느라 분주하다. 온 땅이 반란을 도모하고 있다. 한바탕 웃어젖힐 잔치준비들로 부산하다. 3월의 봄볕이 봄비와 봄눈, 낙엽과 흙을 비벼 초목들의 양식을 만드는 소리를 듣는다. 장난기 가득한 초목들이 윙크하고 곁눈질한다. 지렁이와 벌레들이 죽은 채 익살을 떤다. 나무들이 웃는다. 복숭아나무 붉은 새순에서 붉게 달아오르는 사랑을 본다. 산뜻하고 매운 바람에서 생기와 열정을 느낀다. 개울물이 자갈에게 모난 것을 버리라고 권면하는 소리를 들으며 뉴욕에서 가장 로맨틱한 장소라는 '보 브리지'(Bow Bridge; 활 모양의 작은 다리)를 혼자서 걷는다.

'보트 하우스' 테라스에 앉아 뜨거운 커피잔을 든다. 한 쌍의 연인을 실은 보트가 3월의 하늘을 마음껏 담은 호수 위를 노닌다. 배 젓는 사공의 휘파람 소리마저 들릴 것만 같은 고요한 3월의 정오.

보도블록 위에 떨어진 솔방울 하나를 주워 들고 울먼 아이스링크 벤치에 앉는다. "사랑하는 사람에겐 미안하다고 말하지 않는 거야"란 에릭 시걸의 소설, 영화 〈러브스토리〉의 주인공들을 생각한다.

내 청춘의 오래된 청바지 뒷주머니에 간직했던 추억들을 꺼내 본다. 소음과 혼란 속에서 혼자될 여유가 남아날 수조차 없는 일상, 숲 사이로 비치는 햇볕 띠에 방금 낚아 올린 '무지개 송어'(*Rainbow Trout*)의 번뜩이는 잔등처럼 싱싱했던 젊은 날의 고독, 그 찬란한 고독을 잃었다는 생각에 서글퍼진다.

싱싱한 고독 한 조각을 되찾고 싶어 예까지 오지 않았는가. 아름다운 시 달림에 지쳐보고 싶건만 날이 갈수록 황량한 사막처럼 허허로워지는 내 바스락거리는 가슴 한복판에 누가 다시 불을 지펴주랴.

세상은 한쪽으로 무너지고 다른 한쪽으로 새롭게 태어나고 있다. 인생의 궁극적 목표는 '밑가지가 되기 위함'이라는 사실, 돋아나는 새 가지를 보면서 예수님을 생각한다. "내 아버지는 농부시고 나는 포도나무요, 너희들은 가지라"(요 15). 나무는 결코 굵고 강한 가지가 윗자리를 차지하지 않는다. 새로 나온 가지가 언제나 윗자리에 자리잡는다. 세상적 사고방식으로는 가장 크고 강한 가지가 가장 윗자리를 차지해야 하건만 나무는 가장 먼저 돋아난 첫 번째 가지, 그 가지를 의지하고 새로운 가지들이 자라남을 거듭한다. 나무가 세월이 가도, 바람이 불어도 흔들림 없이 생명의 그늘을 제공해줄 수 있는 것은 크고 강한 가지가 버텨주기 때문이다. 그렇지 않은 나무는 꺾일 수밖에 없고 죽을 수밖에 없다.

세상사에서도 가장 오래 되고 무거운 직책을 가진 사람들이 밑가지가 되는 사회, 배운 사람, 성공한 사람일수록 밑가지가 되는 사회가 건강하고 희망 있는 좋은 사회라고 나무가 말해준다. 윗자리를 차지하려고 다투지 않으며 서로가 밑가지가 되려는 사람들이 많을 때 그 사회는 '평화의 노다지'가 쏟아져 내리는 복된 세상이 될 것이라고.

가정에서 일터에서 신뢰받는 밑가지의 역할을 다할 수 있게끔 내 삶을 가다듬어 가리라. 그것을 간구하며 고난주간을 보내리라.

공원을 나온다. 모든 걸 이겨내고 새롭게 태어나라. 나의 조국이여! 찬란한 부활의 봄이여! 어서 오라.

〈뉴욕 한국일보〉 2004. 3. 26, 〈문예운동〉 2004. 여름호

7월의 단상

"Home, home on the range … where the deer antelopes play … where seldom is heard a discouraging world and skies are not cloudy all day"
"언덕 위의 집 … 노루 사슴이 뛰어 놀고 … 걱정소리 하나도 들리지 않고 구름 한 점도 없는 그곳"

아! 어느 때 들어도 가슴을 뭉클하게 하는 이 목가적 풍경의 가사와 평화로운 멜로디! 세계적으로 사랑받는 이 노래, 미국인 서부 개척사 정신의 꽃으로 예찬되는 이 노래는 '부르스터 히글리'의 시에 '댄 캘리'가 곡을 붙인 아름답고 평화로운 〈언덕 위의 집〉이라는 노래이다.

언제나 7월이 오면 가슴에 묻고 살던 이 노래는 내 마음 새하얀 날개를 달아 그 시절, 그날의 워싱턴 주 시애틀(Seattle)로 훨훨 날아간다.

시애틀과는 아무런 관계도 없는 이 노래가 왜 내 마음을 그곳으로 자꾸만 데리고 가는 걸까? 그건 아마도 내 생애 처음으로 시애틀 땅을 밟던 그 순간의 내 마음의 상태가 흡사 이 시를 지었던 당시의 '브루스터 히글

리'처럼 "형언할 수 없는 마음의 평온"을 느꼈기 때문이요, 바로 그때가 아름답기로 소문난 시애틀의 계절 중 날씨가 가장 좋은 7월이었고, 그날, 17일은 내 생애 잊으려야 잊을 수 없는 날이었기 때문이요, 나는 그곳에서 2년간(1992. 7~1994. 7)을 하나님 안에서 안식기간을 보냈던 소중한 추억이 있는 곳이기 때문이리라. 게다가 이 노래의 가사를 지은 히글리의 생애와 이 시에 곡이 붙여지게 된 과정을 글로 써서 소개했던 로버트 풀점이 살고 있는 곳이 또한 시애틀이기 때문일 것이다.

히글리가 살았던 '언덕 위의 집'을 현지 답사했던 그에 의하면, 그 집은 숲 언덕 위에 우뚝 선 통나무집으로, 의사였던 히글리가 직접 지은 집이라고 한다. 그는 처복이 없었다. 첫 아내를 전염병으로, 둘째는 산후병으로, 셋째는 사고로 잃었고, 넷째와는 행복하지 못했다. 불행을 술로 달래었다. 마침내 그는 술 중독으로 의사로서의 구실을 다하지 못하게 되었다.

아내와 결별을 선언한 그는 아이들을 친척집에 맡긴 채 정처 없이 서부로 향했다. 캔자스 대평원을 가로질러 마침내 정착한 곳이 바로 '언덕 위의 집'이었다. 그는 그곳에서 형언할 수 없는 마음의 평온을 느꼈으며 이를 몇 줄의 시로 써서 책갈피에 꽂아 두었다. 어느 날 우연히 그의 환자가 그 시를 읽고 감동을 받아 자기 친구(약사이면서 취미로 작곡을 하는) 댄 캘리에게 멜로디를 붙여 줄 것을 부탁했다. 그 곡이 완성된 것은 1873년 사월 어느 날이었다.

그가 살던 곳은 실제로는 결코 아름답고 평화롭지만은 않은 곳이었다. 그 언덕 위의 집 아래엔 '사망의 음침한 골짜기'가 험악하게 뻗어 있었다고 한다. 여름이면 폭염과 황사, 토네이도, 장마철엔 홍수, 가뭄 때면 대평원의 화재, 방울뱀과 독사, 메뚜기 떼의 재앙, 목장에 있는 말의 반 이상을 죽이는 괴질, 겨울이면 대평원을 휘몰아치는 강풍과 폭설, 도끼를 든 인디언들의 지칠 줄 모르는 습격 …, 그러나 그는 그 골짜기의 언덕에 집을 짓고 몇 마일씩 가서 화살이나 총알 빼주는 수술을 해주고 빈손으로 돌아오곤 했다. 그러한 그의 삶, 그 초월적 힘은 어디에서 왔을까?

풀점의 글을 읽으면서 왠지 나는, 히글리가 가족을 등지고 정처 없이 서부로 향해 그곳까지 오는 동안에 애통한 마음으로 생과 사에 대한 깊은 고뇌, 지난 삶에 대한 참회 내지 깊은 자기성찰의 시간을 가졌으리라는 생각이 든다. 그리하여 완전히 자신을 비운 가난한 마음의 상태에서 자신의 인간적 한계를 하나님께 맡길 수 있는 통로를 가질 수 있었으리라는 결론에 도달했다. 전에는 보이지 않던 것을 볼 수 있는 새로운 눈을 그는 가지게 되었을 것이라고.

하나님 안에서 거듭난 평안을 누리며 살던 그는 훗날 오클라호마로 이주, 하나님의 은총 속에 23년 연하의 사라 엘렌을 만나 90세까지 행복하게 살다가 쇼니(Sewanee), 평화로운 그곳에 나란히 잠들 수 있는 축복을 받았던 것이라고.

자유의 참맛은 노예가 알고, 평화의 참맛은 생지옥에서 죽지 못해 살던 자가 안다던가. 1983년, 13년의 미국생활을 정리하고 몸에 어울리지도 않는 금의(錦衣)를 입고 내키지 않는 환향(還鄕)을 했던 나를 기다리고 있었던 곳은 음침한 골짜기였다. 9년간의 서울생활을 접고 다시 미국행을 결심했을 때 생각나는 곳이 한 번도 가본 적이 없는 시애틀이었다. 아무런 계획도 없이 마흔일곱이라는 어줍은 나이로 지난 날 살던 애틀랜타가 아닌 시애틀행 비행기에 몸을 실었다.

새 땅을 밟는 순간 나는 형언할 수 없는 마음의 평온을 느꼈고 그 아름다운 시애틀의 자연 속에서 내 영혼은 금강석처럼 반짝이고 있었다. 그리고 12년이 흘렀다. 어느새 나의 마음에는 다시 조금씩 때가 끼기 시작했고 그런 남루를 꺼내 생명의 강에 자주 빨아 널어야만 했다. 그때의 영혼의 상태를 영원히 유지하고 싶건만.

그곳 동포들이 천당(天堂)에 버금갈 정도로 아름답고 살기 좋다 해서 '999당'이라 부른다는 그 시애틀이 자꾸만 그리워지는 7월이다. 내 영혼에 햇빛 비추던 그날이 오면 난 그 동안 가두어 기르고 있던 자라 한 쌍을 자연으로 되돌려 줄 생각을 하고 있다. 내가 모든 것으로부터 자유함을 얻었던 그날이기에 … .

〈뉴욕 한국일보〉 2004. 7. 4.

묘지(墓地)를 지나며

　나는 아침마다 '롱 아일랜드 익스프레스'(L.I.E) 495 국도(國道)를 드라이브하여 맨해튼으로 출근한다. '미드타운 터널' 조금 못미처, '그린포인트 에비뉴' 출구를 빠져 나오다 보면 왼쪽으로 오래된 커다란 공동묘지가 내려다보인다. 그 공동묘지에는 높고 낮은 여러 형태의 묘비들이 빽빽이, 어디서 보아도 일렬로 질서 있게 하늘을 향해 서 있다.

　잠든 자들을 위한 이 수직의 기념비들은 '이스트 리버' 건너편에 하늘을 찌를 듯 솟아있는 맨해튼의 마천루들과 묘한 대조를 이루고 있다. 잠든 자들의 묘비들도, 강 건너 섬, 맨해튼의 산 자들을 위한 빌딩들도 똑같이 하늘을 향해 솟아 있건만, 한쪽은 밝은 햇살에 눈부시도록 하얀 몸들을 푸른 잔디와 벗하며 평화로운 안식을 취하고 있는 데 비해 다른 한쪽은 추스를 줄 모르는 욕망을 껴안은 채 거무칙칙한 가슴을 내밀고 오만하게 버티고 서 있음이 극명한 대비를 이루고 있다.

　'살아 있는 자들은 가엽고 죽은 자들은 쓸쓸하구나. 그것이 사는 것이며 그리고 죽는 것이구나' 라는 생각을 하며 오늘도 나는 살아 있기 위해 저 거대한 빌딩숲 속으로 들어가고 있다. 죽음! 그것은 외면하거나 나로 부터 제외시킬 성질의 것이 아니라 친구같이 가까이 두고 늘 생각해야 하는 것임을 이 묘지는 매일 아침마다 나에게 일깨워 주곤 한다.

미국사람들은 우리네들보다 죽음을 더 자연스럽고, 차분히 받아들이며 죽은 자들과 더 가까이하며 살아가고 있다. 미국의 마을 곳곳마다 크고 작은 공동묘지들이 산 자들과 공존하는 모습을 흔히 본다. 심지어 맨해튼 내에서도 여기저기 교회나 인근 뜰에 묘비가 가득한 걸 볼 수 있다.

그런 묘지들이 한국의 묘지들보다 더욱 평화로워 보인다. 똑같은 크기와 모습의 한국 무덤들에 비해 제각기 다른 모습의 무덤들이 평화로운 것은 죽음에 관한 의식구조의 차이라는 생각을 한다.

봉긋한 젖가슴처럼 동그랗게 솟아오른 아름다운 한국의 무덤들! …. 경기도 양주군 마석리 송라산 기슭에 쓸쓸히 누워계신 내 아버지의 무덤! 아버지를 묻어드리던 그날을 회상케 한다.

그날은, 하녀린 바람에 파아란 잉크빛 붓꽃이 피어나고, 들녘마다 풀꽃들이 소곤소곤 속삭이며, 하이얀 찔레꽃 짙은 향기 속에, 꿈결처럼 초록이 소록소록 쟁이는 아름다운 오월이었다.

아기 진달래가 지천으로 피어있는 산길을 따라 뻐꾸기가 이따금씩 울어대는 산기슭을, 당신이 가르치던 대학의 학생들에 의해 운구(運柩)되는 행렬을 따라 거슬러 올라 이르른 곳, 흐르는 강물이 멀리 내려다보이는 양지바른 언덕, 장지(葬地)엔 아버지가 몇 달 전 정성을 다해 이장해 놓은 당신의 엄마가 묻혀있는 곳이었다. 그 묘소 아래 아버지가 묻히실 땅을 이미 다 파놓고 인부들이 기다리고 있었다.

나의 할머니는 6 · 25 동란 피란시절 대구에서 돌아가셨고, 그곳에 묻히셨다. 세월이 흘러 그곳에 아파트가 들어서게 되었다. 당시, 병환이 깊으셔서 운신이 힘드셨던 아버지는 대학생인 나를 대구로 내려보내 그 큰일을 치르게 할 수밖에 없으셨다. 대구에 내려간 나는 할머니의 유해(遺骸)를 흩트림 없이 온전히 오동(梧桐)상자에 모시고 와 그날 밤을 그곳 낯선 여인숙에서 할머니와 보냈다. 그날 밤 할머니의 혼령(魂靈)이 나타나 꾸짖으실 것 같은 두려움으로 나는 뜬눈으로 혼자서 밤을 새웠다.

다음 날, 기차를 타고 올라와 무사히 이장을 마치고 돌아온 나에게 아버지는 대견스런 한편, 안쓰럽고 걱정스런 표정으로 "상태가 어떻더냐? 묘지의 흙은 좋더냐?"고 물으셨다. "석회질과 점토가 적절히 섞인 흙으로, 아름다운 기운마저 뿜어 나오는 듯 참 좋았어요"라고 말씀드리자, 그제야 안심이 되신 듯 기뻐하셨다.

그 모습을 회상하며 아버지를 묻기 위해 파놓은 땅속을 애통해하며 들여다보고 있는 나에게, 친척 어르신께서 "망자(亡者)의 하관(下棺)시간이 맏상주가 태어난 시(時)와 맞지 않으니 광렬이 너는 지켜보지 않는 것이 좋겠다"고 하셨다. 나는 그 말씀에 따르지 않을 수 없었다.

물러나서 그곳을 등지고 풀밭에 쭈그리고 앉아 이름 모를 풀꽃(먼 훗날, 그 이름이 '비비추'라는 걸 알았다) 송이만 애꿎게 손끝으로 뱅뱅 돌리며 입술을 깨문 채 흐느끼고 있던 유난히도 화창했던 그 봄날은, 이젠, 못

31

견디도록 서럽고 아름다운 풍경이 되었다.

그 아버지가, 머지않아 당신의 고향 생가 옆 기념관 뒤뜰 공원으로 거처를 옮기시게 될 것 같다. 드디어 아버지는 향리(鄕里) 생가로 되돌아가서서 기억의 나라에서 부활의 영생을 누리시며 살아있는 자들과 함께 영원히 안거(安居)하시게 될 것이다. 더 이상 외롭지 않으실 것을 생각하니 그 동안 내 마음을 덮고 있던 불효의 안개가 조금은 걷히는 듯하다. 아버지가 가신 지 40년이 다 되어감에도 당신을 잊지 않고 더욱 기리고자 온갖 배려를 다하는 당국과 향민 여러분들이 고마울 따름이다.

살아있는 사람들에게는 생일이 의미가 있지만 우리가 세상을 떠난 뒤에는 더 이상 생일은 의미가 없다. 사람들은 다만 우리를 죽는 날로, 죽은 모습으로만 기억할 뿐이다.

추석도 지난 지 오래고, 성묘도 못한 채 묶여있는 만리외국의 가을날 아침, 무변한 외로움을 쓰다듬으며 맨해튼을 들어선다. 수많은 차량들과 인파로 북새통을 이루고 있다. 저렇게 종종걸음 치며 무언가를 향해 달려가는 저 사람들도 내가 지나온 그 묘지를 지나 들어왔을까.

〈뉴욕 한국일보〉 2005. 10. 19.

무궁화 꽃이 피었습니다

출근길 언제나 지나가는 길가에 눈부신 햇살을 받고 무궁화가 가득히 피어 있다. 이맘 때 이 길을 지나노라면 맑고 푸른 하늘 아래 함초롬히 이슬을 머금은 무궁화는 나의 옷깃을 여미게 하고 잠시나마 조국을 생각하게 한다. 우리나라 꽃이라는 그 한 가지만으로도 친밀감이 들고 외로운 이민생활에 든든한 후원자를 만난 듯 출근길을 가볍게 해준다. 미국에선 한국서처럼 그리 흔하게 볼 수는 없는 꽃이지만 이곳 뉴욕은 기후가 한국과 흡사해서 그런지 눈여겨보면 여기저기서 발견할 수 있다.

우리 민족의 꽃 무궁화! 한국 방방곡곡에 피어있는 무궁화! 그래서 무궁화 동산이라 불리는 우리 조국! 어느 한 사람이 이 꽃을 나라꽃으로 삼자 하여 나라꽃이 된 게 아니라 온 백성이 한마음으로 사랑하는 꽃이어서 나라꽃이 되었다는 꽃, 무궁화는 곧 우리 겨레, 우리 민족 '전체의 얼'의 모습이 아닐 수 없다.

수많은 사람들의 공통된 마음이 뭉쳐진 한마음, 무궁화는 우리 겨레의 마음과 혼을 지니고 있는 꽃이다. 빼어나게 예쁘지도, 그렇다고 향기가 짙은 꽃도 아닌 무궁화, 그저 아름답고 은은한 향기를 지닌 소박하고 순결한 꽃, 무궁화는 보면 볼수록 친근감이 들고 사랑스런 꽃이다. 나라꽃으로서의 무궁화를 대표하는 것은 흰색 무궁화이다. 그러나 뉴욕에서는 흰색 무궁화는 그리 쉽게 볼 수가 없다. 보라색을 띤 붉은 무궁화가 대부분이다.

흰색 무궁화는 백단심(白丹心)이라 하며 으뜸으로 친다. 그것은 무구청정을 의미하며 자줏빛 꽃심은 우리겨레의 심성을 나타낸다고 한다. 희디흰 바탕은 우리 민족의 깨끗한 마음씨요 안으로 들어갈수록 짙어지는 붉어짐은 한가운데서 자줏빛으로 활짝 불타는 이 꽃은 우리 민족이 그리워하는 삶이라 한다.

한 송이씩 볼 때는 아침에 피었다가 저녁에 떨어지는 하찮은 목숨을 가진 꽃이지만 새로 뒤달아 피고 이어지는 꽃이기에 나무 전체로 보면 조금도 줄지 않고 새로운 꽃이 가득히 피어 있는 꽃나무, 이름대로 무궁화이다.

'은근'과 '끈기'라는 우리 민족성을 이만큼 잘 나타내 주는 꽃이 또 어디 있을까. 모든 꽃이 다투어 피기 시작하는 좋은 사월, 오월도 다 지나간 늦은 봄철부터 여름을 거쳐 시월을 지나 서릿발이 높아가는 가을에까지 피는 꽃, 무궁화는 가지를 꺾어 심으면 그대로 나서 핀다.

무궁화는 삼복 염천 폭염 속에서 왕성하게 개화하여 다른 꽃들이 무더위에 맥을 추지 못할 때 더욱 꼿꼿하게 꽃을 피워낸다. 무궁화는 쓸쓸한 울타리 옆, 거친 들판, 외로운 길가에 아무 데서나 핀다. 마치 어느 땅,

어느 나라에 떨어뜨려 놓아도 고난을 이겨내고 뿌리를 내리며 잘 적응해 가는 우리 민족의 기질을 담은 꽃, 우리 한인이민의 삶의 정신은 이 무궁화 정신이 아닐까.

사치스럽거나 가녀린 비단천같이 보드랍고 매끈하지도, 요염하지도 않은 꽃, 무궁화는 풀 먹여 빳빳한 의관을 입은 옛 선비의 모습을 연상케 하는 꽃이다. 그저 수수한 흰 무명천, 그 옥양목천을 다듬잇돌에 올려놓고 두들겨 반듯하게 하여 옷을 해 입은 단정한 선비의 모습을 한 꽃, 무궁화는 검소하고 수수하지만 깨끗함을 느끼게 하는 꽃이다. 어떠한 어려움 앞에서도 굽히지 않고 이겨나가며 올곧게 살아가셨던 선조들의 모습을 닮은 꽃, 무궁화!

무궁화는 피고 짐이 또한 다른 꽃들과 비교할 때 빼어나게 다른 깨끗함을 보인다. 아무리 아름다운 꽃이라 해도 대부분의 꽃들이 필 때는 화려하지만 질 때는 처량하고 추해지건만 무궁화만은 떨어질 때도 가지런히 오므라진 뒤에 꼭지가 빠지기에 지는 모습이 아름답기 그지없다. 구차하게 생을 마감하지 않고 당당하고 의연하게 품위를 지켰던 선조들의 지조와 충절과 절개를 느끼게 하는 꽃, 무궁화!

무궁화는 요사함도, 오만함도 보이지 않는다. 오로지 포용과 넉넉한 마음의 군자다운 품성을 지닌 자상한 할아버지, 할머니 같은 꽃, 보면 볼수록 품위와 무게를 느끼게 하는 내면의 아름다움을 지닌 꽃, 무궁화는 겉모습보다 속모습을 관찰하는 사색의 사람들에게는 볼수록 정이 가는 꽃이다.

외양만 추구하는 현대, 갈수록 나라와 백성들이 품격을 잃어가고 있는 이때에 우리 겨레의 꽃, 무궁화 속에 감춰진 우리 내면의 아름다움을 재조명해 볼 때가 아닐는지.

〈뉴욕 한국일보〉 2004. 8. 25.

'가을 나그네'의 단상

떨어지는 계절, Fall, '거부하는 몸짓'으로 한 잎, 두 잎 낙엽이 떨어진다. 이렇게 가을이 깊어가면 장만영 시인의 〈정동골목〉이란 시가 떠오르며 향수(鄕愁)에 잠기게 한다.

얼마나 우쭐대며 다녔었나
이 골목 정동길을
해어진 교복을 입었지만
배움만이 나에게 자랑이었다

도서관 한구석 침침한 속에서
온종일 글을 읽다
돌아오는 황혼이면
무수한 피아노 소리
피아노 소리 분수와 같이 눈부시더라

그 무렵
나에겐 사랑하는 소녀 하나 없었건만
어딘가 내 아내 될 사람이 꼭 있을 것 같아
음악 소리에 젖은 가슴 위에
희망은 보름달처럼 둥긋이 떠올랐다

그후 이십 년
커어다란 노목(老木)이 서 있는 이 골목
고색창연한 긴 기와담은

먼지 속에 예대로 인데
지난 날의 소녀들은 어디로 갔을까
오늘은 그 피아노 소리조차 들을 길 없구나

　이맘때면 이화여고 앞뜰의 늙은 은행나무, 그 많은 은행잎들이 약속이나 한 듯 일시에 황금빛으로 변했다. 불붙듯 뿜어 오르는 은행잎들은 찬란한 슬픔을 한꺼번에 토해내며 가을 햇빛에 찬란하게 빛났었지.
　한잎 두잎 곡선을 그리며 시름없이 떨어지던 은행잎들의 아름다운 종말, 그 순교의 모습, 그 화려하고도 서러운 모습은 내겐 잊지 못할 아름다운 기억으로 언제나 내 가슴속에 장엄한 가을의 상징이 되어 하나의 풍경으로 남아있다.
　아아, 눈 시린 가을 햇빛 속에 사라져 가던 정동 예배당의 찬송가 소리! '얼마나 우쭐대며 다녔던가' 정들었던 그 길을. '창창한 수풀 속' 옛 경희궁 터, 나의 모교에서 희망에 부풀어 푸른 꿈을 키우던 우리들은 경기여고를 거쳐 이화여고 정동 골목길을 '장한 기상, 중한 사명, 귀한 이상'을 가슴에 품고 '깨끗하자, 부지런하자, 책임 지키자'는 교훈을 마음에 새기고 누비며 오가던 그 길 위엔 노오란 은행잎들이 앞날을 축복하듯 찬란한 카펫처럼 황홀하게 깔려 있었지.

방과후, 재잘대며 삼삼오오 짝을 지어 교문을 쏟아져 나오던 그 소녀들 중 "어딘가 내 아내 될 사람이 있을 것 같아" 가슴 설레며 지나가던 그 길, 그후 사십여 년, 그때의 소녀들은 지금 어디서 어떻게 살고 있을까. 어딘가에서 나처럼 늙어가고 있겠지.

언제나 싱싱한 초록으로만 나부낄 줄 알았던 내 젊음도 단풍이 들기 시작한 지 오래다. 잿빛 고갯마루, 성글어져 가는 내 머리칼, 늙음의 비탈길에서 서성이는 나, 그러나 얻은 게 있다면 더욱 맑아지는 영혼의 눈, 비로소 자연의 아름다움을 아름다움으로 볼 수 있게 되었다는 것일 게다. 그때는 그걸 왜 몰랐던고.

가을은 우리에게 나그네임을 깨우쳐 주며 '집'을 그리워하게 한다. 내가 떠나온 그 집으로 언젠가 돌아가야 함을 생각하게 한다. 떨어지는 낙엽을 보며 생명의 허무함과 불안감으로 자신의 주위를 살피게 한다. 때문에 아무도 봄을 기다리듯 가을을 기다리지 않는다.

칙칙한 가을비를 남의 집 처마 밑에서 피할 수밖에 없는 서글픈 가을 나그네, 날이 저무는 숲 속에서 비를 만났을 때 당황한 발걸음, 집이 없는 사람, 가을 나그네.

타관 땅 낯선 여인숙 아궁이에서 퍼져 나오는 매캐한 가랑잎 타는 냄새, 그걸 맡으며 잠결에 듣는 처량한 빗물소리, 바람따라 갈댓잎 서로 부둥켜안고 우는 소리, 썩은 울타리에 바스락거리는 스산한 가을바람, 가을 들판에 처량히 비에 젖어 떨고 있는 수숫대의 초라하고 처참한 모습, 가을나그네의 종말의 상징! 이런 것들이 외로움을 더욱 부추기며 '집'을 그리워하게 한다.

너와 나 … 우리 모두 한갓 나그네, 그저 지나가는 사람, 나보다 먼저 지나간 윤곽조차 희미한 사라져간 사람들의 영상 … 그러나 사물의 윤곽은 더욱 또렷해지는 이 가을, 나도 머지 않은 날에 사람들의 기억 속에서 소멸되어 갈 것임을 일깨우기에 영혼의 오붓한 보금자리를 사모하게 되는 거겠지.

생명의 탄생은 해산의 고통으로 그리도 힘들었건만 죽음으로 가는 길은 이리도 쉽고 허무하기만 한 것인가.

인생하처래(人生何處來) 인생하처거(人生何處去) 인생일편부운기(人生一片浮雲起) 인생일편부운멸(人生一片浮雲滅).

인생은 어디서 왔다가 어디로 가는가? 인생은 한 조각 구름처럼 떠오르고 인생은 한 조각 구름처럼 사라져 가는구나.

인생길을 뒤돌아보며 영생길을 생각한다. 그래도 돌아갈 집이 마련되어 있다는 게 얼마나 축복인가.

상기 집을 마련하지 못한 자는 집을 이룩하지 못합니다
지금 고독한 사람은 긴 겨울의 고독한 삶을 살게 됩니다
밤중에 일어나 책을 읽고 먼 사연의 편지를 쓰고
그리고 가랑잎이 흩날리는 가로수 밑으로 불안스럽게 방황하게 됩니다

라고 일찍이 릴케는 일깨우지 않았던가.

"어머니가 오른쪽 젖에서 아기를 떼어놓으면 어린 아기는 소리쳐 울지만 바로 왼쪽 젖을 물려주어 안심을 시켜주듯" 죽음은 끝이 아니라 영생의 시작임을 상기하니 우울했던 가을 나그네의 마음의 선율은 이내 비발디의 '사계 가을 1악장, F장조'의 선율로 가닥을 잡는 것을 내 어이 이를 잊고 망상에 잡혀 있었던고.

삶을 사랑하기에 죽음도 사랑해야 함을 일깨워주는 나그네의 가을밤이 깊어만 간다.

<뉴욕 한국일보> 2004. 10. 25.

낙엽을 밟으며

기러기 울어 예는 하늘 구만 리
바람은 싸늘 불어 가을은 깊었네,
아 아 아 아 너도 가고 나도 가야지 …

　나도 모르게 내 잎에서 흘러나오는 노래다. 우수수 떨어지는 낙엽이 차창을 두드린다. 깊어가는 가을 들녘을 달리는 차창 밖으로 한떼의 새들이 옷을 다 벗어던지고 움츠리는 나뭇가지를 치면서 날아오른다.

　내 아버지의 오랜 시우(詩友)이실 뿐만 아니라 우리 부부의 결혼식 주례를 맡아주셨던 박목월 시인의 시를 노래로 만들어, 많은 사람들이 식어가는 가슴속의 애절함을 대신해서 불렀던 우리의 가곡을 입에 물고 차를 몬다. 사랑한다는 말조차 조용히 들려주지 못한 채 병으로 사별한 어느 여인을 그리워하며 쓰여진 시였다고 박목월 시인의 수필에서 이 시의 배경을 알게 되었다.

　사랑은 아름답다. 이루지 못한 젊은 날의 사랑은 더욱 아름답다. 그것이 비록 짝사랑이라 하더라도 경험해보지 못한 사람보다는 거처가 본 사람이 사랑의 아름다움을 안다. 사랑 중에서도 아름다운 사랑은 목숨을 바치는 헌신과 노력으로 일구어내는 희생일 것이다. 그러나 그런 것을 모두 알면서도 아무나 할 수 없는 것이 또한 아름다운 사랑이다.

얼마 전의 일이었다. 빌려온 비디오 한 편을 딸과 둘이서 긴장을 하다가도 가끔씩 눈물을 닦으면서 보던 그 연속극을 날더러 보라고 내밀었다. 〈다모〉(茶母)였다. 내용이야 어떻든 노래의 내용과 이 연속극의 마지막 부분인 "너도 가고 나도 가야지" 라는 말이 이 가을에 나를 일깨워 주었다.

고독과 슬픔, 우리는 모두 고독과 슬픔을 안고 살다가 고독과 슬픔을 안고 떠나야 하기 때문에 아무렇게나 살수는 없다. 초록으로 젊음이 나부끼다가 단풍으로 물이 드는 목숨이 인생인 것을!

불 지핀 엽맥에서 못다 탄 흰 수액의 한 방울
남은 말이 있다
어느 어름 진 최종의 날에까지
독 물은 보석처럼 곱고 슬프게 눈 떠 있을
네게 못다 준 말 한마디

김남조 시인의 〈남은 말〉이란 시의 구절이다. 아끼느라 못다 한 사랑한다는 한마디 말이 발등에 떨어지는 한 장의 낙엽에서 살아난다.

내 아내는 여기저기에서 주워 담은 사랑의 이야기를 쌈지로 싸서 툭하면 내 손에 쥐어 준다. 그러니 아내의 친구 한 분이 "지금 나이가 몇 살인데 아직도 센티멘털리즘에 젖어 있냐" 하면서 퇴박 아닌 퇴박을 준다. 사랑이 아쉬운 여자는 비단 내 아내뿐만은 아닐 것이다.

언제인가 기혼여성들을 대상으로 한 설문조사가 있었다.

"다시 태어나도 지금의 남편과 다시 결혼할 것인가?"

대답인즉 거의가 다 "아니올시다"였다. 그 중에는 괄호를 치고 "내가 미쳤우!" 하면서 더욱 강력하게 머리를 절레절레 흔든 답변도 있었다고 한다.

또한 어느 교회에서 목사님이 똑같은 질문을 하면서 다시 결혼하고 싶은 사람은 당당하게 손을 들어보라고 했더니 겨우 50대 여인 한 분과 70대 할머니 한 분이었다.

목사님은 "댁이 남편이 그토록 잘 해 주십니까? 금실이 아주 좋으신 모양입니다" 했더니, 50대의 여인이 대답하기를 "수십 년을 길들여 왔는데 언제 또 새로이 그 고생을 해가면서 길들입니까?" 했고, 70대의 할머니는 얼굴조차 벌게지면서 "그놈이 그놈이여!" 하더란다.

사랑도 세월이 많이 지나야 지혜가 생기는 모양이다. 여자들에게는 허전한 게 세상살이인가 보다. 그러니 스와핑이니 뭐니 해괴한 일들이 새롭게 일어나고 언 발에 오줌누기, 구두신고 발등긁기 식의 입싸움으로 인생이 식어가고 있다.

"그 집이 그 집이지" 한다면 위로가 될까?

아니다. 찾아보려고 하지 않았던 우리의 잘못된 습관은 여인들의 불만 섞인 푸념에서 교정되지는 않는다.

그래서인지 "너희들은 모두 다 그놈이 그놈이야" 하면서 이 가을에 떨어지는 낙엽들이 작별의 얼굴도 보이지 않고 바쁘게 내 앞을 떠나간다.

〈뉴욕 한국일보〉 2003. 11. 13.

절 정 (絶頂)

"슬픔의 길, 그러나 그 길만이 슬픔을 모르는 나라로 통한다" — W. 쿠퍼

불타는 산야를 달린다. 단풍이 절정(絶頂)을 이루고 있다. 몇 날 남지 않은 날을 위해 뜨거운 정열을 한꺼번에 뿜어내고 있다.

겨울의 얼굴이 이마에 와 닿는다. 생(生)이 거의 다 끝나가는 듯한 슬픔과 허무의 대서사시, 그 대단원의 막이 오르고 있다. 황홀한 색깔의 향연! 사(死)와 생(生)의 성대한 이별의식(離別儀式)이 장엄하게 행해지고 있다. 지난날의 모든 시간은 오늘의 이 의식을 위한 준비에 불과했다는 걸 대지(大地)는 온몸으로 외치고 있다. '존재했었음'의 상징의 극치!

형형색색의 저마다의 '모양과 색깔들 … 초록에서 빨강으로 혹은 노랑으로 앞을 다투어 변하려는 색깔들의 치열한 노력, 이 찬란한 변채(變彩) 과정의 1초 1초가 숨가쁘다. 그 과정이 만들어내는 저 절묘한 색깔들, 그것은 슬픔의 색깔, 경계의 색깔, 생과 사를 넘나드는 색깔. 인간이 저런

색깔을 감히 흉내나 낼 수 있을까. 저 찬란한 햇빛에 투영되거나 반사되어 바람에 번쩍이고 있는 저토록 아름다운 색깔, 색깔들!

그것은 열정과 냉정의 사이, 중용과 포용, 슬픔과 기쁨, 빛과 그늘, 종(終)과 시(始), 처음과 나중, 그 공존의 색깔, 죽음 속의 삶, 삶 속의 죽음, 보이는 것과 보이지 않는 것의 공존, 소멸과 탄생, 열매와 씨앗, 이별과 새로운 만남 … 그 축제의 향연, 이 세상의 모든 감정을 모두 녹이고 있는 색깔들의 협주곡이 웅장하게 울려 퍼지고 있다.

있고 없음의 소리, 만상(萬想)과 무심(無心)의 소리, 아픔과 치유의 소리, 잠듦과 깨어남의 소리, 밝고 맑고 영롱한 저 소리, 영원과 순간의 사이, 최고와 최저의 사이, 서정(抒情) 과 실존(實存)의 사이, 이성과 감성의 균형 … , 가을 햇살이 빚어낸 만추(晩秋)의 저 아름다운 대 합창!

서로가 서로를 격려하며 나무들이 불타는 들녘은 수많은 단어들과 상념들을 토해내며 내 마음마저 불태우고 있다.

아아, 이 황홀한 절정의 순간 앞에 나는 숨이 멎는다. 나는 지금 이 순간 내 자신의 사(死)의 리허설을 해보고 싶은 충동을 강하게 느낀다. "영원한 환상을 위하여 절정의 꽃잎에 입 맞추고 길이 잠들어버릴 자유"를 갈망한다. 아아, 나도 저 대자연 같이 저렇게 시종(始終)의 절정을 삼키고 싶다.

"생은 먹다 남은 허망한 찌꺼기"라고 세월만 축낸 시간 앞에 선고받은 죄수처럼 힘없이 고개를 떨구지 않고 저렇게 당당하고 담담하게 생을 유감없이 불태우며, 환희와 기쁨의 노래를 마음껏 부르며 찬란하게 떠나고

Skywalk . Grand Canyon
2007. cho

싶다. 언젠가 그 날에.

내 생의 그 마지막 순간, 절정! 내 호흡이 멎기 직전의 이 황홀함의 극치! 종(終)과 시(始)의 엄숙한 교차점, 영원으로의 벅찬 기대로 온몸의 세포가 그 순간을 맞기 위해 전열을 정비하는 초긴장의 순간! 이 전율! 사(死)의 오르가슴(Orgasm)으로 불타는 자연과 하나되어 이 몸도 한없이 달아오르고 있다.

그래, 언제일지는 몰라도 머지 않은 그날, 피할 수 없는 그날엔 나도 저렇게 불타는 자연과 같이 '현실의 생', 이 세상의 절정을 맞이하리라. 그리고 '또 다른 생, 저 건너 세상으로 훠얼훨 날아가리라.'

그러기 위해서는 남은 날들을 아무렇게나 살 수는 없지. 보라! 저 이름조차도 없는 작디작은 들꽃, 아무도 보아주지 않아도 혼신의 열정을 다해 자신을 아름답게 하려고 온갖 정성을 저토록 쏟아 부으며 피어나지 않았는가. 아아, 소중한 이 순간! 아아, 고귀한 이 생명! 나의 인생이여! 이 살아있는 즐거움, 이 감격! 이 환희! 한 송이 꽃에서 영원을 찾음이여!

살 속에 새겨진 언어들처럼 이 절정의 순간에 온(全) 생명을 감지하노라.

육체는 오그라들고 잿빛으로 변해가나 이 뜨거운 가슴, 맑아지는 영혼의 등에 불 밝히고, 나 그리고 돌아가리라. 언젠가 그날, 절정의 그 순간까지 진리를 따라 자신에게 참되고 치열한 삶을 살다가 저렇게 아름답게 돌아가리라.

빛과 그늘, 흰 것과 검은 것, 기쁨과 슬픔, 아름다움과 추함, 공색(空色)과 청탁(淸濁), 잘난 것과 못난 것의 이 기막힌 모순을 조화롭게 아우르며 좀더 열린 마음으로 머리로만 말고 가슴으로 새 살 같은 마음으로 언제나 새롭고 열심히, 끝까지 힘있게 지금의 여행을 이끌어 가리라.

서로가 서로를 격려해주는 저 나무들같이 마음껏 나눔으로 불태우리라.

어리석었던 지난날일랑 내려놓고 저 떨어지는 낙엽과 같이 헛되고 부질없는 것들로부터 떨어져서 이제 남은 한 가닥, 생의 한순간도 놓치지 않고 참(眞)과 성(誠)을 다하여 저 단풍과 같이 내 몸을 불태우며 살다가리라.

내 모습, 내 색깔을 아끼고 다듬으며 사랑하리라. 슬픔의 색깔일랑 행여 말고 기쁨의 색깔로만 이웃에게 듬뿍 물들여 주며, 서로가 서로에게 좋은 배색이 되어주는 저 단풍들처럼 남이 내게 좋은 배색이 되어주길 바라기 전에 나부터 아름다운 배색으로 물들어 가리라.

저렇게 아름다운 그림을 그리는 저 수목들처럼 살다가 하늘이 부르실 때 황홀한 절정에 육신을 벗어놓고 슬픔을 모르는 나라로 나 그렇게 돌아가리라.

〈뉴욕 한국일보〉, 〈펜 문학〉 2005년 여름호

"태초(太初)에 멋이 있었다"

　방긋방긋 배냇짓 웃음을 짓던 대지(大地)가 새살을 부풀리더니 큰소리로 마구 웃어젖히고 있습니다. 천지가 온통 꽃내음, 풀내음으로 가득 차 금세라도 우주가 터질 것만 같은 그런 숨막히는 봄날입니다.

　난 오늘, 자목련 그늘에 누워 눈을 감고 대지의 맥박소리와 숨쉬는 소리를 들으며 먼바다의 파도치는 소리, 산과 개울, 그리고 들판, 호수며 고운 무지개, 밤하늘의 별들과 별밭을 흘러가는 혜성과 유성들을 생각하다가 문득, "태초에 멋이 있었다" 하신 돌아가신 내 아버지의 멋진 말씀을 떠올리며 그리움에 젖어듭니다.

　우주가 창조되던 '빅뱅'의 그 순간, 그 하나님의 힘을 아버지는 '멋'이라 하셨을까. 아니면 하나님의 말씀(道)을 멋이라 하셨을까. 광대무변(廣大無邊)이란 말로도 부족하기만 한 그 우주 속의 창백한 푸른 한 점에 불과한 지구 위, 여기 한 점에 이렇게 누워있는 모래알보다 더 작은 나를, 그리고 "가장 위대한 잠언이 자연 속에 있음"을, 그건 '사랑'이요, 그 사랑이

51

언젠가 나를 부르실 것임을 또한 믿습니다.

'멋'이요, 알파요, 오메가이신 그 '사랑'은 우리에게 멋진 삶을 살길 원한다며 우리 멋대로 살지 말라고 일깨워 줍니다.

그래서 멋진 삶, 멋진 사람에 대해 생각해 봅니다. 역사와 책 속의 멋쟁이들을 생각나는 대로 떠올려 봅니다.

그들은 대부분 사랑과 겸손과 용서와 화평의 사람들이었습니다.

지조의 사람들이었습니다.

대가를 바라지 않는 사랑을 실천했던 사람들이었습니다.

소신과 신념을 가지고 불의에 굽히지 않는 사람들이었습니다.

약속을 지키기 위해 목숨까지도 바쳤던 사람들이었습니다.

나 아닌 것을 위해 나를 바친 사람들이었습니다.

허물은 같이하되 공(功)은 같이하지 않았던, 물러나야 할 때 물러설 줄 알았던 사람들이었습니다.

자신을 알고 자신에 충실하기 위해 권력을 사양했던 사람들, 우연의 존재함을 믿지 않으며 포기하지 않고 노력했던 사람들, 천진스럽고 꾸밈없는 정직했던 사람들이었습니다.

말이 아니라 삶으로 보여준 사람들이었습니다.

이런 생각을 하다 보니 멋진 사람이 되는 일은 무척이나 어렵다는 생각이 듭니다. 그런 멋쟁이들이 있었고 지금도 숨어있는 많은 멋쟁이들이 존재하기에 세상이 그래도 이만한 것이라는 생각을 합니다.

멋없이 이렇게 안주(安住)하고 있는 내 자신이 부끄럽기만 합니다. 멋도 없는 내가 자식들에게 멋쟁이가 되라고 가르칩니다. 그런 내가 '속이고 속는 세상'을 이렇게 살라고 명쾌한 답은커녕 우물쭈물하는 나는 참으로 멋없는 사람입니다.

"개똥밭에 굴러도 이승이 저승보다 낫다"는 세상, 나조차 헷갈리는 세상에서, 멋을 이야기한다는 것은 바보 아니면 위선이요, 교만이요, 사치란 생각마저 듭니다.

멋쟁이도 아닌 사람들이 멋쟁이 타이틀을 가지고 멋쟁이들을 만든다며 멋을 팔고, 멋을 빙자해서 멋(?)지게 사기를 치는 멋없는 꼴에 마음이 우울해지는 나는, 멋을 들먹일 자격조차 없는 멋없는 사람임을 고백합니다.

멋의 무게가 날로 가벼워지는 오늘로부터 내 자신을 격리시켜 주시고 추하기나 덜하도록 '사랑'의 그분께 간구할 수밖에 없음을 고백하며 나의 아버지(조지훈)의 수필 〈멋 설(說)〉을 꺼내 읽어봅니다.

(중략) '멋' 그것을 가져다 어떤 이는 도(道)라 하고 '일물'(一物)이라 하고 '일심'(一心)이라 하고 대중이 없는데, 하여간 도고 일물이고 일심이고 간에 오늘 밤엔 '멋'이다.

태초에 말씀이 있는 것이 아니라 태초에 멋이 있었다.

멋을 멋이게 하는 것이 바로 무상(無常)인가 하면 무상을 무상하게 하는 것이 또한 멋이다.

변함이 없는 세상이라면 무슨 멋이 있겠는가.

이 커다란 멋을 세상 사람은 번뇌(煩惱)라 이르더라. 가장 큰 괴로움이라 하더라.

우주를 자적(自適)하면 우주는 멋이었다.

우주에 회의(懷疑)하면 우주는 슬픈 속(俗)이었다.

나와 우주 사이에 주종의 관계 있어 이를 향락하고 향락당하겠는가.

우주를 내가 향락하는가 하면 우주가 나를 향락하는 것이다.

나의 멋이 한곳에서 슬픔이 되고 속(俗)이 되고 하는가 하면 바로 그 자리에서 즐거움이 되고 아(我)가 되는구나.

죽지 못해 살 바에는 없는 재미도 짐짓 있다하랴.

한 바리 밥과 산나물로 족히 목숨을 이으고 일상(一床)의 서(書)가 있으니 이로써 살아 있는 복이 족하지 않는가.

시를 읊을 동쪽 두던이 있고 발을 씻을 맑은 물이 있으니 어지러운 세상에 허물할 이가 누군가.

어쩌 세상이 괴롭다 하느뇨. 이는 구태여 복을 찾으려 함이니, 슬프다. 복을 찾는 사람이여. 행복이란 찾을수록 멀어가는 것이 아닌가.

안분지족(安分之足)이 곧 행복이라. 초의야인(草衣野人)이 어찌 공명을 바라며 포류(蒲柳)의 질(質)이 어찌 장수(長壽)를 바라겠는가.

사는 대로 사는 것이 나의 삶이니 여곽지장(藜藿之腸)이라 과욕을 길러 고성(古聖)의 도를 배우나니 내 어찌 고성의 도를 알리오. 다만 알려고 함으로써 멋을 삼노라.(하략)

가족은 아랑곳없이 당신 혼자만 짧고 굵고 멋들어지게 마흔여덟 해를 사시다 멋만 남겨놓고 가버리신 야속한 당신은 이 글을 쓰실 당시 겨우

스물둘에 이미 멋쟁이가 되어 계셨습니다.

　당신이 가신 5월이 다시 돌아오는데, 당신보다 아홉 해나 더 먹은 당신의 자식은 당신이 멋을 설하던 나이의 곱절에다 십 년을 더 보탠 나이가 되었어도 당신의 그 멋의 근처도 못 가고 있음이 부끄럽습니다.

　"꽃이 지는 아침은 울고 싶어라"시던 당신이 그리워 울지 못하게, 무너질 듯 피어있는 목련아! 지지를 마라.

　"연분홍 치마가 봄바람에 휘나알리이더어라 … 꽃이 피면 같이 웃고 꽃이 지면 같이 우우는 …" 봄날아! 가지를 마라. 유행가 한 가락을 휘파람으로 날려보내며 애써 그리운 아버지를 지워 봅니다

〈뉴욕 한국일보〉 2002. 4.

신선한 조찬 망년회

새해를 이틀 남겨놓았던 날. 지난여름 새크라멘토로 직장을 옮겨 떠났던 Dr. Piero가 왔다는 소식과 함께 올해가 가기 전에 오랜 만에 얼굴이나 보고 새해를 맞자는 S여사의 제의로 우리 부부는 맨해튼 렉싱턴 애비뉴 28가에 있는 카페에서 그녀의 여학교 후배인 K여사와 그리고 입담 좋고 걸쭉한 한국전 참전용사, 지금은 은퇴한 Tommy, 이렇게 여섯이 서로의 바쁜 연말 스케줄을 고려해서 '조찬 망년회'를 가졌다.

길가 쪽으로는 좁고 안으로 긴 열차식 옛 아파트를 거의 그대로 식당으로 쓰고 있는, 그래서 가정집에 들어선 듯 친근하고 포근한 아담한 카페였다. 입구 오른쪽엔 유리로 만든 회전 전시대 속에 '날 선택하세요' 말하는 듯 유니크하게 디자인된 케이크들이 멋을 내고 돌고 있었다. Patisserie Bistro Café란 걸 이내 알 수 있었다.

뒤쪽 끝엔 화장실과 주방이 있고 입구 왼쪽의 카운터와 몇 개의 테이블을 거쳐 2층으로 오르는 계단을 통해 오르니, 거실이었던 그 방의 길가

쪽으로 난 커다란 창문 밖으로 예쁜 홀리데이 장식이 막 기지개를 켜는 아침거리와 잘 어우러지고 있었다.

드라이 플라워가 곳곳에 짜임새 있게 놓여 있는 그저 평범한 페인트칠한 벽에 걸린 소박한 그림들. 그 방 중간의 나무로 된 미닫이문 뒤편, 침실이었던 공간을 스물댓 명 앉을 수 있는 테이블들이 파티용으로 품위 있고 낭만적으로 세팅되어 있었다. 우리가 앉아 있는 공간까지 합하면 육십 명 정도는 앉을 수 있는 아늑한 카페였다.

아직 우리 외엔 아무도 없는 코지(cozy ; 포근하고 아늑함)한 공간에서 감미로운 아코디언의 생음악을 들으면서 반가운 이들을 기다리며 메뉴를 펴들었다. 결혼식용 주문케이크와 프렌치 토스트는 이 카페의 세계적 자랑거리라고 한 1988년 뉴욕매거진의 소개가 눈길을 끈다. 그 토스트를 시작으로 신선한 야채와 스크램블된 계란, 구운 연어와 양파, 토마토, 신선한 허브(Herb), 토스트한 Herbal Bread와 햄, 크림에 묻힌 시금치, 채소, 치즈, 감자, 고추 등이 섞인 오믈렛의 아침메뉴인 bauernfrüstrück라는 이름의 계란, 소시지, 양파, 감자, 허브, 그리고 신선한 채소를 버무려 만든 것과 Caper와 양파 크림치즈를 곁들인 빵으로 된 브런치가 식욕을 돋구었다.

흥미로운 것은 'breakfast in Bed'라는 독특한 아이디어의 메뉴상품이었다. 다섯 블록 내의 거리는 무료이고 맨해튼 내 어디나 편도 택시요금으로 배달을 해준다는 것이었다.

한 주일의 지친 몸을 달콤한 늦잠으로 풀고 있는 나를 위해 사랑의 메시지가 담긴 선물바구니와 함께 받는 아침상을 사랑하는 이로부터 갑자기 받는다고 상상해 보라. 신선한 충격의 행복한 작은 호사가 아니겠는가.

1인당 팁까지 합쳐 16달러가 채 안 되는 돈으로 50분에 걸친 3코스를 즐길 수 있는 Prix Fix 런치와 26달러의 Candlelight Dinner도 눈길을 끈다. 메뉴를 훑어보노라니 언제나 수줍음을 잘 타는 정신과 의사인 '삐에로'가 S여사와 들어온다. 여전히 선한 샌님양반 그대로다. 곧이어 '타미'와 K가 올라왔다.

우린 서로 반갑게 포옹을 나누고 지난여름 브루클린 브리지 아래 '리버카페'에서 석별의 정을 나누며 Twin Tower(세계무역센터)를 바라보며 맨해튼 야경을 함께 즐기던 일이랑, 그것들을 앗아간 당시의 이야기들로 이야기꽃을 피웠다.

내 아내가, "그날따라 우리 용범이가 회사일로 평소보다 10분 일찍 WTC 지하철역에 도착했었대요. 그곳을 빠져나와 늘 그랬듯이 10분 정도 걸어서 월가(Wall Street) 사무실에 도착했을 무렵, 방금 거쳐나온 쌍둥이 건물 중 한 타워에 비행기가 꽂힌 채 화염을 뿜어내며 무너져 내리더래요. 그 시간이 바로 용범이가 늘 그 역에 도착하던 시간이어서 얼마나 가슴을 쓸어내렸는지 몰랐대요. 연이어 옆의 타워에도 다른 비행기가 같은 모습으로 꽂히면서 그 높은 빌딩이 힘없이 주저 앉더라지뭐예요" 하면서 그 참혹한 광경을 아들에게 들은 대로 전해주면서 "내 아들이 무사할 수 있었음에 얼마나 하나님께 감사드렸는지 몰라요" 라고 말했다.

우리 모두는 이렇듯 불과 10여분 상간에 생(生), 사(死)가 달라질 수 있

다는 섬뜩한 사실, 불과 몇 분 후의 미래도 알 수 없는 존재로서의 인간의 무력함을 새삼 깨닫는 순간, "그러게 … " 하며 우리들 사이에 잠시 침묵이 흐르기도 하였다. 그럼에도 이렇게 다시 만나 정을 나눌 수 있음에 어찌 감사하지 않을 수 있겠느냐고 한목소리를 냈다.

모두들 "이제는 지하철 타기도, 차를 몰고 다리나 터널을 지나가기도 두렵다"고 앞날을 걱정하다가 결국 인명은 재천(人命在天)이니 하늘에 맡기고 사는 도리밖에 없다며 우리는 곧 현실의 일상으로 돌아와 서로 못 보고 살았던 몇 달 동안의 이야기들로 시간가는 줄 몰랐다. 모두들 뉴욕에 와서 알게 된 십년지기도 못 되는 우리들이지만 서로가 생각나면 함께 여행도 가고 좋은 공연이나 분위기 있는 식당에서 만나 얘기꽃을 피웠다. 정이 그립지만 친구 사귀기가 힘든 이민생활에서 그들과 함께 보냈던 소중한 시간들을 돌이켜보기도 했다.

Chef 겸 주인인 프레드릭 씨가 직접 친절히 주문을 받는다. 난 독일 농가식 브런치(아침 겸 점심식사)를 시켰고 아내는 열대과일즙을 곁들인 구운 연어를 시켰는데 입에 씹히는 도톰한 야채들과 허브 섞인 후춧가루를 듬뿍 넣어 버무린 음식은 내가 먹어본 서양식 아침음식 중 단연 으뜸이었다.

신선한 '조찬망년회'도 아름다운 추억으로 남을 것이고, 현실에 쫓겨 다음을 기약하며 헤어져야 했지만 소중한 만남이 아닐 수 없었다. 반복되는 일과 식생활에 권태를 느낄 때, 주말 새벽산책을 마치고 아름다운 허드슨 리버 파크웨이로 해서 브롱스 리버 파크웨이를 휘감아 자연을 마시며 드

라이브해서, 이상하리만큼 고요한 맨해튼에 들어와 이곳에서 가끔 아침식
사를 하자고, 뉴욕 사는 재미가 이런 게 아니냐고 아내와 맘을 같이 하며
돌아오는 우리들 가슴에 행복 몇 방울이 떨어지고 있었다.

애완수 (愛玩水)

언제부터인가 아내는 거실 테이블 위에 지름이 한자 반 남짓한 도기(陶器)그릇에 몇 개의 조가비와 조약돌을 청정(淸淨)한 물과 함께 담아놓는 일을 게을리하지 않고 있다. 물이 더러워질 낌새가 보이면 아내는 곧 새 물로 바꾸어 놓곤 한다. 나는 그런 아내에게 그 연유를 묻지 않는다. 천지신명께 소원을 비는 간절한 마음으로 그리하고 있건 그냥 보기 좋아서 그리하고 있건 그 행위에 무슨 까닭을 물으랴. 스스로 좋아서 하는 일일 테고 담긴 물을 대하는 나 또한 싫지 않으니 묻지 않을 따름이다.

다만 내가 이 일로 붓을 든 것은 어느새 나도 그 물을 사랑하게 되었다는 것과 이를 벗하는 즐거움이 내 생활의 일부분이 되었다는 것을 진술하고 싶기 때문이다. 이 한 그릇의 물이 나의 애완수(愛玩水)가 되어 나에게 주는 기쁨을 말이다.

애완수! 들어본 적도 없고 사전에도 없는 단어, 나 혼자 그렇게 이름 지어 불러보는 것이다. 우리가 기르는 '루비', '로미'가 애완견이라면 이 애완용 물을 애완수라 이름하여 부른들 그리 이상할 것도 없지 않은가.

이 애완수는 애완견과는 또 다른 즐거움을 내게 준다. 그릇에 담아 놓은 대로 고요한 모습, 무심(無心)과 무언(無言)으로 어떠한 환경이라도 능히 참을 수 있기에 스스로 편안함을 누리는 낙관(樂觀)을 대한다는 것은 얼마나 큰 즐거움인가!

글을 쓰다가, 책을 읽다가 눈이 피로해지면 나는 거실로 나와 이 물 앞에 앉아 이를 바라보곤 한다. 지금도 나는 이 물을 바라보고 있다.

물은 아름답다. 고요히 고인 물은 고인대로 아름답고, 흐르는 물은 흐르는 모양대로 아름답다. 낙수(落水)는 떨어지는 모습대로 아름답거니와 그들 소리조차 아름답지 아니한가.

물은 맑고 깨끗하다. 자신의 모습이 이러할 뿐 아니라 바라보는 이의 마음까지 맑게 해준다. 그 깨끗함으로 남의 더러움을 씻어준다.

물은 어질고 덕스럽다. 가는 길을 막아서지도, 성내는 일도, 시비 거는 일도 없다. 때려도 맞아도 부서지거나 상처입는 일이 없다.

물은 온유하다. 잔에 부으면 잔 속에서, 이렇게 그릇에 부어놓으면 그릇 속에서, 심지어 깊은 땅속 수도배관 속에 가두어놓아도, 뜨거운 불에 끓여도 그런 대로 순응하며 인내하지 않는가.

물은 서로 사랑한다. 물이 물을 만나면 이내 한몸이 된다. 결코 다투거나 배척하지 아니한다.

물은 겸손하다. 높은 곳에 머물려 하지 않고 언제나 낮은 곳으로만 흐른다. 결코 뽐내거나 스스로 어떠한 모양(form)도 만들지 아니한다.

물은 성(聖)스럽다. 만지고 볼 수 있는 모습으로서의 하나님이 아닌가 한다. 하나님의 책 성경 창세기에 이르기를 태초에 하나님께서 천지만물을 지으시기 이전, 빛이 있기 이전에 물이 있어 "그 수면 위를 하나님의 성령이 운행하셨다"고 기록되어 있지 아니한가.

물은 생명이다. 물로서 지어지지 않은 생물이 무엇이며 물의 은혜를 입지 않은 생물이 무엇이드뇨? 생명의 곳간 엄마의 뱃속 강물 속에서 열 달을 살다 나온 우리들, 태어나기 전 우리가 처음 듣는 소리도 그 속에서 듣던 물소리가 아니었던가.

물 없이 생물이 어이 기(氣)를 얻으며 물 없이 어이 명(命)을 유지할 수 있겠으며 동식물이 윤택함을 얻을 수 있겠는가. 물이 고갈된 생물은 더 이상 생명일 수 없지 않은가.

물은 만물의 근원이다. 태초에 하나님과 함께 하신 이 성스러운 이는 모든 생물 속에 존재한다. 어찌 이 선한 이의 성품을 배우지 아니할 것이며 아끼고 귀히 여기지 않을 수 있겠는가. 자연의 일부요, 피조물인 인간들이 어찌 이 고맙고 성스러운 이를 감히 오염시켜 스스로 병들며, 인간들의 이기심과 오만으로 자연을 파괴시켜 허리케인 '카트리나'와 '쓰나미' 같은 대재앙을 자초해 수많은 목숨과 재산을 잃어야만 한단 말인가.

이 두렵기조차 한 거룩한 이가 내게 주는 무언(無言)의 권면!

"항상 녹아 있으라. 나는 네가 물이 되길 원하노라. 얼음이 되는 것을 원치 않노라." 그렇다! 아니 된다. 얼음이 되어버린 물은 더 이상 물의 구실을 할 수 없다. 본래의 아름다운 성품을 잃고 차갑고 경직된 모습으로 오로지 위로 위로만 떠오르려고만 하지 않는가.

물은 또 내게 이른다. "나를 보라. 나에겐 과거의 흔적은 없다. 오직 이 순간만이 있을 뿐이다" 라고.

애완수! 한 그릇의 이 무심한 이와 사귐은 얼마나 큰 위로요, 즐거움 인가!

〈뉴욕 한국일보〉 2005. 9. 24.

가는 해가 던지는 말

"가는 세월 그 누가 잡을 수가 있나요 … ." 나의 고교동창 서유석의 〈가는 세월〉이란 노래가 뉴욕 한인사회의 이곳저곳에서 불리며 한 해가 저물어가고 있다. 세월은 흘러가고 사람들은 떠나고 세상은 변한다. 쥐꼬리만큼 남은 한 해를 붙잡고 마지막이라는 말, 이별이라는 단어, 하나뿐이라는 것, 다시 돌아올 수 없다는 것, 그런 것들을 생각한다.

마지막을 동무하면서도 죽음을 은폐하면서 살아가는 시간의 허물에 불과한 우리들의 삶, 지나고 보면 모두가 빛 바랜 수채화 같은 것, 어느 썰렁한 간이역에 누군가를 버리고 온 것 같은 마음으로 노을 비낀 비탈길을 걷노라면 영원한 고향집도 멀지 않았다는 걸 깨닫는다.

세모의 거울 앞에서 세월에 씻긴 내 자신을 비추어 본다. 너는 어디로부터 왔느냐, 너는 어디를 향해 가고 있느냐, 너는 지금 여기서 무엇을 하고 있느냐, 너는 무엇을 해야 하느냐 라고 내 스스로에게 물어본다.

타의에서 시작하여 타의로 끝나는 인생, 유일성(唯一性)의 생명, 일회

성의 생애, 연습이 없는 일회전밖에 허락되지 않은 엄숙한 이 시합, 남이 대신 살아줄 수 없는 이 내 인생, 그러나 무(無)에서 유(有)를 건축해야만 하는 인생!

하늘이란 결정적 영역을 한 손에 쥐고, 한 손으로는 하늘로부터 받은 자유라는 고귀한 선물로 내려온 내 인생이라는 한 편의 드라마를 한 페이지씩 넘겨본다.

지울 수도, 다시 쓸 수도 없는 나의 생각, 나의 계획, 나의 선택, 나의 결단의 의지로 생겨난 작품, 아무도 책임져 주지 않는 작품 앞에서 아쉬움과 안타까움에 젖어든다. 이렇듯 엄숙하고 진지한 것이 인생이었거늘….

누구에게나 공평하게 주어진 시간과, 다채롭고 풍성한 인생의 차림표가 놓인 잔칫상에서 나는 고작 그런 메뉴를 골랐단 말인가? 인생의 진미도 모른 채 폭음과 광무의 비틀거림, 과식의 포만과 식곤증으로 졸면서 낭비한 시간들이 만들어낸 졸작에 지나지 않았다. 걸작이란 필연적으로 오직 본질만을 남기고 있는 아주 절제되고 단순하고 소박한 것들이었거늘….

그러나 추억처럼, 지난날도 힘이 되긴 한다. 남루도 돌아보면 따스이 그리워진다. 슬픔도 흘러가면 빛나는 무늬가 되고, 고통으로 기쁨의 크기를 재는 연습을 했었음에 감사하며 내일을 그려본다.

오만 가지 잡다하게 들어있는 내 마음의 서랍, 그 서랍들을 꺼내 정리해 본다. 지난날 내 서랍은 한여름 날씨와 같이 후줄근히 짓눌러진 시간들로 북적대고 있지나 않는지, 그런 시간들을 솎아내고 닦아낸다. 사랑, 슬픔, 눈물, 형형색색의 말라버린 꽃들은 이젠 아름답고 선한 것들만 골라 가지런히 함께 한 다발로 묶어도 본다.

세월이 던지고 간 손익계산서를 들고 내용증명서와 함께 진실증명서도 챙겨 본다. 지난 일년이란 시간에 나는 무엇을 담아 보냈던가? 나는 내 삶에 시간의 이자를 얼마나 남기는 투자를 했던가? 내 행복의 가격표도 만들어 본다.

나는 버렸는가? 버려졌는가? 용서해야 할 사람을 용서했는가? 미워하지 않으려고 노여워하지 않으려고 마련했던 일단정지 사인판은 얼마나 많이 사용했던가? 이별의 미학점수는 몇 점인가? 미소를 잃지 않고 살아왔는가? 주려다 다시 집어넣은 돈, 생각만 하다가 손을 못 댄 일, 만나보려다 포기한 사람, 쓰려다 못 쓴 편지, 그런 미련의 짐은 얼마나 무거웠던가? 날마다 배우고 날마다 새로워졌는가? 그래서 날마다 진일보했는가?

돈으로 살 수 없는 것, 눈으로 볼 수 없는 것, 작은 것, 소박한 것들에 얼마나 관심을 가졌는가? 일찍 늙는 편안함의 유혹에 시달리지는 않았는가? 남을 위하고 이롭게 하는 일에 얼마나 투자했는가? 타인에게 나는 희망이 되는 존재였는가?

이런 것들을 점검해 볼 때 실로 부끄럽기 짝이 없는 한편 나그네로서 내 인생이 가장 견디기 힘든 딜레마는 바로 이중성이라는 걸 고백하지 않을 수 없다.

이루지 못해도 비극, 이룬 후에도 비극, 비극을 껴안고 살아가는 존재,

이래도 저래도 인생은 미완성, 인생은 멈출 수 없는 진행형! 산 넘어 산, 정점에 오르면 종점이 보이고 문제가 해결되면 또 다른 문제가 기다리고 있는 인생! 미룰 수 없는 변화! 설명할 수도 없는 우연으로 가득 찬 인생! 논리적이지도, 그렇다고 이성적이지도 않은 삶! 그때그때의 관심과 열정에 충실하며 망상을 놓고 헐떡이는 마음을 쉬면서 내 것도 아닌, 네 것도 아닌 하늘이 준 한 시절을 열심히 살아가야 하리라.

하루밖에 없는 이 하루, 오늘은 어제를 살고 간 사람들이 그토록 간절히 원했던 '단 하루만 더' 살고 싶었던 그 시간이 아닌가!

빌릴 수도 없는 이 시간, 저축도 할 수 없는 시간, 영원 속의 오늘, 영원 속의 현재, 이 절대적 시간! 오직 아끼고 아껴 써야 한다는 것만을 깨달을 뿐이다.

미련 없이 떠나는 12월, 그 만삭의 땅거미가 떠나며 내게 던지는 말,

"우공이산(愚公移山)! 진인사대천명(盡人事待天命)!

아! 고달픈 나그네길! 이 나이를 어찌할꼬.

〈뉴욕 한국일보〉 2003. 12. 15.

새해가 쥐어주는 말

"계획을 세우는 데 실패하는 것은 실패를 계획하는 것이다"라는 서양 격언이 있다. 내가 스쳐온 모든 것들을 임오년의 땅거미 속에 묻으며 갑신년의 새해가 밝았다. 지난 것들은 이젠 더 이상 내 것이 아니다. 부끄럽고 아쉽지만 세월 속에 과거의 나를 묻어버리고 앞에 펼쳐진 새로운 365일, 525,600분(分)을 어떻게 살 것인지를 계획하고 각오를 다져야 하는 새해다.

산다는 것은 하늘이 허락한 이 제한된 절대적 시간에 내 목숨의 의미를 담는 것이다. 일년을 생각하기에 앞서 남은 생(生)을 어떻게 살다가 무엇을 새겨놓고 갈 것인가를 먼저 생각하는 것이 순서요, 올바른 계획일 것이다. 그것은 전혀 나의 몫이다. 목표가 없으면 계획을 세울 수 없다.

"내가 내 인생을 계획하지 않으면 남이 내 인생을 계획한다." 스티븐 코비의 말이다.

호흡이 멈출 때까지 내가 해야 할 일은 무엇인가? 하나님의 휘슬이 울릴 때까지 결국 포기할 수 없고, 포기해서도 안 되는 공부는 무엇인가? 싸워야 할 대상은 무엇인가? 내가 추구해야 할 궁극적 목표는 무엇인가?

그것은 '진정한 자유인'이 되는 것이다. 자유인! 그것은 '자신이 주인이 되어 자신 스스로를 통제하고 스스로를 엄격히 다스리는 사람이요, 냉철한 이성과 강한 의지력으로 마음속에 떠오르는 오욕칠정(五欲七情)의 무지개를 끊임없이 지우며 지배하는 사람이요, 자기를 이기는 극기(克己) 끝에 달할 수 있는 가장 높은 경지의 사람'이 아닐까?

목표를 갖고 그걸 계획한다는 것은 즐거운 일이요, 비로소 존재의미를 깨닫는 것이다. 목표는 결심이자 비전이다. 그러나 자기만의 목표는 야심에 지나지 않는다. 다른 사람과 함께 아름다운 유익을 함께 추구하려는 목표를 갖는 것, 그것이 고상한 꿈이 아닐까. 꿈이 없는 사람은 허무하고 피곤하다. 꿈! 그것은 아름다운 비전이 되어 하루를 살아도 기쁨이 넘치고 영원한 젊음을 느낄 수 있게 한다. 내가 이렇게 글쓰고 있는 것도 부끄럽지만 내 나름대로 그러한 추구의 작은 일부분이다. 그러한 결심과 믿음을 가지고 영원히 지속할 것에 시간을 투자하는 것, '평생 업'을 갖는다는 것은 행복한 일이요, 시간에게 굴복당하지 않는 유일의 길이기도 하다.

'진정한 자유인'의 길을 남은 생(生)의 지표로 삼고 나는 올해 "답게"라고 이름 지은 말(馬) 한 필과 "그래도"라는 이름의 채찍 하나를 내 자신의 존재의미를 위해 준비했다.

존재한다는 것은 제 구실을 다하는 것이다. 내가 존재할 때, 이 우주도 의미가 있다. 제 구실을 다할 때 비로소 보람과 기쁨과 행복을 느낄 수

The Statue
of Liberty
2004 9. Cho

있다. "답게" 산다는 절대명제를 삼은 이상 포기도 변명도 평계도 있을 수 없기에 "그래도" 해야 한다는 채찍으로 나를 다스려야 하기 때문이다.

이를테면 솔직하고 정직하면 상처를 받을지 모른다. 내 마음에 안 들면 미워하는 마음이 들지도 모른다. 주려고 생각하면 아까운 마음이 들지도 모른다. 어떠한 부정적 장애물이 나를 가로막을 지도 모른다. "그래도" 나는 솔직해야 하고 사랑해야 하고 용서해야 하고 제일 좋은 것으로 주어야 하고 최선을 다해 극복해야 한다. 이것이야말로 나를 이기는 일이요, 나를 진정으로 사랑하는 일이요, 내가 사는 길이다.

타인들과 더불어 살아가야 하는 존재이기에 원만한 대인관계를 위한 지혜의 금언(金言)도 마음에 새겨야 하고 목표를 향한 철저하고 효율적인 시간관리를 위해 지혜도 필요하다.

"생각은 높게 행동은 낮게"를 나의 좌우명으로 삼고 또 힘든 나그네길, 삶의 전쟁터에서 내 마음이 외롭거나 괴로울 때 힘이 되고 빛이 되고 위로가 되고 기쁨이 되어줄 좌우서(座右書)로 《성경》과 내 아버지가 역주(譯註)하신 홍자성의 《채근담》을 내 곁에 챙겨 놓았다. 이 책들은 '앎'을 '행'으로 연결시켜 주는 영(靈)의 양식이요, 이런 책을 통해 맑은 몸을 가지고 맑은 마음으로 사는 것을 배울 수 있기 때문이다.

"마음이 가난한 자는 복이 있나니 천국이 저희 것임이요."(마 5:3)

올 한해도 이 좌우명을 마음에 새기고 가볍게 걸어가고 싶다. 호주머니에 두 손을 찌르고 휘파람을 불면서 느리게 걸어가고 싶다. 존재의 의미와 가치를 직시하며 일등을 해야 의미를 느끼는 패자보다 꼴찌를 해도 의

미를 찾는 승자로 살고 싶다. 두 눈에 핏발을 세워 찾으면 안 보이는 게 행복이요, 가린 얼굴로 시침을 떼고 있는 게 행복이다.

'예', '아니오'를 당당하게 하면서 단순하게 살고 싶다. 늙어가지 말고 그렇게 익어가고 싶다. 마음도 없고 모양도 스스로 만들지 않는 물[水]과 같이 살고 싶다.

'진리가 너희를 자유케 하리라.'

'사중득활(死中得活) 대사대활(大死大活)! 죽은 가운데 살고 크게 죽을수록 크게 얻는다'고 새해가 나에게 쥐어 주는 귀한 말이다.

〈뉴욕 한국일보〉 2004. 1. 2.

카오스(chaos) 속의 성자(聖者)

　야단법석, 그야말로 혼돈 그 자체였다. 2003년 8월 14일 오후 4시 11분, 오하이오주 클리블랜드의 어느 고압선에서 발생한 작은 사고가 캐나다 남부와 미동북부 6개 주의 오천여만 시민의 일상생활과 사회기능을 순식간에 마비시킨 채 28시간 52분 동안 "Black Out"에 잠기게 했다.

　과학문명을 자랑하는 미국, 세계 최대의 도시 뉴욕이란 거대한 도시가 졸도하고 전신마비 현상을 일으켜 신음하고 있었다. 바둑판처럼 그어진 도로의 수많은 신호등은 모두가 눈이 멀어버렸고, 지하철과 기차들도 기절하여 누워버렸다. 고층빌딩의 승강기들은 바쁜 사람들을 가둔 채 수직으로 서서 잠들어 버렸다. 에어컨도 숨을 멈추었고 냉장고도 거꾸로 더위를 먹었다. 휴대용 전화기는 신음소리만 내다가 풀이 죽어버렸고 빛의 속도로 질주하던 인터넷도 다리를 뻗은 채 눈을 감고 있었다.

　겁먹은 미국사람들을 달래느라고 테러분자들의 소행은 아니라는 라디오의 유일한 통신소리를 들으며 그림 전시장이 많은 소호(Soho)에 세워

놓았던 내 차에 올랐다. 시동이 걸리고 에어컨이 작동한다는 게 새삼 신기하기만 했고 가솔린이 남아 있다는 게 고마웠다. 이제는 어둠이 내리기 전에 맨해튼을 빠져나가는 것이 문제였다.

나는 길을 생각했다. 2만여 경찰이 출동했다는데도 그들은 다 어디로 갔는지 보이지 않고 거리는 속수무책인 자동차들로 숨통이 막혀 버렸다.

그때 구세주가 나타났다. 근처에서 배회하던 걸인(노숙자; *homeless*)들이 나선 것이다. 그들은 네거리를 분담하여 교통을 터 주기 시작했다. 신선한 충격! 남루한 행색의 그들은 가끔씩 저희들끼리 키득거리며 웃곤 했지만 대체로 진지했기에 우리 모두는 그들의 수신호에 순종하지 않을 수 없었다.

한편의 코미디로 웃고 넘기기엔 허탈한 아이러니요 패러독스였다.

그것 봐, 집 없는 우리들이 너희들보다 행복하지? 이 거리가 다 우리들의 집이니까, 우리들은 너희같이 많은 것에 갇혀 살지 않아, 너희들이 뭐라 하던 우리는 자유인이라구! 가장 낮은 자리에 서 보면 더 이상 두려운 것도 애태울 일도 없다고. 너희들은 남을 가두거나 스스로 갇혀 있길 원하지? 그래서 불안을 언제나 껴안고 기를 쓰고 아우성치는 것이 아닌가?

그들은 이렇게 냉소하듯 말 대신에 원시의 몸짓으로 길이 없는 혼돈에서 길을 열어주고 있었다.

질서는 어디에서 오며 어떻게 유지되는 것일까? 파워를 잃고 마비된

문명의 카오스 속에서 세상적 파워뿐만 아니라 유틸리티적 파워조차도 원하지 않는 그들을 보면서 옷 한 벌에 샌들 한 켤레로도 인생을 완성시키고 간 예수님을 찾아본다.

채우고 쌓아보려고 발버둥치지만 미완으로 마감하는 우리들의 인생이 아닌가! 두 시간여를 소비하고 겨우 미드타운 터널을 빠져 나왔다. 다행이 땅거미는 아직 지지 않았고 국도도 시원히 뚫려 있었다.

"그래, 이런 것이 길이지, 그런데 이 길을 처음으로 지나갔던 사람은 누구일까? 아마도 나와 같은 피부색깔의 아메리칸 인디언이었을 테지, 아스팔트가 아닌 흙길이나 자갈길이라도 불편은 했겠지만 그래도 시원하게 달려갔을 테지 … . 원시자연의 시련 속에서 생활을 이겨내기 위하여 무리를 찾아 헤매었을 것이고 보다 아름다운 꿈을 찾아 울부짖지 않았다면 아마도 이 길은 생기지 않았을 테지 … ."

이런 생각을 하다 보니 어느새 내가 사는 동네에 다다랐다. 어둠이 짙게 깔린 동네엔 내 집만이 전등을 켜 놓은 듯 환하게 밝았다. 집안으로 들어서니 아내와 아이들이 많은 촛불을 밝혀놓고 라디오에 귀를 기울이면서 놀고 있었다. 잔인하기도 한 현대의 문명이 잠시 기력을 잃은 원시는 평화스러웠다. 나도 모처럼 일찍 일손을 놓고 흐뭇한 마음으로 가족들 사이에 끼어 앉았다. 창 밖은 가로등 불빛마저 여전히 숨어버린 적막이었다.

문명의 이기와 문명의 교만이 오히려 원시의 안식을 누리며 고개를 숙이고 있었다.

"전등의 사치가 없으니 별들의 순수가 보이는구나."

혼잣말을 뇌이며 카오스 속에서 길을 찾아 헤매이던 우리들에게 길을 열어주던 거리의 성자(?)를 생각하며 밤하늘을 바라본다.

결국은 나그네에 불과한 인생들에게 과연 진정한 자유는 무엇이며 진정한 행복은 무엇일까? 텅 비어 성(聖)스러운 것조차도 없는 것이 불법(佛法)의 근본이라던 달마대사를 떠올리며 전력보다도 더 큰 전력은 인간 전력이란 생각을 심어본다. 수없이 많은 길 중에서 현대의 인간은 올바른 길을 가고 있는 것일까?

〈뉴욕 한국일보〉 2003. 8. 27, 〈미주 펜문학〉

가지고 싶은 사람

　옛날에, 어느 왕이 신하들에게 나라 안의 유명한 석학들을 동원하여 "인생이란 무엇인가"를 연구하라고 명령하였다. 학자들이 지혜를 모아 2년 반 만에 두 수레의 책을 만들어 바쳤더니 "이렇게 많은 책을 어떻게 읽느냐? 좀더 줄여 오라"고 지시했다. 3년 만에 다시 네 권으로 줄여 왔다. 왕은 또 "이것도 많으니 더 줄여 오라" 명했다. 4년 만에 두 권으로 줄여 왔다. 그때는 왕도 늙어 글씨를 읽을 수 없게 되어 "내가 글을 읽을 수 없으니 한마디로 하라"고 명했다. 다시 몇 년 후 학자들이 들어와서 얻어낸 말이 "인생이란 태어나서 외로워하고 병들고 그리고 죽는 것"이었다던가.

　울고 소리치며 세상에 나와 만나고 사귀고 채우다가 모든 것 버리고 소란 속에 떠나는 존재인 우리들이 죽을 때까지 껴안고 살 수밖에 없는 것이 '외로움'인 것이다. 외로움! 그것은 인생의 행복과 불행을 재는 저울이다. 그 저울에 담겨지는 것은 사랑과 정(情)의 크기이다. 외로움병을 치유시킬 수 있는 명약은 이것뿐이리라. 왜냐하면 산다는 것은 사랑을 주고 받는 것이요, 인간은 누군가에게 기대지 않고는 살 수 없도록 지어진 존재이기 때문이다.

우리가 이나마도 지탱하며 살아갈 수 있는 것도 가족이 있고 친구가 있고 새끼손가락만한 사랑이라도 유지하고 있기 때문이다. 그런데도 외로움을 떨치지 못하는 것은 사랑에 허기짐이요, 정이 그립기 때문이다. 나의 내면세계를 이해해 주고 말이 통하는 그러한 사람을 만나 시간을 가질 수 있었으면 하는 것이 우리들의 소박한 소원이 될 정도로 '대화의 장애' 병을 가진 사람들이 많다.

삶에 지치고 시간에 쫓기고 의미를 상실한, 로봇과 같은 기계가 되어버린 현대인들, 파티에서 음료수나 한 잔 들고 아무 의미 없는 날씨 얘기나 하는 건조한 시대에 살고 있는 우리들이 아닌가. 삶이 쓸쓸한 여행이라 생각될 때, 삶의 빈자리가 폐허처럼 느껴져 스산할 때, 겨울 바다의 썰렁함이 가슴에 구멍을 낼 때 우리들은 누군가가 그리워진다. 내가 본 적이 없는 먼 풍경을 그리워하게 된다.

찰스 디킨스의 소설 〈두 친구〉나 '관포지교'(管鮑之交) 이야기 속의 믿음, 대가 없는 우정, 명나라 작가 풍몽룡의 단편소설 〈유세명언〉(喩世明言) 속의 범거경과 장려의 목숨을 던져 지키는 약속, 《성경》 속의 다윗과 요나단의 맑은 영혼의 외로운 절규에 눈물이 나올 것 같은 동병상련(同病相憐)의 우정! 이런 것들이 그리워진다.

인생에서 가장 좋은 것은 따뜻한 가슴이고, 따뜻한 가슴을 가진 사람과의 인연이 아닐까. 사랑과 우정은 어느 것보다 삶에 중요하다. 사랑은 아낌없이 주는 것, 사랑은 지극한 정성, 사랑은 기적을 낳고 생명을 창조한다. 우정만큼 아름다운 인간의 감정이 또 있을까? 그러나 그것은 어렸을 때만 가능하기에 우리를 적막하게 한다. 나이가 들수록 우리의 껍질은 두께가 더해가고 때가 묻고 이기적으로 변한다. 우정은 어느날 갑자기 얻어지는 것이 아니다. 우정은 쌓아가는 것, 꾸밈없는 진실로 시작되는 것이기 때문이다. 그것은 순수한 열정과 존경에서 생겨나는 것이기에 일방적으로 이루어질 수 없다. 마음과 가치관이 통해야 되는 것이다.

숨돌릴 틈도 없이 변화무쌍한 세상 속에서도 변함없는 묵직함과 신뢰를 주며, 나의 영혼과 가슴에 귀를 대고 마음의 빗장을 열어 영혼의 메아리를 들어줄 사람, 그런 사람을 나는 가졌는가? 공허한 마음, 목마른 영혼, 내 마음의 질서를 잡아주는 사람, 그런 사람을 나는 가졌는가?

한움큼의 슬픔을 쥐고, 익숙한 아픔을 늘 마시며, 권태와 친해져서 그럭저럭 견딜 만하다가도 악착같은 세상이 나의 설익은 평안에 시비를 걸 때 문득 생각나는 얼굴, 그 사람을 나는 가졌는가? 한결같은 마음으로 내게 관심을 가져주며 나의 재능과 장점을 찾아내 그 가치를 높여주고 허물을 덮어주며, 말없이 내 등 뒤에서 울타리를 쳐주는 그런 사람을 나는 가졌는가!

언제 신어도 내 발에 잘 맞는 오래된 신발 같은 너무나 편한 사람, 그와 함께라면 칠흑 같은 밤, 험한 길이라도 선뜻 따라 나서고 싶은 사람, 그런 사람을 나는 가졌는가? 나와 늘 함께하며 경쟁을 격려로 나의 꿈을 밀어주고, 웃음과 매력과 여유로 젊게 해주는 사람, 그런 사람을 나는 가졌는가?

삶이 나를 기만할 때 나의 손을 잡아주고, 내가 독선에 빠졌을 때 겸손을 선물하고, '옳소' 하고 세상이 나를 부추길 때 '아닌데 …' 하며 조용한 눈길로 천천히 고개를 저어주는 사람, 그런 사람을 나는 가졌는가?

서글픈 한국을 가슴에 품고, 수고를 희망으로 엮어가는 이민의 삶, 어줍은 자유와 평등 앞에서 객(客)이라 느껴질 때 입은 옷 그대로 아무 때나, 허물없이 찾아가 차 한 잔 마시며, 허전한 맘 털어놓고 나서도 행여 말이 날까 걱정하지 않아도 될 사람, 그런 사람을 나는 가졌는가?

"당신이 있어서 내 인생 더없이 행복했었다"고 말하고 떠날 사람을 가지고 싶다면 나부터 그런 사람이 되기를 노력해야 되리라. 삶의 궁극적인 질문도, 대답도 이것이 아닐까.

〈뉴욕 한국일보〉 2004. 1. 20.

자연(自然)은 최고의 스승

　얼마 전 우리 동네 호숫가에서 복수초가 얼음을 뚫고 고개를 쳐들고 있는 것을 발견하고 봄이 오는 소리를 들었었다. 아직도 길섶엔 잔설이 깔리고 그늘진 개울엔 살얼음이 남아있는 곳도 있으나 이미 봄은 우리도 모르는 사이에 사뿐히 대지 위에 내려앉았다. 얼어붙었던 우리네 마음에도 봄이 왔다.

　입춘도 지나고 경칩도 지난 지 보름이 넘었다. 그 호숫가에 다시 와보니 산수유와 개나리가 노란 꽃망울을 부풀리고 있다. 잔설을 뚫고 나온 튤립과 물가의 수선화의 싹은 반 뼘 이상 자라 있었다. 썩고 있는 낙엽을 헤치고 파릇파릇 초록의 새 생명들이 얼굴을 내밀고 모처럼의 따사한 햇볕을 즐기고 있다. 겨우내 참고 참아온 열정과 설렘! 그 뜨거운 마음을 더 이상 참을 수 없다며 나무들은 저마다의 색깔과 향기를 새순에 담아 봄을 뿜어내기 시작했다. 이런 부활의 움직임을 멀리서도 느낄 수 있는 나무는 단연 물가의 수양버들이다. 나무 전체가 물이 올라 온통 노오랗다.

이렇듯 자연의 시계는 한치의 오차도 없이 돌아 어김없이 올해도 봄이 왔다. 지금쯤 모국의 고향집 뜰에는 하얀 매화꽃이 피었을 터이고, 우리 아이들의 고향 조지아 주 애틀랜타에는 도그우드(Dogwood) 꽃이 한창이리라.

이곳 뉴욕에도 4월은 이렇게 오고 있다. 아직도 꽃샘, 잎샘이 남아있긴 하지만 그래도 생장의 시계는 멈춤이 없이 산수유, 개나리, 벚꽃, 수선화, 튤립, 진달래, 철쭉, 복숭아꽃, 과꽃, 살구꽃을 피워낼 것이고 목련도 꽃 피우리라.

이렇게 철이 바뀔 때마다 우리는 자연을 통해 많은 것을 배운다. 인간 도 자연의 일부요, 자연 속의 모든 생물은 각자가 다 소우주(小宇宙)라는 것, 잠시 같이 살다가 모두 자연으로 돌아가기에 그 속에서 우리는 겸손 을 배운다. 숲으로 둘러싸인 호숫가를 거니노라면 나무들이 내게 말한다. 끊임없이 비우는 삶을 살라고, 그래서 나무들은 오래 산다고. 해마다 처 음처럼 다시 시작하는 삶을 살며 하늘과 땅으로부터 받은 것을 땅으로 돌 려주고 내가 가진 것이 다 내 것이 아님을 알며 살아가고 있다고 깨우쳐 준다.

호숫가 벤치에 앉아 하늘의 구름을 바라보며 마음속에 그림을 그려본 다. 하늘을 생각한다. "아무것도 없는 허공이야말로 '참'이요 허공이 곧 하나님"이라는 어느 목사님의 말씀을 생각한다. 형체도 모양도 없이 계시 는 분, 그러나 어디에나 계시는 분, 꽃을 있게 하는 것은 허공이기에 꽃만 보지 말고 꽃 밖의 허공도 함께 보라는 말씀을. 빈 것 같으나 꽉 차있고 꽉 차있는 것 같으나 텅 비어있는 그 절대공(絶對空)의 위대함을 배워야 한다. 그 하늘을 생각하노라면 내 안에는 어느새 하나님이 들어와 계실 자리가 없어지고 말았다는 생각이 든다. 그 자리를 다시 마련해 드려야 한다고. 그동안 버려야 했던 것들이 나도 모르는 사이에 내 안에 들어와 앉아 어지럽히고 있지 않은가.

저 나무들처럼 비우며 살아야 한다. 내가 죽어야 다시 산다. 다 털어버려야 다시 풍성하게 살 수 있다고 나무들이 일깨워주고 있지 않은가. 또 허공은 내게 묻는다. 구름이 없으면 비가 있을 수 있겠느냐고, 우리의 삶에 겨울은 왜 필요한지 아느냐고, 왜 대지가 꽁꽁 얼어붙고 매서운 찬바람이 불고 그토록 아끼고 소중히 가꾸어온 것들을 바람이 다 휩쓸어 가는지 생각해 본 적이 있느냐고. 한 톨의 곡식, 한 알의 과일 속에 폭풍과 천둥과 가뭄과 뜨거움과 목마름의 소리와 인내가 함께 영글어 있는 걸 아느냐고. 낮은 곳으로만 낮은 곳으로만 흘러 모인 물이 강을 이루고 바다를 만드는 이치를 늘 생각하며 사느냐고 개울물이 내게 묻는다. 아무리 멋있는 집을 지어놓더라도 뒷산의 아름다운 능선과 나무들과 그 너머 푸른 하늘, 고운 노을 없이, 자연과의 조화 없이 아름다울 수 있겠는가.

자연 앞에 고개 숙이지 않을 이가 어디 있으랴. D. H. 로렌스는 나이든 사람들에게 피할 수 없는 이별의 시간이 다가오는 것을 알면서도 속절없이 맞아야 하는 서글픔으로 겨울을 노래했고, 죽음을 준비하는 이에게는 생명이 시작하는 봄은 잔인할 수밖에 없기에 '사월은 잔인한 달'이라고 T. S. 엘리어트는 봄을 노래하지 않았던가.

자연 앞에 무릎 꿇지 않을 이가 누가 있으랴. 자연보다 더 큰 스승이 어디 있으랴. "인법지, 지법천, 천법도, 도법자연!"(人法地, 地法天, 天法道, 道法自然) '사람은 땅에서 배우고, 땅은 하늘에서 배우고, 하늘은 도에서 배우고, 도는 자연에서 배운다'는 〈노자〉에 있는 말을 곱씹어본다.

사람은 뿌린 대로 거두는 법을, 정직함을 땅으로부터 배운다. 버린 것, 죽어서 땅에 묻힌 것들을 영양분으로 하여 봄이면 푸른 생명으로 다시 살려내는 위대한 힘을 배워야 한다. 땅의 생명들은 값없이 끊임없이 주고 베푸는 희생과 질서정연하게 운행하는 그 이치를 하늘로부터 배워야 한다. 단지 공간으로서의 장소가 아닌 하늘, 그 인격적 존재임을 깨달아 하늘의 도를 본받아 하늘과 땅에 스며있는 진리와 인간의 길을 알게 하는 모든 가르침의 으뜸인 자연에게 사람은 순응하며 배워야 할진저!

〈뉴욕 한국일보〉 2005. 3. 21, 〈청하문학〉 2005.

너는 듣느냐? 나의 독백을

─ 맨해튼 애수(哀愁)

그립다 말을 할까
하니 그리워
그냥 갈까
그래도 다시 더 한 번….

　나조차 모를 '그 무엇'을 그리워하며 오늘도 나는 이 노래를 물고 무심한 East River에 설운 마음을 띄워 보낸다. 너의 겨드랑 속으로 파고들며 하루를 연다. 수고를 판다. 세월을 낚는다.
　말초신경까지도 곤두세운 채 하늘을 향해 바락바락 소리를 질러대며 수직으로 솟구친 광기 어린 빌딩숲 그 사이로, 하얗게 드러난 너의 끈끈한 살갗을 더듬으며 오늘 하루의 수고를 세어도 본다.
　네가 뿜어내는 열기로 나의 몸의 온기를 유지하며, 네가 흘린 욕정의 찌꺼기, 지폐 냄새에 찌든 땀방울을 고통으로 핥아줘도, 너는 내게 눈길한 번 주지 않은 채 돌아누워 있고나. 그 오만한 육체, 너의 구석구석을 연민의 정으로 쓰다듬으며 너의 포로가 되어 오늘도 나는 허드슨 강물에 짝사랑의 한숨을 섞어 그리움을 띄워 보낸다.

너의 몸 어느 한 곳, 나의 손길이 아니 간 곳이 있더냐. 산발(散髮)로 풀어 헤친 채 뒤엉킨 너의 머리칼, 그 이름 너 '할렘'이라 했더냐. 네 묘한 모양새와 머리 냄새에 얼마나 긴장하고 전율했었는가, 나는.

흐느끼는 검은 노래, 재즈의 선율에 젖어 "켄터키 옛집에 햇빛 비칠 때…"를 입에 물고 '올드 블랙 조'를 그리워하기도 했었더니라. 때로는 창조주의 섭리와 긍휼에 무릎 꿇고 평등과 사랑도 배웠더니라. 까닭 없이 내 마음 외로울 때나, 가슴 답답해 터질 때면 시원하게 열어젖힌 네 '센트럴(가슴) 팍' 너의 허파 속을 파고들었더니라. 코를 들이대고 너의 생기를 훔쳐 마시며 내 지친 육신을 가까스로 지탱해 왔었더니라, 나는.

팽팽한 너의 자존심 '엠파이어 스테이트' 그리고 '크라이슬러' 빌딩, 너의 두 개의 봉우리는 언제나 내 가슴을 설레게 하기에 모자람이 없었고, 너의 심장, 세계의 교차로 '타임스 스퀘어'에서 세상의 맥박 뛰는 소리를 들었더니라. 그 안에서 나는 너를 통해 '세계를 품는 예지(叡智)와 열정(熱情)'을 배우기도 했었더니라.

세계의 배꼽 너, 맨해튼!, 그 속의 작은 배꼽 '그리니치 빌리지', 꾸불텅 꾸불텅 주름져 아문 탯줄 끊긴 자리, 네 어미의 생명선을 그리워하며 겨울비 맞으며 싸구려 감상에 젖어 온종일 나는 그 속을 서성이기도 했었더니라. '윌리엄 시드니 포터'가 왜 '오 헨리'로 이름을 바꾸어야만 했는지 알 것만 같아 고개를 떨구기도 하였더니라. '죤시'를 위해 진눈깨비 오던 날 밤, '마지막 잎새'를 그리던 '베어맨'을 그리워하면서 …. 머리칼을 팔아 시계를 사 줄 여인도 내겐 없고, 시계를 팔아 머리빗을 사줄 만큼 따뜻함도 없는 내 자신을 힐책도 했었더니라.

신세계의 내일을 잉태시키기 위해 꿈틀대는 욕망의 상징, 너의 사타구니에 힘차게 솟아 오른 거대한 쌍둥이 너의 심볼이 거세당하던 날, 나는 너를 부둥켜안고 오열하고 통곡도 했었더니라. 이념은 팽개치고 경제만 남은 세상, "판다. 고로 나는 존재한다"라는 경구를 너도나도 목에 걸고 동분서주하는 세상, "많이 만들어, 많이 소유하고, 마음껏 즐기자"라는 무한한 행복의 3대 추구를 교리로 하는 현대인의 삼위일체 신앙!, 세계의 종교, 그 교주가 너라고 미워들 했었더니라. 자유를 시기했었더니라.

혼란과 불가사이의 모순의 도시, 너 맨해튼!, 이민자들과 피난민들의 수용소, 활력과 가능성과 난해함까지도 껴안을 수 있는 유일의 도시, 너는 모든 것의 총체, 욕망과 힘, 현대의 상징, 그 자화상, 너는 천의 얼굴을 가진 존재, 제아무리 견고한 것이라도 이내 녹여버려 포로로 만들어버리는 너, 맨해튼!. 그런 너의 마법이 무엇이더냐. 범죄와 금융과 예술과 마약의 도시, 무섭고 아름답고 추하고 끔찍하고, 두렵고 그러나 사랑스런 너, 너의 정체는 도대체 무엇이더냐!

밤이면 은하수를 빨아 삼킨 불빛이 던지는 너의 마력에 굴복하지 않을 이가 어디 있으랴. 아무리 큰일이 나도 다음날 아침이면 무슨 일이 있었냐는 듯 잊혀져 버리는 도시, 너 맨해튼, 어떤 잡지책보다 더 다양하고 흥미 있는 신문광고란은 나를 웃을 수도, 울 수도 없게 만들더구나. 얼마나

World Trade Center

많은 사람들이 너를 정복하려다 너로 인해 미쳐버리고, 울고불고 했었으며, 분노로 절망으로 돌아서고 허물어져 갔었더냐.

가슴을 도려내는 상처, 후벼파는 아픔, 그 사이로 구름처럼 바람처럼 강물처럼 흐르고 있는 이 그리움, 그 정체가 바로 너였더냐. 욕망이요, 힘이요, 미련이었더냐. 지금은 볼 수 없어도 보이지 않는 내 안, 그 어느 곳에 남아 있는 '그 무엇'이 그런 것이었더냐!

"네 생애 봄날은 갔다"고 비웃지 마라. 아직도 나의 낭만은 무뎌지지 않았고 눈물도 다 메마르지는 않았느니라. 행복에 조건을 달게 하고, 가격을 붙이고 과정보다 결과에, 꿈보다 욕심에 모두를 눈멀게 하는 봄날의 장난에 속은 것은 비단 나만이 아니었더라.

"소유하겠는가, 존재하겠는가"고 날 협박하지 말게나. 그대, 에릭 프롬이여! 가진 재산이라고는 가난한 마음뿐일세. '잘 버리는 예술을 터득함이 행복'이란 진리를 이 도시가 이렇게 조롱하는 것만으로도 족하다네그려!

아! 풍요 속에 내몰린 나의 고독이여! 야위어 가는 세월이여! 설익은 내 삶의 얼굴에 피어나는 슬픈 버짐이여!

"사는 게 다 그런 거지….. 석화광중기차신!(石火光中寄此身) 부싯돌처럼 반짝하고 사라질 이 몸이라고 씁쓸히 웃어넘기기엔 그래도 벅찬 애수(哀愁), 좁힐 수 없는 간격에 안절부절하며 달려온 끝! 삶은 한가닥의 슬픔, 한 줌의 고통이어라.

〈뉴욕 한국일보〉 2004. 6. 7.

인생을 소풍처럼

삼불차(三不借)
"팔십에도 될 수가 있네~"
"꽃 한 송이 구름에 실어 보내요" – 어머니날에
"웰컴 홈"(Welcome Home)
아버지의 흔적
아버지날에 …
아버지 시비(詩碑) 제막식(除幕式)에 다녀와서
감사의 달, 그날에 …
어느 할머니의 행복
인생을 소풍처럼
웰빙 유감(有感)
"여러분도 행복하십시오"
가정의 달, 5월에
'작은 것의 소중함'과 '여유'
'상대적 만족'을 '절대적 감사'로
'반찬 투정'과 '사랑의 낚싯밥'
좋은 인연은 좋은 관계성

삼불차 (三不借)

내 선친은 시를 쓰시었고 남겨진 시로서 알려진 조지훈(趙芝薰)이시다.
그래서였는지 뉴욕의 한 언론에서 우리 가문의 가훈(?)인 '삼불차'(三不借)
를 소개한 적이 있었다. 그후 여러 지인으로부터 그 '삼불차'의 뜻을 구체
적으로 설명하여 달라는 이야기를 자주 들었다.

중학교 시절까지는 학교에서 가훈을 써 오라면 나는 "남에게 동정받는
사람이 되지 않는다"라고 써갔다. 평소에 선친께서 그렇게 말씀을 하시
었기에 그 말씀이 우리집의 가훈인 줄만 알았다. 그러다가 고등학교에 들
어가서야 '삼불차'란 가훈이 370여 년 동안이나 우리 집안에 이어져 왔다
는 것을 알게 되었다.

'삼불차'란 글자 그대로 빌려서는 아니 되는 것 세 가지이다.

첫째가 돈이요, 둘째가 사람이요, 셋째가 문장(글)이다. 남에게 빌린다
는 것은 비굴함이다.

첫째가 돈인데, 그것을 빌리려면 구차한 자신의 형편과 사정을 늘어놓

95

아 상대방으로 하여금 동정심을 불러일으켜야 하며 때때로 거짓말도 섞어서 속이기도 해야 한다. 그렇게 해서 빌린 돈을 약속대로 갚지 못할 경우에는 본의든 본의 아니든 간에 신뢰를 잃게 되고 신발끈 다 풀어진 구두를 신고 다니는 허술한 사람이 되고 만다. 심지어는 좋았던 관계성을 상실하고 사람마저 잃게 된다.

둘째는 사람, 이것은 양자(養子)를 들이지 않는다는 것이다. 다른 종갓집들은 중간에 아들이 없으면 양자를 들였지만, 우리 집안에는 그런 일이 없었다. 16대 동안 친자로 계속 이어져 왔다. 지금 세상이야 별로 그럴리야 없겠지만 아들이 없거나 딸자식마저 없는 옛날 어느 가정에서는 가문의 대를 이어갈 아들이 없다는 구실을 핑계삼아 첩을 들이거나 씨받이를 찾는 남자들이 있었다. 본처의 가슴을 아프게 하면서 다른 여자에게 눈을 돌리는 것이다. 옳은 일일까? 지금이나 예전이나 가정의 불화는 외도에 있다. 남자는 물론이려니와 여자들도 성문화가 문란해지는 현대의 홀랑 벗은 골목길에서, 옷깃을 가다듬고 지켜서 가야 할 일은 지켜서 가야 한다. 뉴욕에서 장사 깨나 한다는 어느 장로는 장사를 한답시고 한국을 들랑날랑 하더니 부인도 모르게 여자를 얻어 살림을 차리고 아이를 둘씩이나 낳았다. 부인의 심정이 어떠하였겠으며, 혹시라도 자기 딸이 결혼해서 그런 남편과 살고 있다면 무엇이라 말할 수가 있을까?

세 번째는 글이다. 글을 쓰되 남의 글을 훔치거나 떳떳하지 못하게 빌려쓰지 말고 자력으로 하라는 말이다. 평소에 좋은 글을 늘 대하고 전문지식이나 일반지식, 또한 교양서적 읽기에 게을리하지 말라는 충언인 것

이다. 학문의 뼈대는 정신에서 나온다.

창씨개명에 시달렸던 일제시대에도 창씨개명을 하지 않고 버티었던 조상들의 강인한 지조! 전에는 고리타분하다고 여기었던 '삼불차'의 가훈이 나이가 들수록 내 머리를 끄덕이게 하는 힘은 무엇일까?

내 나이 들어서 선친께서 알려준 것처럼 나도 내 아이들이 나이가 어지간히 들어서야 선친이 대를 이어 물려준 '삼불차'를 알려주었다.

가훈이란 그 집안의 정신적 문패요 가문의 가치관이다. 새롭게 세우는 가훈도 있겠지만 내 집의 가훈은 조상으로부터 물려받은 정신의 유산이다.

우리의 이웃을 보면 성씨도 다르고 집안도 다르다. 사는 방법도 다르고 생각하는 것도 다 다르다. 그것이 그 집안의 정신이다.

난초가 장미가 될 수 없듯이 남의 흉내를 내면서 산다면 그것은 집안에 가훈을 세우지 못한다. 가훈이 의식을 지배하여 주는 가정이 사회에서 거울이 된다.

"부자 되세요"라는 인사말이 새해의 덕담이 되어버린 세상에서 "깨끗하게 사세요" 하고 인사할 수 있는 내 아이들이 되어주기를 기대하며 '삼불차'를 전해준다.

세상이 복잡하면 갈등도 많겠지만 갈등 앞에 무릎을 꿇지 않는 배경은 정신의 뒷받침이다. 선친이 그리운 날이다.

〈문예운동〉 2004년 봄호

"팔십에도 될 수가 있네~"

　혹인 여배우로서 최초로 할리 베리가 오스카상 여우주연상을 타고 감격의 눈물을 흘리던 날, 우리집에도 한 여인의 감격과 환희의 목소리가 전화선을 타고 와서 미국서 사는 가족들의 가슴을 뭉클하게 했다. 며칠 후면 81세가 되시는 내 어머님께서 '한국 서화(書畵) 명인대전'에 입상하신 것이었다. 독학으로 이루신 쾌거이고 보니 그저 놀랍기만 했다.

　마흔 여섯에 남편을 여의고 34년이란 긴 세월을 인고와 고독의 세월을 살아오신 내 어머니. 어찌 그 한 많은 당신의 심정을 상상으로만 헤아릴 수 있겠는가. 그 어머님이 모든 역경을 헤치고 이제 당당히 명인(?) 반열에 오르신 것이다.

　세상엔 공것이 없다. 인생은 공것이 아니다. 가치 있고 높은 희망과 목적을 위해 견인불발(堅忍不拔)의 힘으로 대가를 치르려고 노력한 결정체로 어머님의 오늘이 있었던 것이다.

　승리란 무엇인가. 그것은 경쟁자를 이기는 것이 아니고 무의미한 것에

어머니께서 그리신 수묵화와 어머니께서 쓰신 합죽선 글씨

시간을 허비하는 자기습관을 이기는 것이라고 누군가 말하지 않았던가. 어머님은 당신의 편하고자, 쉬고자 하는 유혹과 노인들의 보편적 생각이 나 습관과 싸워 이기신 것이다.

인생에서 실패라는 것은 자기가 하고 싶었던 일을 하지 못한 사람일 것이다. 자기가 하고 싶은 일을 향하여 전력을 기울일 때 비로소 마음의 평화와 정신의 만족도 얻어지는 것일진대 어머님은 그걸 찾으신 것이다. 당신이 할 수 있는 단계의 일부터 시작하여 조금씩 조금씩 온몸을 내던져 부딪쳐 나가시면서 용기와 담력을 키우시며 불요불굴의 열성과 노력으로 오늘의 영광을 얻으신 것이다.

"우리가 만일 몸을 바쁘게 하지 않고 가만히 앉아서 이것저것 생각하게 된다면 이른바 '웹버 집버'(새 이름 — 잡념을 말함)가 새끼를 치게 되는데 그것은 잡귀와 같아서 우리의 마음을 허전하게 한 다음 우리의 행동력과 의지력을 파괴한다.… 몸을 바쁘게 하라. 걱정 있는 사람은 일 속에서 자기를 좇으라.… 인생은 작게 살기에는 너무나 짧다"고 디즈렐리는 말했다. 꿈과 희망을 포기한다는 것, 나이를 생각하는 것은 어리석은 것이다.

목적도 없고 희망도 없다는 것은 고인 물과 같아 마침내 썩어 없어지며 이러한 인생은 산송장과 같은 인생이 아닌가. 머문다는 것은 포기요, 죽음 그 자체이다. 인간존재의 참 의미는 가치를 창조하고 삶의 의미를 추구하는 데 있다. 삶을 통해 무엇을 얻을까 생각해서는 안 된다. 물질적 풍요가 결코 정신적 풍요를 대신할 수 없다는 걸 잊고 사는 요즈음 어머님의 승리는 그래서 더욱 돋보인다.

'젊음'이란 물질적 어떤 관계(*Stage of Life*)가 아니라 마음의 상태(*Stage of Mind*)라고 사무엘 울만은 〈청춘〉이란 그의 시에서 노래했지 않은가. 고정관념에서 탈피하여 생각하고 상상할 수 있는 사람만이 의미 있는 미래를 창조할 수 있는 것이다. 그렇다! 우리는 안일한 현실에서 탈피해 삶의 목표를 상향조절하고 기존의 틀에 갇힌 사고방식을 적극적, 긍정적으로 삶의 모습을 변화시켜야 한다.

추구하는 바는 달랐어도 할리 베리와 어머님의 승리에는 꿈과 희망을 가졌다는 것과 절대 포기하지 않고 자신과의 싸움에서 이겼다는 공통점이 있다.

'무위도식'(無爲徒食), '무용지물'(無用之物)의 자괴감으로 나이를 한탄하는 노인들에게는 도전을 주고 육체로 세상을 파악하는 젊은이들에게는 "나이는 꿈의 달성에 아무런 장애물이 될 수 없다", "너도 할 수 있다"는 교훈을 주신 자랑스런 어머님께 나는, 35세 때보다 70세 때 더 왕성한 활동을 했던 데이비드 브라운이 "65세에 은퇴하여 80세까지 사셨던 나의 아버지가 일을 하셨으면 95세는 사셨을 것을 15년은 허송세월 하셨다"고 아쉬워한 말과 "죽음을 생각지 말고 살라"며 백 세 이상을 살고 있는 코미디언 조지 번스의 얘기를 해드리며, 또 다른 도전으로 살아가신다면 백세 이상도 문제없으실 것이라고 격려해 드렸다.

최선을 다해 꿈을 이룬 할리 베리와 당신의 '늘빛'이란 필명처럼 늘 밝음과 희망 속에 시들지 않는 마음으로 노인들의 정신적 귀감이 되신 어머님께 뜨거운 박수를 보낸다.

마른 가지에 새싹이 돋아나는 부활의 계절에 "야! 할머니, 멋지다! 80에
도 될 수가 있네~"라고 경의로운 감탄으로 축하해 드렸다는 대학 다니는
큰조카의 외치는 소리가 아직도 귓가에 쟁쟁하다.

〈뉴욕 한국일보〉 2002. 4. 12.

"꽃 한 송이 구름에 실어 보내요"
— 어머니날에

그리운 어머니!

"땅을 울리며 상장(喪章)처럼 떨어져 내리는" 목련 지는 소리를 들으며, 어머니! 당신을 생각하고 있어요. 봄이 도발해낸 서러운 운명을 지닌 꽃, 나무 위의 연꽃, 목련을 보고 있노라면 어머니가 그리운 건 왜인가요?

"흰빛이 목이 메도록 아프다"는 어느 시인의 시 구절이 떠오르는 건 또 왜인가요?

진흙같이 둔중한 세월을 이기고 남편이란 존재의 무게를 감당하며 크고 아름다운 덕으로 피어난 한 송이 연꽃 같은 당신의 아호 연담(蓮潭)이 생각나서 일까요? 아니면 연꽃을 닮은 이 꽃이 지는 모습에서 멍든 가슴으로 외로이 늙어가시는 당신의 슬픈 여자의 일생을 보는 듯해서 그래서 목이 메는 걸까요? 그도 아니면 아직은 차마 생각조차 하기 싫지만 머지 않아 당신을 아버지 곁으로 홀로 보내드려야만 하는 날이 올 줄 알기에 미리부터 목이 메어 눈시울이 뜨거워지는 걸까요?

겨울 벌판에 홀로 선 한 그루 소나무같이 참으로 긴 겨울을 살아오신 우리 어머니!

당신이 가시고 나면 눈물로 어머니에 대한 글을 써야만 할 당신의 못난 아들, 그날을 당해 몇날 며칠을 얼굴도 들지 못하고 울고 있을 이 몸이건만 "살아계실 때 잘해 드려야 하는데 …" 생각만 하면서 세월만 무심히 흘러갔네요.

어머니! 봄꽃을 보면 어머니 생각나고, 제 입에 꼭 맞는 음식을 장만하시던 정성 담긴 '손맛'과 함께 봄나물국 슬슬 끓어오르던 밥상이 생각나고, 붓글씨, 바느질하시는 '손맛'을 떠올리곤 해요. 제가 가장 사랑하는 어머니의 모습이거든요.

어머니! 머리 허연 당신 아들과 함께 거닐던 우리 동네 그 호숫가를 오늘은 당신을 그리워하며 혼자서 걸었어요. 그 찬란한 봄은 죽지도 않고 또 돌아왔건만 어머니와 저의 식솔들은 하늘과 땅 사이에 살면서도 아직도 멀고 아득하게 그리워만 하면서 이렇게 살고 있네요. 마음은 언제나 어머니 곁에 있건만 함께 하고 뵐 수 없어 안타깝기만 하네요.

그 따뜻하고 정겨운 '어머니'란 단어를 상실한 채 살아온 잃어버린 모정의 세월이 너무나 길었어요. 보고픔과 기다림의 수(繡)틀 위에 오늘도 한올 두올 수를 놓고 계실 어머니! 불효의 세월이 송구해 마음이 아려요. 그런 생각을 하고 있노라면 "그 무엇 찾으려고 끝없는 꿈의 거리를 헤매어왔던가" 하는 옛 유행가 가락이 입에 절로 맴돌며 회한의 마음과 함께 어머니의 옛 이야길 서러워하며 어머니의 말씀을 떠올리곤 해요.

1996년 봄, 어머니 미국 방문시 필라델피아에서
왼쪽부터 차남 용준, 장남 용범, 어머니, 필자

　"애비야, 잠 충분히 자고, 몸을 많이 움직여 운동하고 네 건강 네가 지켜라", "함부로 글써서 내놓지 말아라", "빛나되 반짝거리지 말고, 비단옷은 속에 입되 겉에는 삼베옷을 걸치거라", "살얼음판 디디듯 매사에 신중해라"는 말씀을 입에서 놓지 않으시고 노심초사하시며 "겸손해라. 매사에 조심해라" 이르시는 어머니를 그리워해요.

　바닥이 나지 않는 사랑, 지치는 법 없고 퍼도 마르지 않는 사랑의 샘으로만 여든세 해 오늘까지 건강을 지녀주심에 하늘에 감사하며 어머니가 장수하시기만을 기도하고 기도해요.

　돌이켜보면, 효도한 기억은 전혀 없고 마흔여섯에 홀로 되신 가엾은 어머니를 아버지 대신 지켜드려야 할 이 맏이가 함께 살아드리지조차 못한 채 어머니의 가슴에 수도 없이 못을 박았던 기억만 있는 듯하네요.

병약한 시인의 아내로 청렴한 정치가의 며느리로 고생만 하시고 오늘날까지 한 번도 풍족하게 살아본 적이 없는 우리 어머니! 그래도 만족하며 남편을 하늘처럼 인품만 보고 사신 어머니! 그 어머니가 이젠 또 자식과 손자들을 섬기며 사시고 있네요. 그 질곡의 세월, 슬프디 슬픈 어머니의 역사는 오늘도 강(江)이 되어 흐르고 있네요.

강인한 정신 하나로 운명 앞에 신앙의 깃발을 꽂고 시름도 슬픔도 안으로 안으로 서러운 세월을 끌어안으며 오로지 우리 네 별들의 행복을 하늘에 비는 여든세 해의 멍든 가슴에 오늘, 어머니 날, 세상을 비추는 별이 되진 못했어도 당신의 아픈 가슴 위에 반짝이는 최고의 훈장, 그 별들이 되어드릴게요.

"어머니! 사랑해요."

다음에 한국 가면 어머니 야윈 발을 제 손으로 씻겨드려 보기도 하고 당신의 멍든 가슴도 쓸어드릴게요. 가신 후 두고두고 후회하지 않으려고요. 그때까지 건강하시길 기도 드리며 꽃 한 송이 구름에 실어 보내요.

〈뉴욕 한국일보〉 2005. 5. 7.

"웰컴 홈"(Welcome Home)

2002년 2월 1일, 나는 특별한 감회를 가지고 진심으로 두 번째(?)의 미국 시민권을 받기 위한 선서를 했다. 그리고 집에 돌아와, 21년 전에 받았던, 이제는 효력을 상실한 30대 초반의 싱싱한 얼굴에 장발을 한 사진이 붙어있는 첫 번째 미국 시민권과 이제는 페티션 번호의 첫 자리수가 1에서 2로 바뀌고 금박 독수리 휘장이 박혀 더욱 품위가 있어 보이지만, 벗어진 이마에 희끗한 머리칼로 변한 초로(初老)의 사내 모습이 붙어있는 두 번째 새 시민권 증서를 함께 꺼내놓고 회한에 잠긴다.

내가 첫 번째 미국 시민권을 받은 것은 다분히 충동적이고 오기마저 깃든 가벼운 선택이었다. 본래 이민이 목적이 아니었고 잠깐 공부하고 떠날 나라였다. 그러나 그 목적을 이루고 나니 축복받은 풍요한 이 땅에서 좀더 살며 실무도 익혀보고 싶었다. 직장을 구했고, 영주권도 얻고 교외에 아름답고 넓은 대지에 '꿈의 집'도 마련하고, 딸 하나에 아들 둘을 낳았다.

그리고 미국구경을 시켜드리기 위해 어머니를 초청했다. 그러나 방문 비자를 거절당하셨다. 직장 보스의 배려로 주 상원의원을 거쳐 당시 국무 부장관이던 '헨리 키신저' 씨의 서한을 들고 주한 미대사관을 찾아가 거절 이유를 물었다.

"당신은 장남이고 어머니께서 미국가시면 돌아오시지 않을 것이 뻔해서였으니 차라리 영주권 신청을 헤드려 모시고 가서 살라"는 것이었다. 그것이 1976년도였는데 그들의 경험에서 나온 판단이었다.

"대부분의 경우가 그런지는 몰라도 내 어머니는 절대로 미국서 사시길 원하지 않으신다. 단지 미국에 있는 손자들을 보고 관광하는 것이 목적이다."

설명해도 통하지 않았다.

"그럼 언제 어머니를 보내주겠냐" 물었더니, "김봉수(당시 한국의 이름 있는 역술가)한테 가서 물어보시지요" 하며 심기를 건드렸다. 그것도 한국말로.

그리고는 키신저 씨가 직접 사인한 편지를 보이며 "왜 이런 것을 가져 왔소? 내가 무슨 잘못이라도 했습니까?" 하며 미국선 한국같이 '빽'이 통하지 않는다는 투였다.

나는 그 길로 미국으로 돌아와 바로 시민권을 신청했고, 오직 방문만을 위해 영주권을 소지하고 미국을 다녀가신 어머니께서는 그후 영주권을 버리셨다. 그리고 2년이 지나 큰애 윤정이 8살, 유치원(Kindergarten)을 마치고 학교가야 할 때가 되었고 용범이 5살, 용준이가 4살이 되었을 때였다.

"누구 아들 이민갔다는 소리 듣기 싫다" 하시는 모친의 뜻도 헤아려 드려야 하기도 했다. 이젠 아이들도 미국인으로 키울 것이냐 아니냐의 결정도 해야 할 때였는데, 그 무렵 몇 년 전부터 한국의 기업 여러 곳으로부터 와서 일해달라는 제의도 받던 터이기도 했다. 올림픽을 앞둔 한국은 흥청거리며 미국동포들을 오히려 측은하게 여길 정도로 발전했다는 소문도 돌던 때라 우선 취업비자를 받아 금의환향(錦衣還鄕)(?)을 했다.

입국하던 첫날부터 공항에서의 조국은 우리를 불쾌하고 황당하게 만들었다. 요즘 논란이 많은 '가수 유승준 해프닝'처럼 우리가족 모두 시민권을 포기하는 조건이라야 입국을 시키겠다는 것이었다.

우여곡절 끝에 계약사(契約社)에서 직원이 나와 특수한 프로젝트의 수행상 불가피함에 대한 설명과 수고로 입국하여 2년을 유지하다가 나는 결국 시민권을 포기하러 미 대사관엘 갔다.

"어느 누구로부터의 강요에 의한 것이 아닌 스스로의 선택이라야 미국 국적을 상실시켜 주겠다"는 것이었다. 참으로 인권을 존중하는 미국다운 처사였다. 그러나 나는 차마 강요받았다는 말을 못한 채 미국여권을 반납하고, 한국여권을 만들었다. 아내는 끝내 우리들의 불투명한 미래와 아이들의 장래를 위해서 시민권을 지켰다.

우리는 한국에 살면서 미국 티를 내지 않으려고 무의식적인 말과 행동, 사고방식까지도 애써 자제하며 매사 조심하며 살았으나 우리 가족, 특히 나는 한국생활에 잘 적응하지 못했다. 나의 빠른 출세도 회사 안에서 시기와 질투의 대상일 뿐 걸림돌만 되었고, 난 언제나 공중에서 내려온 한갓 외로운 외계인이었다. 높고 빛나는 계급장도, 힘들여 얻은 훈장도, 고급정보와 지식도, 미국식 병서(兵書)도 무용지물(無用之物)이었다.

그 사회의 관행과 병법과 전술을 익혀 비겁하고 더럽게라도 싸워 살아남느냐, 무능한 자가 되어 밀려나느냐 아니면 스스로 물러나느냐의 선택만 남은 그런 지옥 같은 시간을 보냈다. 단맛 쓴맛 인생의 맛들을 골고루 맛보여준 9년간의 조국생활을 접고 이곳으로 이삿짐을 꾸렸다. 아무런 미련도 없었다. 영주권조차 없이 미국으로 돌아간다는 불안보다 숨막히는 곳으로부터의 해방감이 앞섰다.

지난 날 쌓아놓았던 크레디트마저 소멸된 미국에 다시 와서 살아야 했던 우리 부부나, 잊어버린 영어로 공부를 해야 했던 아이들의 고통은 컸으나 무(無)에서 다시 시작한 이 나라는 조국보다 더 따뜻하게 우리가족을 보듬어주고 살펴주면서 먹이며 입혀주고 재워주고 세 아이들을 다 대학까지 교육시켜 주었다. 생모와 양모, 떼려야 뗄 수 없는 운명적 관계, 주관적, 감정적, 맹목적인 조국사랑, 내가 겪어본 두 어머니로서 누가 더 고맙고 신뢰할 수 있는가를 선택해야 했다. 나의 선택은 양모의 손을 들어줄 수밖에 없었다.

이번 한국에서 일어난 유승준 해프닝과 중국에서 사형당한 한인 마약사범자 처리를 지켜보며, 탈레반에 가담했던 '존 워커'를 다루는 미국의 신중함과 한국정부를 비교하지 않더라도 미국은 신뢰받기에 충분했다. 우린 그런 존재로서의 조국을 원한다는 걸 조국의 위정자들은 왜 모르는

111

가. 우린 그런 '슬픈 유랑인들'인 것이다.

언제부터인가 나는, 미국국가를 들으면 양모를 위해 흘리는 입양아의 눈물을 생각 키운다. 그리고 고난 후에 얻어진 입양된 아이의 감격이기에 그것이 더욱 값지다는 것을 느낀다. 그런데도 조국의 애국가를 듣고 있노라면 가슴이 메어지는, 눈감기 전에는 못 잊을 가엾은 조국이기에 헌법과 법리 위에 '국민정서법'이 존재하는, 내게 아픔을 준 조국이라 해서 어찌 버릴 수 있겠는가.

"남들은 한 번도 받기 힘든 시민권을 두 번이나, 그것도 미국이 아픈 때에 받은 당신은 참 복도 많네요" 하는 아내가 이런 착잡한 내 마음을 헤아릴 수 있을까. 시민권의 의미가 무겁게 다가온다.

그리고 "Welcome Home" 하며 해외나갔다가 돌아온 나를 공항에서 미소로 맞아주던 옛 시민권자 시절의 이민국 직원을 생각한다.

시민권을 포기했던 이유조차 물어보지 않고 환영하며 다시 받아주고, 새로운 희망과 살 만한 가치를 느끼게 하며 신뢰로서 애국하게 하는 이 나라를 위해서 작은 봉사라도 실천에 옮겨야겠다 다짐케 하는 요즈음이다.

〈뉴욕 한국일보〉 2002. 2. 22.

아버지의 흔적

"아빠, 나 이제 아빠를 이해할 것 같아요. 나 어렸을 때 아빠가 오랜만에 쉬는 날이면 하루 종일 잠만 주무셔서 싫었던 적이 있었는데 … ."

어느 날, 투자회사에 취직하여 직장생활을 시작한 지 얼마 안 되는 나의 둘째인 맏아들 용범이가 새벽부터 서둘러 출근했다가 녹초가 돼 늦게 돌아와 내게 던진 말이다. 주말인 내일은 만사 제쳐놓고 실컷 잠이나 자겠다는 뜻이다.

여태까지 바람막이가 되어주었던 아버지도 영원한 바람막이가 되어줄 수 없다는 것을 알게 된 아들, 혼자임을 깨달아 가면서 아들은 어른이 되어가고 또 아버지의 길을 준비해 가고 있구나.

칼날 같은 세상에 이빨처럼 맞서야 하는 막 성인이 된 아들. 혼자서 자신을 지키기로 결심하고 이를 악물면서 세상이란 험한 바다에 막 뛰어든 아들이 대견스럽기도 하면서 한편 아들의 말이 섭섭하기도 했다.

"그랬었니? 너 어렸을 때 미국 대륙횡단하며 캠핑도, 낚시도, 스키도

2006년 겨울 어느 눈오는 날
장남 용범과 필자

함께 했잖니?"라고 했더니 "그건 제가 막 중학생이 되어서 미국 온 후지, 나 초등학교 때 서울에서 말이에요" 한다. 가만히 생각하니 그런 것 같았다. 그렇다면 아이들에게 그동안 쏟았던 정성과 내 인생이 이것도 저것도 아닌 실패작이 아닌가 하는 생각마저 잠시 들었었다.

그것은 내가 어렸을 때부터 "나는 아버지처럼 유명하지는 못해도, 또 학문이나 세상에 큰 족적은 남기지 못하더라도 자식들에게는 많은 사랑

의 흔적, 소중한 추억들을 많이 남겨주리라" 생각하면서 살아왔고 그 점
에서는 많은 노력을 했다고 자부해온 나였기 때문이다.

그랬었다. 이 아들의 초등학교 시절에는 아이들과 함께 했던 시간이 충
분하지 않았다는 생각이 든다. 큰아이 딸애가 8살, 이놈 둘째가 5살,
막내가 4살 때 우린 미국서 한국으로 역이민(逆移民)을 했기에 어쩌면 한
국이라는 사회환경도 나와 함께 공범이라 할 수 있겠다.

한 보고서가 밝힌 한국 아버지가 자식들과 보내는 시간이 하루 평균
37초라고 한 것은 한국의 사회구조를 잘 나타내 주지 않는가.

게다가 그 시기는 사회적으로 가장 스트레스가 많을 30대 후반, 40대
초반의 나이, 육체적으로 심리적으로 한계상황에 맞닥뜨려 스스로 나약함
과 무기력을 느끼는 시기이다. 매사에 예민해지고 사춘기적 감성이 되살
아나서 사춘기 이후 처음으로 자신을 '전신거울'에 비춰보게 되어 가족이
나 아내의 가치에 대해 새롭게 느끼기 시작하며 가장의 책임에서 오는 정
신적 굴레를 벗어던지고 싶어 방황하는 시기이기도 하기 때문이다.

가장으로서 책임감은 느끼지만 '슈퍼맨'은 아니어서 외로움도 많이 느
끼게 되어 가정보다는 밖으로 어정거리기 쉬운 나이이기도 하다.

그래도 다시 미국 온 덕분에 자식들과 보낼 시간이 많았던 것은 다행
이 아닐 수 없다. 하기야 요즘 한국의 젊은 아버지들은 너무 자식을 끼고
돌며 우리 세대보다 사랑의 표현도 더 잘하고 산다지만 반면에 이혼을 전
제로 한 가출어른이 가출아동보다 훨씬 많아졌다는 건 충격적이다. '아버
지의 부재'는 '아버지와의 시간'과 비교할 수 없기 때문이다.

각설하고 지난 15일자 〈뉴스위크〉지에 아버지날을 맞아 로널드 레이건 전 미국 대통령의 딸 페티 데이비스(51)가 철들면서 뒤늦게 깨달은 아버지의 사랑을 후회스럽게 돌아보는 글을 기고한 적이 있었다.

글에서 "내가 기억하는 아버지의 발자국은 거대한 정치적 족적이 아니라 어린 날 딸을 데리고 연을 날리러 언덕 꼭대기까지 올라갈 때 아버지의 갈색 산책화 끝에 피어오르는 부드러운 흙먼지"라고 회상했다.

그렇다. 아이들이 원하는 아버지의 사랑의 기억은 거창한 것이 아니다. 필요할 때 곁에 있어 주고, 놀아 주고 함께 웃어주고 울어주는 것이다. 그들 가슴에 마련된 꿈을 찍는 사진관, 아름다운 사랑을 촬영하는 세트장에 함께 있어주면서 원 없이 소중한 가족들을 찍어보게 하는 것이다.

속으로만 자녀들을 위해 '대기상태'여서는 안 된다. 말과 행동으로 그것들을 나타내 그들에게 보여줘야 한다. 가슴에서 영원히 지워지지 않고 없어지지 않는 사랑의 흔적과 향기로 남아있게 하여야 한다.

인생은 한 번밖에 만들 수 없는 한 편의 영화이다. '가정'이라는 한 편의 야심작을 찍기 위해 오늘도 제작비 걱정과 흥행성과 예술성 속에 갈등하며 고뇌하며 방황하는 가정에서 가장 고독한 작가요, 제작가요, 감독이요, 연출자요, 주연인 아버지가 명심할 부분은 바로 이 부분인 것이다.

〈뉴욕 한국일보〉 2002. 6. 25.

아버지날에 …

아버지는 단 한 번도 아들을 데리고 목욕탕엘 가지 않았다
……
좀더 철이 들어서는
돈이 무서워서 목욕탕도 가지 않을 거라고
아무렇게나 함부로 비난했던
아버지
등짝에 살이 시커멓게 죽은 지게 자국을 본 건
당신이 쓰러지고 난 뒤의 일이다
의식을 잃고 쓰러져 병원까지 실려온 뒤의 일이다
그렇게 밀어드리고 싶었지만, 부끄러워서 차마
자식에게 보여줄 수 없었던
해 지면 달 지고 달 지면 해를 지고 걸어온 길 끝
지워지지 않는 지게 자국
아버지는 병원 욕실에 업혀 들어와서야 비로소
자식의 소원 하나를 들어주신 것이다

시인 손택수의 시 〈아버지의 등을 밀며〉이다.

"아버지는 속으로만 우는 사람이다. 아버지의 울음은 어머니의 울음보다 농도가 몇십 배는 짙을 것이다. 아버지는 가정에서 가장 외로운 사람이다. 가장 어른인 체해야 하는 사람이기 때문이다. 아버지는 가족들에게 사랑한다는 말을 잘 하지 못하고 사랑의 행동이나 표현의 선물도 잘 못하지만 혼자 있을 때 높은 산에 올라 '사랑한다'고 외치는 큰 사랑을 가진 사람이다."

나는 이 세상의 모든 아버지들에게서 내 아버지를 본다. 어머니나 아버지나 자식에 대한 사랑은 거의 비슷하다. 다만 어머니는 자식이 자라는 과정중에 더 많이 심리적 신체적 시간적 투자를 하기에 자식과의 심리적 연대감, 책임감이 큰 반면, 아버지들은 자식 사랑을 어찌 표현해야 하는지 모른다는 점이 차이일 것이다.

또 우리 한인들은 예로부터 엄부자모(嚴父慈母)라는 사상도 작용하기에 자식들과 거리감이 생기기도 한다. 하나님을 가장 많이 닮은 모습이 어머니, 흔히 사랑은 모성을 중심으로 아버지는 권위의 역할, 어머니는 희생적 사랑으로 표현하나 진짜 부성(父性)을 지닌 아버지는 더욱 위대하다는 걸 새삼 느끼는 아버지 날이다.

아버지는 가정이란 짐을 어깨에 지고 자식들을 먹여 살리느라 동분서주하고 자식들에게 어떤 마음의 양식을 골라 먹여야 하는가를 늘 고민하는 사람이다. 가족이 함께 걸어가야 할 길을 찾는 사람이다. 그러나 이념은 없고 경제만 남은 세상에서 자식들이나 아내에게 '돈 버는 기계' 정도

밖에 취급되지 않을 때 아버지는 고독하다. 그래서 때론 아버지가 작아보이고 미워지고 외면도 하게 되나 결국 아버지의 의견을 물어서야만 결정할 수 있도록 세상에서 가장 신뢰하는 게 아버지였다는 걸 깨달을 때는 나도 이미 아이들의 아버지가 되어있을 때임을 어찌하랴.

"아들은 아버지의 삶에 의해서보다 죽음에 의해 깨닫는 바가 크다."

프로이트의 '오이디푸스 콤플렉스'에 있는 말이다. 마흔여덟이란 짧은 생을 외롭게 살다 가신 아버지가 보고 싶다. 그 사랑이 그립다. 가정보다는 시와 학문과 나라와 민족문화 발전에 시간을 더 쓰셨던 나의 아버지!

살가운 추억과 세상적 재산은 많이 남겨주지는 못하셨지만 그 대신 고상한 정신을 듬뿍 선물로 주신 아버지, 어떠한 허물도 다 용서하고 받아줄 준비가 되어 있으셔서 마음만은 언제나 자식들을 위해 항상 대기상태였던 아버지, 당신이 추구하는 것이 옳다면 왜 그것이 좋고 옳은가를 말씀 대신 몸소 보여주신 아버지, 글과 말과 행동의 삼위일체로 '혼이 깃든 가르침'을 남겨주신 아버지, 당신은 우리들의 거울이란 걸 늘 염두에 두고 사셨던 아버지, 순간보다 영원을, 살아있을 때보다 돌아가신 후를 늘 생각하며 사셨던 아버지!

그래서 "향기 있는 사람이 되라", "괴로움을 항시 작은 데 두지 말고 '살고 죽음'에만 두라. 의로운 죽음에 편안하고자 노력해라. 살아서 괴롭더라도 죽은 뒤에 더러운 이름을 남길 양이면 차라리 이름 없이 살다가 죽어가는 것이 얼마나 부러운 것이겠느냐?", "죽음의 승리를 신념하는 사람만이 큰 의욕을 성취한다. 너의 의욕을 죽음의 저 밑창까지 닿게 하라",

"죽음을 공부하라"셨던 아버지!

결코 채찍을 드시지는 않으셨으나 들으셨더라도 우는 마음으로 드셨을 아버지, 아무리 화가 나셔도 자식들의 자존심에 상처를 주시지 않았던 아버지, 자식들을 하나의 인격체로 대하고 예의를 갖추어 주셨던 아버지, 가족 앞에서 언제나 웃음을 잃지 않으셨던 아버지, 살아계셨다면 여든 넷이실 아버지, 그 아버지는 큰 새가 되어 저 건너 세상으로 날아가셨다. 거기서 누굴 만나셨을까.

〈뉴욕 한국일보〉 2004. 6. 17.

아버지 시비(詩碑) 제막식(除幕式)에 다녀와서

나는 지금 미국 뉴욕으로 돌아와서 더글라스톤 언덕의 작은 집 서재에 앉아 이 글을 쓰고 있다.

2006년 9월 29일 오후 5시. 나의 아버지를 기리는 시비 제막식이 고려대학교 캠퍼스 안에서 내외 귀빈들을 모시고 성황리에 치러졌다. 우리 가족에게는 참으로 감격적인 날이었다. 행사에 참석하기 위해 이곳 JFK 공항을 떠날 때의 무겁던 마음의 짐도 한결 가벼워진 듯하다.

그동안 아버지를 기리는 수많은 행사들이 이어져왔다. 그러나 나는 그때마다 자식으로서, 맏이로서 마땅히 해야 할 도리를 다하지 못하였다.

학교 또는 각종 언론기관이나 사회단체, 출판사 등으로부터 끊임없이 밀려드는 아버지에 관계되는 다양한 일들과 행사들을 90을 바라보는 어머니가 자식들 대신 도맡아 해오셨다. 어머니는 그때마다 아버지께 조금이라도 누(累)를 끼칠까 전전긍긍, 노심초사하며 애를 많이 태우셨다.

그래도 그동안은 동생 학열이든 태열이든 국내에 있었지만 올해는 그

2006. 9. 29. 고대 100주년 기념관 옥상에서
필자와 박노준 선생

렇지 못했다. 막내 태열마저 스위스 제네바에 차석대사로 발령받아 공직 수행중이었고 WTO(국제무역기구) 산하 무역분쟁재판소의 의장으로 재판 장직까지 겸하고 있었다. 게다가 그날이 공판을 주도하는 날이기도 하였다. 나는 만사를 제쳐놓고 귀국하지 않을 수 없었다.

아버지가 타계하신 지 어느덧 40년이 다 되어 간다. 죽으면 이내 사람들로부터 잊혀지는 것이 사람의 일생이 아니던가. 그러나 반세기가 가까워오는 오늘날까지 아버지를 잊지 않고 기억하며 그리워하는 분들에 의해, 그것도 아버지가 재직하셨던 고려대학교 교정에 세워지는 기념비의 제막식 행사가 있는 날이었기 때문이다.

그날이 왔다. 어머니와 나는 고려대 정문 앞에서 식전 30분 전에 다시 만나 함께 식장으로 가기로 하고 나는 그 동안 오늘이 있기까지 수고하신 여러분들을 찾아뵙기 위해 일찍 집을 나섰다.

참으로 오랜 만에 밟아보는 고려대학교 교정이었다. 지난 2005년 여름, 미국 뉴저지 주, 힐튼호텔에서 열렸던 고대 100주년 기념 해외석탑제(石塔祭)에 초대되어 고대의 발전상을 영상을 통해 보기는 하였지만 이렇게 많이 변했을 줄은 몰랐다.

최동호 대학원장(조지훈 시비건립 추진위원장) 및 조광 문과대학 학장, 김인환 국문과 교수(지훈상 운영위원장) 제씨를 찾아뵙고 나니 어윤대 총장님과의 약속시간이 아직 좀 남아 있었다.

최 선생의 안내로 시비가 세워져 있는 장소로 가는 길에 옛날 아버지가 쓰시던 연구실에 잠시 들렀다. 지금은 최 선생이 쓰고 계셨다. 아버지의 연구실은 고색이 짙은 석조건물 안 복도 끝에 있었다. 그 연구실 창밖으로 하얀 천으로 씌워진 채 제막식을 기다리는 시비가 보였다.

예전이나 지금이나 별로 변한 것이 없는 그 연구실이었건만 그 자리엔 아버지는 안 계신다. 파이프를 물고 굵은 테 안경을 끼신 아버지가 창 넘어 저쪽에 시선을 던지고 계신 것 같은 착각에 빠진다. 어디선가 아버지의 기침소리, 발자국소리와 웃음소리가 섞여 들리는 듯했다. 아버지가 창문너머 저쪽에서 네 손가락으로 머리칼을 뒤로 쓸어 넘기시며 단장을 짚고 서 계신 건 아닌지 두리번거렸다.

123

아버지 심부름으로 또는 다른 일로 아버지를 뵈러 왔었던 어린시절로 돌아가서 나는 잠시 회상에 잠겼다.

나는 비단 오늘뿐 아니라 내 집 창문을 두드리는 바람소리에도 깜짝 놀라며 무의식중에 어디선가 아버지가 서 계신다는 착각에 사방을 살필 때가 종종 있다. 내 삶의 들판 위에 남긴 아버지의 흔적은 그리 많지도 않았을 뿐만 아니라 함께 했던 세월 또한 짧았건만 이리도 깊이 오래도록 남아있는 까닭은 무엇일까.

아버지는 우리 동네 한복판에 서 있는 커다란 향나무 고목처럼 우리 가정을 지키며 내 인생을 이렇게 송두리째 지배하고 있었던 것이다. 나는 가끔씩 지금도 아버지가 내 곁에 계신다는 환상에 빠질 때가 있다. 혼자서 감당하기 어려운 고민이나 괴로움에 젖어서, 그 해답이 얻고 싶을 때면 나는 아버지의 글이 담긴 책장을 넘긴다. 그러면 어디선가 해답이 들린다.

"괴로움에 짐짓 웃음 지으라."

"너의 괴로움을 죽음의 저 밑창까지 닿게 하라."

그리고 깨닫는다. 내가 겪고 있는 대부분의 현재의 괴로움들이 얼마나 세속적이고 비본질적인 것으로부터 기인했는가를 … .

아버지의 존재는 나에게 종교와 같이 내 의식을 지배하고 있다. 아버지가 내게 보여주신 삶의 방법이 현재의 나에게 좋은 본보기가 되어 언제나 든든한 기둥이 되어주고 있는 것이다.

말씀과 행동이 일치하셨던 아버지, 해야 할 일과 해서는 안 될 일을 삶으로 가르치셨던 아버지, 내 생각을 통제할 수 있는 사람은 결국 나 자신이란 걸 깨우쳐주신 아버지! 진정한 자존심이란 자신에 대한 신뢰에서 나온다는 것을 가르쳐 주신 아버지!

아버지가 보여주신 삶의 모습은 우리 가족에게 가장 소중한 유산이요 이 아버지의 유산은 지금도 우리들 가슴에 온전히 보존되어 있다.

어떠한 고난에 처해도 절대로 회피하지 않고, 혼자 모면하려 하지 않고, 오로지 당신의 신념에 따라 당당하고 떳떳하게 그것들과 맞섰던 아버지!

'미래에 대한 확신과 희망. 자신에 대한 무한한 믿음, 삶에 대한 정정당당함', 아들에게 줄 수 있는 유산 중에서 이보다 값진 것이 또 무엇이 있단 말인가. 나도 아버지의 믿음만큼 확고한 신념으로 삶을 마주 대할 수 있을까. 결코 그럴 자신이 없다. 그러나 한 가지 분명한 사실은 내 아들에게 아버지에 관한 이야기를 들려주는 그 시간만큼은 나 역시 그렇게 살고 싶다는 강한 열망에 사로잡힌다는 것이다.

이런 생각들에 잠겨서 최 선생과 함께 걸어 국제관에서 열리고 있는 문과대학 60주년 기념 특별전시장까지 왔다. 최 선생과는 제막식장에서 다시 만나기로 하고 전시장에 들러서 아버지의 영혼이 담긴 육필원고와 아버지의 체취와 손때가 묻은 유품 등 우리 가족이 기증한 전시품을 관람하고 총장님을 뵙고 난 후, 어머니와 약속한 정문 앞으로 발길을 옮겼다.

아버지가 안 계신 40년 인고(忍苦)의 세월이 주고 간 아픔과 상처를 훈장처럼 지니고 계신 어머니의 야윈 모습을 떠올리는 나의 눈에는 어느새 이슬이 맺혔다.

어머니는 식이 시작될 시간이 다 되어도 나타나질 않으셨다. 할 수 없이 여동생 혜경을 남겨놓고 나 먼저 식장으로 향할 수밖에 없었다. 식장에는 이미 많은 사람들이 식이 시작하기를 기다리고 있었다. 나는 유가족석에 앉아 계신 고모 옆에 앉았다. 미리 식장에 도착하지 못한 결례로 여러분들께 죄송스러웠으나 그보다 어머니가 더욱 걱정이 되었다. 그때 양복 주머니 속에서 휴대폰이 진동했다. 외삼촌이셨다.

"너무 걱정 마라. 어머니는 식장에 와 계시다. 정신이 약간 혼미하셔서 내가 차 안에 모시고 있는 중이다." 그제야 조금 안심이 되었다.

그동안, 고향에 세워질 문학관과 이 시비에 새겨질 글씨를 쓰시랴, 크고 작은 대소사의 집안일들로 무리하시고 긴장하신 나머지 오시는 도중에 잠시 정신을 잃으셔서 차 안에서 휴식을 취하지 않으면 안 되셨던 것을 나중에서야 알았다. 겉으로 뵙기에는 아직 곱고 건강해 보이셔도 올해로 여든다섯이 되신 노모가 아니신가.

예정대로 식은 시작되었다. 아버지 작시, 윤이상 작곡의 가곡 〈고풍의 상〉을 윤인숙 단국대 음대교수가 전통미 넘치게 부르면서 식은 고상하게 식순에 의해 시작되었다. 최동호 선생의 경과보고가 있었고, 이어서 정진규, 오탁번, 문태준 등 고려대 출신 중견시인들과 오세영 시인협회장의 추모 및 축시 낭송이 있었다. 현승종 고려대학재단 이사장과 김종길 고대 명예교수(예술원 부원장), 어윤대 현 고려대 총장과 아버지 제자이신 홍일식 전 총장께서 축사를 해주셨다.

역시 아버지가 지으시고 윤이상 선생이 작곡하신 고려대학교 교가를 부르려고(이 순서는 식순에는 없었던 순서였다) 모두 기립하고 있을 무렵 그제야 어머니께서 조용히 내 옆에 와 서셨다.

이어서 이 시비에 새겨진 아버지의 시 〈늬들 마음을 우리가 안다 ─ 어느 스승의 뉘우침에서〉라는 시 낭송이 있었고, 이 시비를 디자인한 조각가의 작품설명이 있었다.

예정보다 순서가 좀 앞당겨진 유가족측 인사를 위해 나는 단상에 올랐다. 한복을 단아하고 곱게 입으신 채 앞줄에 앉아 계신 어머니를 뵈니 그제야 마음이 놓였다. 나는 대략 다음과 같은 인사말씀을 올렸다.

오늘, 이 자리에서 여러분들을 뵈니 참으로 반가운 반면, 진심으로 송구스럽기 그지없습니다. 이미 오래 전부터(아버지가 가신 후 8년째 되던 해부터라고 저는 기억하고 있습니다) 이 시비 건립이 추진되고 있다는 것을 들은 바는 있었으나 그동안 수십 년의 세월이 흘러 우리 가족들은 이 일을 까맣게 잊고 살아왔는데 오늘 이 시비를 대하니 감개무량한 마음과 함께 "아버지는 복이 많으시구나" 하는 생각이 듭니다.

여러분들께서는 저희 아버지를 그토록 오랜 세월이 흘러도 잊지 않고 계셨는데 정작 자식들인 저희들은 이역만리 타국 땅에서 "오랜 세월을 아버지를 잊고 살았구나" 하는 회한과 함께 죄스럽고 부끄러운 마음을 지우지 못하며 여러분들께 깊은 사죄의 말씀을 올리지 않을 수 없습니다.

더욱이 제가 어렸을 때, 아버지를 뵈러 들렀던 아버지의 옛 연구실 창문으로 내다보이는 이 좋은 장소에 이렇게 훌륭하고 큰 규모의 시비와 거기에 새겨진 시를 대하니 46년 전 제가 중학교 3학년이었던 1960년 4월 18일부터 20여일 며칠간의 회상에 젖어 들게 합니다. 그 당시의 아버지의 모습과 심정을 헤아리니 깊은 감회와 함께 그리움이 사무칩니다.

4·19 학생혁명이 나던 날, 아버지께서는 성북동 집으로 찾아온 신문사 기자를 앉혀 놓으신 채 즉석에서 일필휘지(一筆揮之)로 신문에 나갈 시를 쓰시던 기억 또한 새롭습니다.

오늘, 이 시간, 아버지는 이 시비에 새겨진 시와 함께 역사와 전통으로 빛나는 민족의 대학 고려대학교 교정에 부활하셨습니다. 그리하여 영원히 고대인들과 함께 기억의 나라에서 영생을 누리실 것을 생각하니 실로 감격스럽습니다.

이 염원을 이루기 위해 40년 가까운 길고도 긴 세월을 포기하지 않고 여러분들께서 기울이신 노력과 그 지극한 정성을 생각하니 자식으로서 눈물겹도록 감사한 마음, 말로써 이루 표현할 길 없습니다.

끝으로 오늘의 제막식이 있기까지 부단히 노력해오신 고려대학교 국문과 교우님들 및 재직 교수님들, 또 이를 위해 좋은 위치의 넓은 공간을 제공해 주시고 재정적 지원을 아끼지 않으신 고려대학교 재단과 고려대학교 교우회 여러분들, 또 이 사업에 전폭적인 지원과 격려를 아끼지 않으신 총장님 기타 이 사업의 추진을 위해 공사다망하신 중에도 일선에서 실무를 맡아 수고해 주신 여러 선생님들께 거듭거듭 감사의 말씀을 올립니다.

오늘날까지 고려대학이 우리 민족의 위기 때마다 나라를 구하려는 인재들이 무수히 나와 누구보다도 앞장서 나섰듯이 앞으로도 이곳에서 그러한 민족의 지도자들이 끊임없이 배출되기를 바라는 마음과 함께 고려대학의 무궁한 발전을 기원드리며 유가족을 대신해서 두서없는 인사의 말씀을 올립니다. 감사합니다.

인사말을 마치고 단상에서 내려오자 어머니는 그제야 안도하신 눈빛으로 나를 바라보고 계셨다. 오로지 '조지훈이라는 이름에 누를 끼치지 않아야 한다'는 그 일념 하나로, 정신력만으로 견뎌오신 우리 어머니!

아버지가 떠나신 후 마음을 달래려 수양 삼아 서화(書畵)를 시작하셨다(붓글씨 솜씨는 예전에도 좋으셨다). 수십 년이 흐른 어느날, 당신의 솜씨가 어느 수준이 되는지 궁금하여 대한민국 서화대전(국전)에 출품해 보았다가 특선에 이어 대상까지 받으셨다. 그때 어머니의 연세는 80이셨다. 그 일을 보고 "멋지다. 할머니! 80에도 될 수가 있네~"하며 놀라워하던 나의 장조카 민정이의 목소리가 아직도 귓가에 쟁쟁하다. 아버지 계실 때는 빛을 보시지 못하시다가 가신 후에 빛을 보게 되셨다.

그 어머니의 글씨로 새겨진 아버지의 시비. 이 또한 얼마나 뜻 깊은 일인가. 천상의 아버지께서도 기뻐하시리라.

행사는 아주 깔끔하고 멋스럽고 고상하게 치러졌다. 모두들 "이런 행사에 참석해 보기는 처음이다"라고 이구동성으로 행사가 격이 높았다고 말했다. 건립추진위가 증정한 《청록집》 또한 좋은 선물이었다고 하였다.

특히 내가 인상에 남는 것은 현승종 재단 이사장님의 말씀이셨다. 당신 스스로를 낮출 대로 낮추신 겸손으로 "우리 같은 소인배들은 감히 범접할 수 없는 거인이셨다"고 고인을 높이며 칭송하는 모습이었다. 현 선생님이 어떤 분이신가. 누구에게나 존경받으시는 인격자 중의 인격자가 아니신 가. 그래서 식은 더욱 격이 높아 보이지 않았을까.

또한 김종길 고대 명예교수(예술원 부원장)의 말씀도 인상적이었다. 아버지와 고대가 인연을 맺게 될 당시를 회상하시며 당신이 메신저 역할을 하셨다는 말씀과 함께 "지훈과 고대는 궁합이 잘 맞았다. 고대는 지훈을 필요로 했고, 지훈의 기질은 고대를 만나 더욱 빛났다"는 말씀이 그러했다.

테이프를 끊고 시비에 씌워진 흰 천을 벗기는 순서와 기념촬영을 끝으로 모든 행사를 마쳤을 때는 어느덧 고대 캠퍼스 안에는 땅거미가 드리워져 있었다.

생전부귀(生前富貴) 사후문장(死後文章)이라 하셨던 아버지! 그 아버지는 48년이라는 짧은 삶을 통해 그것을 이루셨다. 그런 아버지가 자랑스럽다. 그리고 당신의 삶의 방식을 미워하고 가난을 거부했던 철없던 어린 시절을 후회한다.

해바라기처럼 언제나 밝은 태양만을 향하고 사셨던 아버지! 자연 속의 아름다운 것들을 볼 때마다 나는 아버지를 떠올린다. 진정으로 아름답고 가치 있게 살아가는 삶이란 작은 것에도 감사할 줄 알며 자연에 대해 책임감을 느끼며 언제든 선뜻 가슴을 내밀 줄 알고, 자연의 섭리에 따라 묵묵히 살아가는 것이요 그것이 올바른 삶의 가치란 것을 가르쳐주신 아버지!

이 모든 것들을 아버지의 삶과 남기신 글들을 통해 나는 배웠다. 아무리 훌륭한 학교라 할지라도 세상을 옳게 살아가는 이치까지 완벽하게 가르쳐줄 수는 없다. 그 지식만으로 세상의 험한 파도를 헤쳐나갈 수 없음도 알았다. 지금도 아버지의 목소리가 방안 가득히 울리는 것 같다.

"광렬아! 죽음을 공부하며 살고 있느냐?"

떳떳하고 정정당당하게 살아온 일생임을 몸으로 보여주신 아버지! 아이들에게 무언(無言)의 교훈들을 심어주며 제대로 걸어가는 삶의 행로의 모범을 보이는 아버지가 되기 참으로 어렵다는 것을 실감한다. 아버지는 우리 자식들에게 그런 모습을 보여주셨고, 이 행사를 통해 삶의 해답을 주셨다.

그런 아버지께 생전에 한 번도 해보지 못했던 말, 그 말을 오늘은 꼭 해드리고 싶다.

"아버지! 아버지 같은 분이 저의 아버지라는 사실에 감사합니다."

"아버지는 제가 알고 있는 사람들 중에서 가장 훌륭한 분이셨습니다. 아버지! 당신을 사랑합니다."

그리고 고려대학교 여러분들 정말 감사합니다.

<서정시학> 2006년 겨울호

감사의 달, 그날에…

7년이란 연애 끝에 결합하여 부부가 된 우리가 살아온 지 어언 서른두 해가 지났다. "오묘한 인연과 세월의 속절없음"은 이를 두고 한 말이런가.

이제는 장로가 된 가수 윤형주의 감미로운 노래가사처럼 라일락 향기 가득한 교정에서 동갑내기 우리 둘은 만났다. 감색 스커트에 새하얀 블라우스를 단정히 받쳐입은 유난히도 고운 피부의 싱그러운 모습이었는데, 굳어지고 굽어진 어깨와 거친 손, 노새처럼 일했다는 거주증명서, 쥐가 나서 자다가 일어나 서성대는 아내의 저리다는 팔다리를 주물러 줄 때면 나는 죄인이 된다.

어느 날, 오랜만에 둘이서만 외출했다가 돌아오는 길에 살며시 내 손을 잡아주던 아내의 따뜻한 체온을 생각한다. 하도 오랜만에 아내답지 않은(?) 행동에 조금은 어색하고 쑥스럽기조차 했음에도 그동안 잊고 지냈던 연애시절의 아름다웠던 추억들이 무지개처럼 활짝 퍼지던 그 순간, 짜릿함마저 느꼈다는 걸 아내는 알고 있을까.

그렇게 오랜 세월을 같이 살아왔음에도 신비한 느낌을 주는 접촉, 그 강한 친밀감, 젊은 시절과는 또 다른 어떤 아련함 같은 것이 가슴으로부터 아내의 손을 잡은 그 손끝까지 저미며 흘러내리는 이름지을 수 없는 그 '무엇'을 느끼며 한동안 말없이 우리는 걸었다.

"그래, 이런 걸 '부부애'라고 하는구나."

속으로 생각하며 누군가가 나를 사랑하고 있다는 것은 이처럼 소중한 것이구나 라는 생각을 했다.

언젠가 공원을 거닐다 두 손을 꼭 잡고 연인같이 다정히 걸어가던 백인 노인을 보면서 "참 보기 좋다"던 아내의 말을 생각했다. 그렇게 우리도 오래오래 서로를 아끼며 보기 좋게 늙어가자고 하는 아내의 우회적 표현이었음을 생각하니 내 손을 꼭 잡은 것은 그런 바람에 대한 무언(無言)의 메시지였음을 내가 왜 모르랴.

서울서 애틀랜타로 애틀랜타에서 서울로, 다시 서울에서 시애틀로, 또 뉴욕으로 가족을 끌고 다니며 고생만 시킨 남편이 어디가 좋아서 그렇게 내 손을 꼭 잡아주었는지? 상큼한 바람마저 우리들의 두 볼을 간질여 주던 모처럼 기분 좋았던 날이었다.

내 앞에선 내색을 안 하면서도 남들이 "남편의 어디가 그렇게 좋으냐?"고 물을라치면 "모든 게 다 좋다"고 하는 아내와 친구의 대화를 엿들었을 땐 김정일이 상해에 가서 천지개벽을 느낀 것보다 더 놀랍고 고마웠다. 아내 덕분에 하나님 만나고 달라진 내 모습이 좋아져서였을까? 아니면 내 자신의 혁신을 위해 부단히 애쓴 그 노력이 안쓰러워 그랬을까?

133

아내가 면사포를 쓰던 때의 나이가 다 된 우리 딸 윤정이가 "어휴! 31년이야! 지겹게도 같이 사셨네!" 해서 웃던 일이 생각난다. 그렇다. 흘러간 세월의 빛과 그늘의 무늬 위에 우리는 이렇게 서 있는 것이다. 즐거웠던 일, 슬프고 고통스러웠던 일, 그런 수많은 날들을 우린 서로 짝이 되어 같이 나누고 또 짐을 함께 지고 여기까지 온 것이다.

멋진 설계로 내가 지은 집에서 마음껏 호강시켜 주겠다는 나의 감언(甘言)에 스물여섯 고운 나이에 내 짝이 되어주어 실천 없는 감언에도 한마디 원망도 없이 혼자서 그 감언을 메워가는 아내, 가슴속의 서랍에 한 겹, 두 겹 쌓아놓은 처가(妻家)의 얼굴들을 가끔씩 꺼내면서 한숨의 실타래를 푸는 아내 앞에 서면 나는 죄인이 된다.

어느새 성격마저, 얼굴마저 닮아버린 우리, 한때는 서로 달라서 맺어진 사이가 이제는 같아서 다투는 우리. 외로움 타령에 서로 등을 돌려도 자고 나면 제자리 찾는 마음마저 닮아버린 우리는 부부. 우리는 허물없는 그런 친구.

한국 제일의 화장품회사에서 인정받고 잘나가던 그 아내가, 남의 맵시 가꿔주다 지친 육신을 이끌고 아무도 몰라주는 이 지붕 밑으로 오늘도 제 집이라 찾아온 아내, 곤히 잠든 아내의 구겨진 중년을 못난 사내 따라와 살아온 여인이 인내와 끈기로 하루를 쓰다듬으며 하나님의 말씀으로 스카프를 짜는 아이 셋의 어머니, 그 아내가, 세월의 흔적은 어쩔 수 없어 장모님 모습으로 변해가는 게 오늘은 왜 이다지도 가여움뿐인가. 곱던 옛 모습을 다시 챙겨 본다.

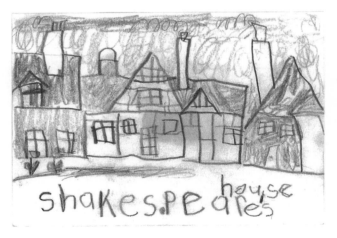

딸 윤정이가 6살 때 그린 그림들.

　　감사의 달, 11월, 이달 25일은 서른 하고도 두 번째 우리들의 결혼 기념일, 빼어나고 단정하라는 그 이름답게 단정히 살아온 내 아내 수정(秀娅)에게 세월이 흐를수록 깊이가 더해가는 내면의 미, 갈수록 발견되는 삶의 지혜에 고마움을 느끼며, 그런 아내와 짝지어 주신 하나님의 섭리와 우리를 위해 예비하신 놀라우신 계획과 인도하심에 감사하면서 진실한 마음의 꽃다발 한아름 아내에게 안겨 주고 싶다.

〈뉴욕 한국일보〉 2003. 11. 29.

어느 할머니의 행복

"보람된 일은 그것 자체가 기쁨인 것이며 사람이 거기서 얻은 이익에 의한 기쁨이 아닌 것이다." 이는 프랑스 작가 알랑의 말이다.

봉제공장에서 일하는 어느 아가씨의 글을 읽은 적이 있었다. 그녀는 자기와 한직장에서 일하는 할머니께 "힘드시지요? 의학박사인 아들을 두셨다면서 왜 귀여운 손자손녀들 보시며 편히 집에 계시지 힘든 공장 일을 하시나요?"라고 물어보았단다.

"모르는 소리구먼, 손자들 보는 것이 더 힘들어. 손자녀석들 한국말도 할 줄 모르고 알아들을 수도 없고, 그래서 정이 가질 않아" 하셨다.

"아드님과 며느님이 할머니 이렇게 일하시는 것 아세요?"

"그럼, 알고 말고. 처음엔 펄쩍 뛰었지, 저희들 망신시킨다고. 그러나 창살 없는 감옥 같은 아들집이 견딜 수 없었지. 이렇게 나와 살고 있으니 얼마나 마음 편한지 몰라."

"혼자요?"

"혼자 살긴 왜 혼자 살아 룸메이트가 있지."

"룸메이트요?"

"아가씬 룸메이트 모르나?"

그 할머니는 다른 두 분 할머니와 아파트를 얻어 셋이서 방세며 생활비를 분담하니 비용도 적게 들고 외롭지도 않고 돈도 벌어 손자들 용돈도 준다고 자랑하시며 환한 표정으로 웃으신다. 주일엔 교회에 나가시고 행복하다는 말씀을 들으면서 '노후 행복관'에 대한 자기의 생각이 얼마나 잘못된 것이었는가를 깨달았다는 내용이었다.

나는 그 글을 읽으며 어린 날에 감명 깊게 읽었던 프랑스 작가 피에르 로티의 〈늙은 죄수의 슬픔〉이 떠올랐다. 간수가 자기 친구에게 들려주는 형식으로 쓰여진 소설이었다.

한 늙은 죄수가 있었다. 그는 평생 감옥을 전전하였기에 자식도 친척도 없었다. 머리는 어느새 백발이 되고 그는 뼈저린 고독을 껴안은 채 하루하루를 절망 속에서 지내고 있었다. 어느 날, 늙은 죄수는 감방의 쇠창살 밖에서 날아 들어온 참새 한 마리와 사귀게 되었다. 그 참새는 늙은 죄수가 내미는 빵 부스러기를 손바닥에서 쪼아먹으며 노래를 불렀다. 그 이후 그 참새는 감방을 드나들며 그렇게 서로가 친해졌다.

칠십 평생 처음으로 늙은 죄수는 생기에 찬 나날을 보내게 되었다. 그는 비로소 사랑이란 것을 알게 되었고 자기도 모르는 사이에 그의 가슴속에 자애로운 마음이 샘솟기 시작했다. 그는 눈만 뜨면 휘파람으로 참새를 불러 인사를 건넸다. 한없는 사랑으로 참새를 쓰다듬어 주고 돌봐주는 생활이 마냥 즐겁기만 했다.

그러나 그런 행복한 날들도 오래 가진 못했다. 이별의 날이 왔다. 외딴 섬으로 감옥을 옮겨가게 된 것이다. 그는 참새를 두고 차마 떠날 수 없었다. 그는 고민 끝에 참새를 데리고 가기로 결심했다. 매일 작업하러 밖으로 나갈 때마다 나뭇가지와 철사 부스러기를 모았다. 그것들을 엮어 조그만 새장을 만들었다. 그러나 참새가 옮겨가는 도중에 혹 달아날지 모른다는 걱정이 들었다. 그는 생각 끝에 참새의 꼬리를 잘라두었다.

섬에 있는 감옥으로 떠나는 날이 되었다. 그러나 이제 그는 이 세상 어딜 가더라도 참새와 함께만 있다면 외로울 게 없었다. 그는 참새가 들어 있는 새장을 품안에 안고 배에 올랐다. 죄수들이 서로 먼저 배에 오르려는 혼란 속에 이리저리 밀리다 그만 허술한 새장이 부서져 버렸다. 놀란 참새는 날개를 파닥거리며 날아오르다가 더 이상 날지 못하고 바닷물에 빠져버렸다. 늙은 죄수는 참새의 꼬리를 잘랐던 것을 후회하며 애타게 부르짖었다.

"새 좀 건져줘요! 아, 내 참새!"

그 늙은 죄수의 애절한 외침에 어느 누구도 귀를 기울여 주지 않은 채 이내 배는 떠나버리고 말았다. 늙은 죄수는 저녁 황혼이 붉게 물든 바다를 넋을 잃은 채 바라보며 깊은 슬픔에 빠졌다.

간수는 이야기를 마치고 친구에게 물었다. "만약 내가 아름다운 다른 새를 구해 주었다면 그 늙은 죄수의 슬픔을 달래줄 수 있었을까" 하고.

139

결코 달래 줄 수 없을 것이다. 왜? 늙은 죄수에게 그 새는 자신과 사랑을 나누던 대상이었기에 그 새가 아름다운 새이냐, 아니냐가 문제가 될 수 없었기 때문이다.

인간이 왜, 무엇 때문에 사느냐, 어떻게 사는 것이 보람 있게 사느냐 같은 문제는 거창하다. 또 그것들은 사람마다 다 다를 수 있다. 하지만 공통점은 삶은 사랑에서 비롯된다는 것이다. 그렇다면 이 할머니에게서 지금 자신이 사랑하는 일을 거두어 가버린다면 늙은 죄수가 참새를 놓친 것과 무엇이 다를 것인가. 할머니에게 그 일은 삶에 활력을 제공하는 원동력이 되기 때문이다.

우리 눈에 불행으로 보이는 것도 당사자에게는 이렇듯 행복한 일일 수도 있다는 것이다. 만족과 불만족은 객관적 문제가 아니다. 삶의 보람이나 가치를 발견하지 못하는 것이 불행이요, 무의미한 삶이 되는 것이다. 일을 사랑하지 못하면서 수입만을 위한 의무로서는 보람을 느낄 수 없다.

이와 같이 봉제공장에서 일하시는 할머니도 그 작업 자체에 무한한 즐거움과 애정을 가졌기에, 삶이 밝아지고 할머니의 그늘졌던 얼굴에 생기가 돌고 기쁨이 깃들게 된 것일 게다.

〈뉴욕 한국일보〉 2003. 6. 4.

인생을 소풍처럼

더위가 화씨로 세 자리 숫자를 오르내리는 본격적인 휴가철이다. 현실에서 탈출하여 모든 것을 잊고 자연과 더불어 쉬고픈 욕구를 부추긴다. 아예 조기은퇴하여 영구휴가를 갖고 싶은 충동마저 느낀다. 그러나 쉬어보면 쉬는 것도 하루 이틀이지 아무것도 않고 쉰다는 것은 적당히 일하는 것보다 훨씬 고역이란 걸 경험한다.

영원한 안식이라는 '죽음'도 글쎄, 가보진 않았어도 저승에 가서는 육체는 없으니 희노애락애오욕(喜怒哀樂愛惡慾) 칠정의 번뇌와 고통은 없을지언정 하늘의 천사가 되든지 사탄의 심부름꾼이 되든지 그곳에서도 나의 영(靈)은 여전히 나름대로 어떤 일을 할 것이란 생각도 해본다. 그리고 이승이나 저승이나 '일과 땀'은 기쁨과 더 가까우면 가깝지 절망과는 가깝지 않다는 것과, 문제는 즐겁게 일하느냐 그렇지 못하냐는 것이다.

휴가를 생각하다 문득 시인 천상병의 시 〈귀천〉(歸天)이 떠오르는 건 왜일까? 아마 이 세상에 태어난 것을 그는 소풍 나온 것쯤으로 생각했고

141

실제의 그의 삶도 그러했기 때문이리라. 휴가도 일종의 소풍이 아닌가.

인생을 소풍에 비유한 발상 자체가 아름답기도 하지만 참 자유와 평화로운 마음을 소유했던 그가 아름답다는 생각이 들어서일 게다. 나그네길과 같은 인생길, 외롭고 피곤하고 허무한 삶을 소풍 나온 아이같이 즐겁게 살다가 돌아갈 집이 있다고 믿는다는 것은 얼마나 아름답고 복된 것인가?

늘 넉넉한 마음으로 어느 것에도 매이지 않고 진실 앞에 당당히 서서 순진무구한 마음과 눈을 가지고 살았기에 죽음을 아름다움에로의 길로 맑고 곱게 노래할 수 있었다고 믿어지기 때문이다.

어린 날 소풍가기 전날은 즐거움에 들떠 잠을 설치고 새벽에 설레는 마음으로 눈을 떴던 기억들을 누구나 간직하고 있으리라. 소풍은 여유 있는 사람이 간다. 또 마음과 몸이 건강하고 즐거워야 갈 수 있다.

어른들의 휴가여행같이 요란하고 치밀한 계획도, 금전적 타협도 필요치 않다. 모든 것을 책임져 주고 보호해 주는 사람이 있기에 두려움, 걱정 또한 없는 게 어린 날의 소풍이다. 그런 흡족하고 편한 마음으로 세상을 살 수 있다면 그 사람은 휴가가 별도로 필요치 않을 정도로 행복한 사람일 것이다.

떠돌이로 살든 정착해서 살든, 많이 가졌든 적게 가졌든 우리 모두는 나그네요, 그것들마저도 다 놓고 가야하는 존재가 아닌가. 그의 시와 삶은 소유와 행복의 함수관계를 생각해 보게도 한다. 남들이야 어찌 생각하건 그는 분명 자유인이었고 남과 다른 행복을 맛보며 세상에 살면서 천국을 누리며 살았던 아름다운 시인이었단 생각이 든다. 돈은 몸을 편하게 해줄진 몰라도 정신적 안식을 줄 순 없다.

사람을 크게 두 종류로 나눈다면, 하늘에 대한 꿈이 있는 사람과 없는 사람일 것이다. 눈에 보이지 않는 것을 볼 수 있는 눈을 가질 때 불안으로부터 벗어나고 근본적 안식을 얻을 수 있다. 그런 영적인 꿈을 논하지 않더라도 꿈을 지니고 살아간다는 것은 삶을 활기차고 긍정적이고 즐겁게 해준다.

'휴가'라는 유행에 뒤질세라 남이 하는 대로, 남이 가니 나도 가야 된다는 강박관념이나 맹목적 무리한 휴가로 후유증을 앓는 것보다 자기분수와 성격에 맞는 방법으로 몸과 마음의 휴식을 찾아 일과 밸런스를 맞추는 것이 좋을 것 같다. 짜증나고 정신없이 바쁜 일상생활을 소풍 나온 아이같이 마음의 여유를 가지고 매일 즐겁게 사는 것이 평상의 삶을 위해 보다 바람직한 일이 아닐까.

〈뉴욕 한국일보〉 2001. 8. 3.

웰빙 유감(有感)

　건강하고 행복한 삶에 대한 현대인의 욕망은 '웰빙 라이프'라는 신조어를 만들어냈다. 그러나 많은 사람들은 돈과 시간의 여유가 이런 것들을 해결해 준다고 착각하지나 않은지? 음식은 유기농 식품만 먹고 요가나 아로마 스파 등을 즐기고 명품으로 몸과 집안을 치장해야 한다고 생각하지는 않은지?

　혼자서, 혹은 비싼 돈 들여 '잘 먹고, 잘 입고, 잘 놀자'를 웰빙 라이프라 치부한 끝에 호사가들의 과시욕처럼 폄하하고 애매모호한 정체불명의 단어라고 지적하는 이들도 있다. 하지만 전문가들은 "물질적인 것에 연연하지 않고 몸과 마음의 조화를 통해 건강한 삶을 이루는 것, 천천히 자기 자신을 되돌아보는 마음, 잠시라도 짬을 내, 내 몸을 움직이려 하는 습관이 바로 웰빙"이라고 말한다.

　나에게 웰빙 라이프 스타일이 무어냐고 묻는다면, '단순하고, 쉽게, 즐겁게, 깊게, 만족하며 범사에 감사하는 삶을 사는 것이다'라고 하겠다.

"높이 나는 새가 멀리 본다"는 말이 있듯 당장 눈앞의 작은 것들보다 먼 훗날을, 살아있을 때보다 죽은 후를 생각하며 산다. 남을 미워하는 마음을 줄이고 나의 나쁜 습관을 고치려 노력한다. 용서하는 사람이 되려 노력한다. '용서'는 배설이기 때문이다. 배설하지 못하면 대장에 독이 생긴다. 머리로만 아니라 가슴으로 용서 못하면 병이 되기 때문이다.

아무리 작은 일이라도 소홀히 하지 않도록 한다. 작은 선행(善行)이라도 매일 하려고 노력한다. 성숙한 사랑과 참된 우정을 지키려고 노력한다. 선(善)은 힘을 솟게 해주고 사랑은 그 힘을 행할 수 있게 해주기 때문이다. 각자에게 주어진 재능과 특기를 살려 선을 실천하며 어둡고 구석진 곳을 따뜻한 시선으로 감싸 안는다면 우리 개인뿐 아니라 가정, 사회가 다 웰빙이 되지 않을까.

변명하지 않고 남을 비난하지 않고 내 탓으로 돌리려 노력한다. 남이 잘 되는 것을 기뻐해 주고 칭찬한다. 가치 있는 일에 시간을 투자한다. 꿈을 가진다. 받는 것보다 주는 것을 더 즐긴다. 자기에게 정신적 만족을 주는 것에 더 많은 시간을 할애한다. 포기하지 않는다. 낙천적, 긍정적인 사고를 한다. 많이 웃는다(20초 동안 크게 소리내어 웃으면 에어로빅 5분 한 것과 같은 효과가 있다고 한다). 웃음은 고민에서 해방시켜 주고 열린 생각을 갖게 한다.

나눔을 실천한다. 나눔이 진정한 나눔이 되려면 버림이 필요하다. 재물과 명예와 생명에 대한 집착과 애착인 인간의 본성을 버려야 한다. 인생의 부끄럽고 추한 모습은 거기에서 나온다. 그것은 어리석은 자로 만든다. 멋진 인생은 버림에 있다. 자유롭고 여유로운 인생은 버림으로부터 온다. 고독을 사랑한다. 고독에서만 뿌리를 펴는 삶의 싱싱한 속삭임을 들을 수 있기 때문이다.

너무 오래 살려고 애쓰지 않는다. 죽을 때는 담담하고, 평온하고 품위 있게 죽을 수 있는 공부를 하고 준비한다. 최후의 말로 멋진 독백을 할 수 있는 사람이 되도록 노력한다. 평범한 일에도 최선을 다한다. 남이 나를 알아주지 않는다고 초조해하지 않는다. 뒷공론에 대해서는 귀머거리, 수치에 대해서는 장님, 실수를 보고도 벙어리가 된다. 안달하지 않고 때를 기다린다. 유행에 휩쓸리지 않는다. 시간을 아낀다. 문제를 뚫고 나간다. 곁길과 쉬운 길을 찾지 않고 정도(正道)로 간다. 하루하루를 희망으로 설레는 아침을 맞는다. 남의 말을 경청해 준다. 따뜻하고 의롭고 아름답게 살고자 노력한다. 사는 '맛'과 '멋'을 즐긴다. 새로운 것을 찾고 경험한다. 정겨운 대화를 할 수 있는 친구를 많이 만든다. 있는 체, 공정한 체, 강직한 체, 청렴한 체 사탕발림하지 않으려 노력한다.

폼 나는 삶, 행복하게 보이는 삶이 웰빙이 아니다. '얼짱' '몸짱'보다 '마음짱' '사랑짱'을 추구한다.

가끔은 나도 행주치마 걸치고 손수 봐온 장바구니를 꺼내 요리도 하고, 아내를 피곤하다는 핑계로 소홀히 하지 말고, 기왕이면 참된 식도락가가 되어 육신의 건강, 정신의 건강을 함께 지킬 수 있는 여유와 가족들의 화목을 창출한다. 나이와 분수에 맞게 산다. 경제는 삶의 수단이지 결코 목적이 아니다. "아는 자는 좋아하는 자만 못하고, 좋아하는 자는 즐기는 자만 못하다"(知之者不如好之者, 好之者不如樂之者)라고 공자는 말했다. 인생을 참되게 즐기는 것이 웰빙이 아닐까.

〈뉴욕 한국일보〉 2004. 9. 10.

"여러분도 행복하십시오"

지난 2일, 교황 바오로 2세가 "나는 행복합니다. 여러분도 행복하십시오"라는 마지막 말씀을 남기고 84세를 일기로 선종(善終)하셨다. 삼가 교황의 서거에 고개 숙여 애도를 표한다. 그분은 살아 생전에 가톨릭 교회사와 인류 역사에 '평화의 사도', '인류애의 기사 (騎士)'로서 전례 없는 위대한 업적을 남겼다. 세계 언론들은, 그런 분의 선종을 애도하는 산 자들의 움직임을 앞다투어 특종으로 보도하였다. 그러나 정작 교황의 마지막 말씀을 조명하는 기사와 관심은 별로 띄지 않는 것 같다.

"나는 행복합니다. 여러분도 행복하십시오."

얼마나 인간적인 말인가. 거기엔 어떤 종교적 우월감도 색깔도 권위도 전혀 보이지 않는다. 죽음을 앞둔 대성인(大聖人), 교황의 마지막 유언에서 한 인간의 위대함을 발견한다. '사랑'이란 단어가 그렇듯이 흔하고 평범한 단어가 '행복'이 아닌가. 그러나 얼마나 의미심장한 내용을 담고 있는가.

나는 교황이 대 성직자이기 이전에 시인이요, 극작가요, 젊었을 적 한 때는 연기자의 꿈을 가지기도 했다는 데 주목하지 않을 수 없었다. 그런 교황이 마지막 남길 말을 준비해 두지 않았을 리 없다고 생각한다. 신중히 심사숙고하면서 시를 쓰듯 거르고 가지를 치고 또 치고 가장 짧고 함축성 있는 언어를 골랐을 것이란 생각이 든다.

얼마나 깊이 있으며 폭 넓고 또한 우리들의 허(虛)를 정곡(正鵠)으로 찌르는 가르침이요, 충고의 메시지인가. 지구상의 모든 인류, 남녀노소가 쉽게 알아들을 수 있는 단어 '행복'. 인간이라면 누구나 바라는 행복, 그러나 진정한 행복이 무엇이며 그 행복은 어디로부터 오는지 모르거나 착각에 빠진 사람들이 너무나 많다는 깨달음에서 비롯되었다 보이기 때문이다.

옛날, 어느 임금이 신하들을 불러 '인생이 무엇인가?' 석학들에게 연구시켰다. 몇 년 후 수레에 가득 실은 연구서를 갖다바쳤다. 더 줄여오라는 지시를 몇 년에 걸쳐 반복한 결과물로 얻은 답이 '태어나서 외로워하고 병들다 죽는 것이 인생입니다' 했듯이, '행복이 무엇인가?'를 연구해도 트럭 몇 대분의 양은 될 것이다. 결국은 몇 마디로 줄여져서 '진리 안에서 서로 사랑하며 범사에 자족하며 감사하는 생활입니다'가 될 것 같다. 왜? '행복'이란 단어를 국어사전에서 찾아보면 '만족감을 느끼는 정신상태'라고 정의하고 있으니까. 만족하지 못하기 때문에 우리는 불행한 것이다.

"인간은 자기가 행복하다는 것을 알지 못하기 때문에 불행한 것이다"라고 도스토예프스키는 말했고, 에이브러햄 링컨은 "사람은 행복하기로 마음먹은 만큼 행복하다"고 말했다. 행복의 밭을 일구는 사람은 바로 자기 자신이다. 마음 밭을 가꾸는 방법에 따라 행, 불행이 결정된다. "행복이란 우리 가정의 노변에서 자라는 것이지 남의 정원에서 따오는 것이 아니다." G. A. 비어스의 말이다. 네잎클로버는 행운이요, 요행이지 행복은 아니다. 세잎클로버 속에 행복이 있다.

우리의 삶이 의미를 상실하고 방황하는 것은 행복을 밖에서 찾으려 헤매기 때문이며, 행복의 본질보다는 치장하는 것들에 시간과 힘을 쏟는 데 있지 않을까. 행복하려면 행복이란 관념부터 자유로워져야 한다. 문(門)을 잊은 사람에게 문이 열린다. 가장 괴로운 사람이 가장 행복한 사람이다. 자기의 괴로움만으로도 한세상 살기도 어려운 곳에 남의 괴로움까지 맡아서 괴로워하는 사람, 그가 행복한 사람이다.

한 집안, 한 민족의 괴로움을 맡은 것이 아니라 온 인류의 괴로움을 맡아서 괴로워하는 사람, 그리스도, 석가, 공자를 보라. 행복을 위해서는 몸까지도 괴롭고 아파야 한다. 괴롭고 아픈 다음에 행복이 오는 게 아니라 괴롭고 아픈 것이 곧 그대로 행복이다.

그래서 교황은 억눌리고 가난한 자를 찾아 세계의 구석구석을 다니면서 함께 아파하고 축복했다. 종교간의 갈등을 해소했다. 1천 년 전 선배 교황들이 행한 죄를 자신이 범한 것으로 느끼고 괴로워했고 회개했다. 천년의 역사관과 감수성이 없이는 한 인생의 시야로는 불가능한 일이다. 기도로 쌓은 천 년의 용기가 아닐 수 없다. 죽음의 성질을 잘 아는 사람은 살기도 잘 산다. 잘 산다는 것은 잘 죽는 길을 가는 것과 같다. 교황의 삶과 죽음이 주는 교훈이다. 그래서 교황은 스스로 행복하다 하였다. 당신도 행복할 수 있으니 행복하라고 하였다.

"온종일 봄을 찾아다녀도 끝내 보지 못하다가, 집에 돌아와 매화향을 맡으니 봄은 이미 그 가지 끝에 와 있더라"고 옛 시인은 노래했다. 천하를 헤매도 못 찾던 봄이 내 뜰 안에 있듯이 행복이란 파랑새도 그런 것이 아닐까. 우리 모두 행복하십시다.

〈뉴욕 한국일보〉 2005. 4. 9.

가정의 달, 5월에

"내가 왜 이러는 줄 몰라/이러는 내가 싫어."

유행가 가사지만 정확한 표현이네. 내 마음 나도 모를네라. 즐거움도 내 즐거움이요, 괴로움도 내 괴로움, 모든 게 다 마음의 장난일세.

"첩이 첩 꼴 못 본다"는 속담도 그렇다네. 나도 첩인데 첩 꼴 보려니 내 꼴 보는 것 같아 싫은 거라네. 이렇듯 인간은 자기중심적 존재라네.

서로를 허무는 일에 익숙한 삶, 어려움과 혼돈에 쓸리는 삶, 공허한 만남과 헤어짐을 되풀이하면서 가까운 사람들과의 멀어짐을 반복하면서 살아가는 우리들, 산다는 것 자체가 이런 것들의 연속, 사는 일이 얼마나 썰렁하면 '마음 붙이고 산다'는 말을 만들었을까.

"사랑한다는 것은 둘이 서로 들여다보는 것이 아니라 함께 같은 방향을 쳐다보는 것", "가족은 누구도 어쩌지 못할 애증으로 얽힌 관계", "서로를 가장 아끼고 사랑하면서도 상처를 가장 많이 받는 불가사의한 관계".

5월의 커튼을 열면서 생각나는 말이라네. 너의 모든 것을 알고 있어야 너와 나의 친밀한 관계가 유지될 수 있다고 생각하기 쉽다네. 여백(餘白)이 있음에 수묵화(水墨畵)가 운치가 있듯이 부부, 가족간에도 아름다운 여백을 남겨둬야 한다네.

지나친 기대를 서로에게 걸면서, 나의 모든 기대치를 다 걸어도 되는 관계가 '가족'이라는 치명적 오해를 끌어안고 살아가는 우리들, 네가 완벽하기를, 내가 채우지 못한 것을 대신 채워주기를 무의식적으로 기대하면서 살아가는 너와 나.

기대치가 큰 만큼 실망과 분노, 피해의식도 그만큼 커질 수밖에 없거늘, 밖에서 만나는 사람들에게 거는 기대처럼 가족간에도 현실이라는 안경을 끼고 살아야 한다네. 너와 내가 서로 잘 보이려고 어느 정도 노력을 기울이지 않으면 허물어질 수 있는 관계임은 분명하다네. 산다는 건 이렇듯 힘든 거라네.

서로에게 느끼는 감정을 다 표현해도 되는 사이가 부부요, 부모요, 자식이라 생각하기 쉽다네. 여과 없이 가족에게 심한 화살을 퍼붓고 몸에 걸친 옷뿐만 아니라 마음의 옷까지도 홀랑 벗어버린 채, 서로를 드러내어서 더 크게 상처받고 더 많은 피를 흘려서는 안 된다네.

가정도 하나의 사회, 결혼생활에도 최소한의 가면은 필요한 것, 감정의 수문을 활짝 열었다가는 자칫 둑까지 무너져버릴 위험이 있다네. 남들과의 관계 때처럼 예의의 옷을 입고 입술의 긴장을 풀지 않으며 삶의 기술로 꿰어가야 한다네.

감정을 억압하고 내색하지 않는 것이야말로 사나이다운 행동이라고 귀에 못이 박이도록 들으며 자라온 우리들, 감정표현에 서툰 건 고사하고 감정의 위력까지도 무시하면서 살아오지나 않았는지? 감정은 행동의 주인이라는 걸 잊지 않고 살아가야 한다네.

불안이나 우울, 분노로 상대방이 다가올 때, 그것들의 주인의 모습을 찾아내어, 화내기보다는 상대방을 이해하려고 애씀은 물론, 공감과 위로까지 건네주어 상대방이 더 바랄 것이 없다는 마음이 들게까지 노력해 보았는가? 자신의 감정이 이해받은 것에 감동받지 않을 사람이 어디 있으랴. 그런 감동은 대개 나에 대한 전폭적 지지로 이어지는 기적(?)으로 나타난다네.

인간이란 특별히 노력하지 않아도 마음만 먹으면 불행해질 수 있는 존재라네. 무심코 내뱉은 말 한마디, 습관적 넋두리, 부정적 말 한마디에 '따귀 맞고, 기죽은' 영혼, 말이 씨가 되어 천하보다 귀한 한 인생이 내 입술로 난도질당하여 허물어져 갈 수도 있다는 걸 생각해 보기도 해야 한다네.

지혜로운 가족들은 서로에게 칭찬과 격려라는 생명의 언어를 심어준다네. 희망과 빛 속에서 살아가게 한다네. 인간이란 존재는 사랑받고 있을 때 가장 행복한 존재, 인간의 궁극적 목표도 완전한 사랑을 이루는 것, 사랑할 줄 아는 사람은 참으로 자유로운 사람, 그러나 너와 나의 딜레마는 우리들의 실천이 미치지 못 하는 곳에 사랑은 언제나 앞장서 가는 것이라네.

사고(思考)혁신 없이 초라한 깨달음으로 지팡이 삼아 깨달음 놀이나 하면서 살아가는 너와 나, 우리들이 잊지 말아야 할 것은 "사랑이란 그가 내 안에 들어오는 게 아니라 내가 나를 버리고 그 사람 안에 깊숙이 들어가 는 것"이라네.

사랑의 계절, 가정의 달 5월이라네. 가족간에 매였던 것 있으면 서로 풀어주고, 새 출발 해보세. 오늘은, 나의 남은 생애의 첫날, 나를 묶고 있 던 생각을 바꾸어 보세. 내 마음 밭, '포도원을 허는 작은 여우를 잡아'[아 가서 2:15] 사랑의 기적을 체험해보세. 사랑하는 마음만 아니라 그 사랑을 예쁘게 포장하고 표현하는 예술을 창조하면서 복되고 아름다운 가정을 일구어보세.

〈뉴욕 한국일보〉 2004. 5. 5.

'작은 것의 소중함'과 '여유'

'티끌 모아 태산'이라 했던가, 큰 것은 작은 것이 모여 이루어진 것이요, 큰 힘은 작은 힘이 합쳐 생겨나고 하루도 일초라는 단위의 시간이 모여 24시간을 이룬다. 우리의 몸도 작은 세포들이 모여 이루어졌듯이 우주만물, 만사가 어느 것 하나 그렇지 않은 것이 없다. 이렇듯 작은 것이 없이는 큰 것이 생겨날 수 없는데도 우린 작은 것을 무시하고 소홀히 하며 그것의 아름다움과 소중함에 민감하지 못한 채 살아간다.

작은 것의 소중함과 위력을 새삼 깨닫게 해주는 요즈음이다. 지구로 귀환하던 2조 원짜리 최첨단 시설의 우주왕복선이 착륙을 16분 남기고 폭발했다. 작은 파편 하나, 사소한 실수 하나에서 비롯됐다.

또 우리는 기억한다. 502명의 생명을 묻은 삼풍백화점의 붕괴도 우리가 무시하고 넘어간 작은 볼트 한 개에서 시작됐던 것을.

작은 모기 한 마리에 물려 사망한 알렉산더 대왕으로 인해 세계의 역사가 바뀌었는가 하면, '노사모'의 작은 힘의 승리가 노무현 대통령 당선

자를 출현시킨 반면 작은 것에 민감하지 못했던 거대 야당의 후보가 여지없이 무너졌고, 선거 여덟 시간 전의 한순간의 판단이 정몽준 의원을 하루아침에 낙동강 오리알 신세로 만들기도 했음을 본다.

직장에서 상사에게 꾸지람을 듣고 상한 마음으로 집에 돌아온 신랑이 신부가 차려준 밥을 먹다가 돌을 씹었다.

"밥에 웬 돌이야." 신랑이 짜증을 냈다.

"무슨 남자가 그까짓 돌 하나 때문에 나 원 더러워서 … ."

이렇게 시작된 부부 싸움, 작은 돌 하나가 섞인 밥 한 그릇 때문에 일어난 작은 말다툼이 서로간 상대에 대한 각자의 이해심, 인내심, 지혜롭지 못한 말들로 악화되어 결국 신랑이 신부의 뺨을 때렸다. 이를 못 참은 신부는 보따리를 쌌다. 이 일로 이들 신혼부부는 결국 이혼까지 했다는 얘기도 듣는다.

또 가정과 회사 중 회사를 택하겠다던 전 대우그룹 김우중 회장은 큰 것만을 보고 작은 것을 소홀히 한 나머지 이제 더 이상 회사도 택할 수 없게 되었다. 교통사고 사망자 수를 알리는 라디오를 들었음에도 "설마, 나에게 그런 일이 … "라며 저속도로에서 곡예운전을 하던 사람이 다음날 그 사망 숫자에 포함됐다는 기사는 우리들을 적막하게 한다.

그런가 하면 작은 것이 큰 것보다 더욱 값지고 빛날 때도 있음도 본다. 며칠 전 MS 빌 게이츠 회장이 지구촌 의료사업에 2천4백억 원을 내놓자 그를 진정한 부자라고 칭찬하던 날, 한국에선 전 서울시청 직원이었던 김화영 씨가 평생 모아 장만한 전재산인 15평 아파트를 요절한 동생이 다

넸던 서울대에 기증한 후 "있는 것 다 주고 나니 마음이 참 편하다"는 기사가 실렸다. 재산 60조 원을 가진 세계 최고의 부자에게는 주고도 남을 부(富)가 더 많지만 이 노인이 바친 것은 그분의 모든 것이었기에 더욱 눈부신 것이 아닐 수 없다.

인생 백 년을 산다 쳐도 시간으로 따지면 87만 6천 시간, 분으로 따져도 고작 5,256만 분, 초로 따져야만 억대인 31억 5,360만 초 밖에 안 되는 숫자의 인생이다. 그런데도 우린 억(億)억(億)대며 몇십억 몇백억 원도 잘도 읊어대고, 어떤 이는 잘도 삼켜낸다.

횡령의 시대, 기만과 이기적 쾌락 추구와 위선의 시대, 도덕과 양심과 체면을 내팽개친 채 세상이 외쳐대는 '더 많이, 더 크게, 더 빨리, 더 높게'라는 부추김 속에 몰려다니며 뒤엉키지 않으면 고독과 불안을 느끼며 살아간다. 황금만능주의와 한탕주의의 판 속에서 뒹굴며 펑펑 미친 듯이 돌아가고 있다.

벼락을 두 번 맞는 확률보다 낮다는 로또 복권이 한국에서 835억 원이란 천문학적 숫자로 뛰어올랐다. 인생 대박, 인생 역전을 6가지 숫자에 걸고 터지면 이자 없이 은행에 넣어놓고 빼 쓰기만 해도 60년 가까이 하루에 300만 원씩 쓸 수 있다는, 그 거창한(!) 꿈, 소위 대한민국 국민의 1%인 그 소비귀족(?)이 될 수 있다는 허황된 꿈에 들떠 아수라 판에서 정신나갔다가 제정신이 들고 보니 당첨자가 13명, 64억 원으로 쪼개지고, 김칫국부터 마시고 야무지게(?) 대비했던 '로또 계' '공동 구매자'들, 아니 모두가 허탈감에 빠져있다는 소식도 들린다.

그런 반면에 시장에서 평생 지게품팔이를 하며 착실히 모아 빌딩도 가지고 있는 70대 노인이 있는가 하면, 구두수선하여 빌라를 가지고 저축까지 하며 사는 분도 있고, 리어카에 오징어튀김을 나름대로의 노하우로 튀겨서, 또 김밥을 말아서 비록 천 원짜리지만 긁어모아 큰 재산을 모은 여인네들, 빚 한 푼 없이 살아가는 알부자들의 얘기는 작은 것의 소중함을 일깨워주기에 충분하다.

우연은 절대로 없는 것, 지금 현재의 내 모습이 스쳐 지나간 모든 시간의 축적이요, 결정체임을 부인할 수 없으며 그 시간의 의미와 가치인 것이다.

똑딱똑딱 스쳐가는 1초 1초의 축적이 곧 인생이요, 그 시간들의 의미는 결코 사라지지 않는다. 욕망과 본능의 노예가 되어 달려온 지난 세월, '한 줌의 재'를 향해 쉬지 않고 달음질치는 허망한 존재인지도 모르고.

세월과 세상이 부추기는 대로 소중하고 작은 것을 무시하고 달려온 무가치하고 무의미했던 시간들, 작은 것에서 눈부신 것을 발견하며 삶을 아름답게 치장해줄 두 날개를 잃지 않도록 지혜를 간구하며 천천히 느리게 시간을 아끼며 남은 생을 살아가리라.

〈뉴욕 한국일보〉 2003. 2. 14.

'상대적 만족'을 '절대적 감사'로

"천하를 얻은들 건강을 잃으면 무슨 소용이 있으랴."

몇 주 전, 나는 귀에 이물질이 들어가 염증을 일으켜서 고생하였다. 일주일 정도를 한쪽 귀가 잘 안 들려 불편을 겪으면서 이대로 고칠 수 없다면 얼마나 답답할까 걱정한 적이 있었다. 다행히 병원에서 간단히 치료받고 곧 회복되었지만 안 들리던 귀가 확 뚫린 그 시원함이란 얼마나 소중한 것인가 생각하며 값없이 누려온 건강, 그 너무나도 평범한 것들에 대해 나는 과연 얼마나 감사하며 살아왔는가 생각하니 부끄러워지지 않을 수 없었다.

대부분의 사람들이 당연히 생각하는 것들, 자유롭게 숨쉴 수 있고, 손가락 열 개와 두 팔과 두 다리가 건강하여 남의 도움 없이 먹고 마실 수 있고, 걸어서 화장실을 사용할 수 있고, 목욕할 수 있고, 가려운 데를 긁을 수 있다는 것, 두 발이 있어 멋진 구두를 신을 수 있고, 두 눈과 귀와 두 팔이 성해 사랑하는 이의 모습과 미소를 볼 수 있고, "여보 사랑해"라는 말을 해주고 들을 수 있으며, 상대를 안아줄 수 있다는 것에 우리는 감사해본 일이 있는가?

이런 것조차 누리지 못하는 사람들이 있다는 것과 그들의 고통을 헤아려 본 일이 있었으며, 있었다 한들 직접 겪어보지 못한 추측이 얼마나 가벼운 것이었나를 깨닫지 않을 수 없었다.

어찌 그런 것들뿐이랴. 치아 한 대, 손톱 하나도 상해본 다음에야 그 소중함을 아는 우리다.

"손가락 하나만이라도 움직일 수 있다면 컴퓨터를 배워 병든 아버지와 할머니를 도울 수 있을 텐데" 하며 절규하는 소년이 우리 이웃에 있다는 걸 생각해 봤는지? 내 자식이 정상적 모습으로 태어났기에 부모가 온종일 붙어 있지 않아도 되고, 시집장가를 갈 수 있다는 것, "꼴등이라고 좋으니 남들처럼 일반 학교를 보내만 봤으면 …" 하는 장애자 부모의 심정을 상상해 봤는가?

어찌 공부 못한다고 속상해할 수 있으랴.

장애자가 가족 중에 없다는 것에 감사해본 적이 있는가? 아내가 있고 남편이 있어 서로 의지할 수 있고 돈은 잘 못 벌어도 아이들이 '아빠' 하고 실컷 부를 수 있는 아버지가 있어 결손가정 소리 듣지 않고 시집장가 가는 데 힘들지 않은 것에 감사해 본 적이 있는가?

건강한 가족과 아내와 남편이 그토록 소중한 것이란 걸 이혼하거나, 저세상으로 떠나 보낸 후에나 아는 우리들, 남편들은 하고 싶은 말 다 못하고 마음에 없는 소리 들어가며 처자식 먹이고 가르치느라 고생하나 그런 부담이 없는 아내들은 큰소리치며 일할 수 있고 내키지 않으면 언제나 그만둘 수 있지만 남자는 그렇지 못하다는 걸 아내들은 생각해 본 일이 있는가? 떠나고 난 뒤 후회하면 무슨 소용이 있는가.

병든 가족, 또는 장애자 남편의 치료비를 벌기 위해 그들이 잠든 후 식당에서 일하거나, 세차해서 돈 벌어오는 여인들을 생각해 본다면 직장을 잃었다고, 사업에 실패했다고 어찌 불평할 수 있을까. 몸만 성하면 시간이 걸려서 그렇지 희망이라도 있지 않은가. 그렇다면, 할 일이 있다는 것 자체만으로도 축복이란 생각을 하지 않을 수 없다.

잃고 난 뒤에야 소중함을 느끼는 어리석은 존재인 우리들. 이렇듯 감사할 일이 너무도 많은데 감사하지 못하고 만족하지 못하는 것은 무엇 때문이며, 만족의 기준은 무엇인가를 되묻다 보면 상대적으로 비교하는 삶을 살고 있음을 발견할 수 있다. 그런데도 우리는 서로를 부러워하며 사는 줄을 모른다.

감사의 계절인 이 기회에 우리 모두 눈을 감고 내가 받은 복이 얼마나 많았던가를 생각해 보자. 감사의 잔이 넘치고 넘치지 않는가?

"비단신 신은 아이는 앉은뱅이를 볼 때까지 운다"(남들은 다 신고 다니는 신조차 신을 수 없는 사람이 있음을 깨달음)는 속담을 생각하며 감사의 말을 많이 하는 우리들이 되어야겠다는 생각을 해본다.

〈뉴욕 한국일보〉 2002. 11. 25.

'반찬 투정'과 '사랑의 낚싯밥'

한국의 어느 기관이 아내들을 대상으로 한 '어떤 남편이 좋은 남편인가?'란 설문조사에서 "해주는 대로 맛있게 잘 먹는 남편"이 두 번째로 많은 대답이었다는 것을 봐도 반찬투정 문제는 대부분의 아내들이 겪는 고통 중 큰 것인 것만은 틀림없는 것 같다. 그리고 맞벌이 부부들인 경우가 이런 갈등에 더 시달리는 듯하다.

동서양을 막론하고 산업화 과정에서 우리가 잃어버린 가장 큰 것이 있다면 3세대가 한지붕 아래서 살던 꿈같은 시절 대신 얻은 핵가족화된 가족 시스템일 것이다.

수직적 개념이 수평적 삶의 양식으로 글로벌 스탠더드로 변천해가는 과도기의 틈바귀에서의 한인 가장들, 그것도 물질만능주의 가치관 속에서 더욱 복잡해지고 바빠진 사회구조 속, 그것도 미국이라는 특수한 이민환경, 미국식도 아니고 그렇다고 한국식도 아닌 어정쩡한 가정문화 속에서 가장으로서의 자리를 잃어가는 남편들의 자괴감이 지난날 전통적 가부장

적 시스템에 대한 향수에 젖게 하여 그것이 가끔씩 반찬투정으로 둔갑하
게 하는 게 아닌가 한다.

맞벌이하는 부부들의 남편은 "내가 성능이 좋지 않은 돈 버는 기계"여
서 이런 대접을 받는 게 아닌가 하고, 아내는 "서로 바쁜데 날 어릿광대나
일만 하는 기계"로 아는 남편에 대한 야속함이 "해주는 대로 먹기나 하지
잔소리하면 이나마도 없다"는 식이 되어 간단히 해결할 수 있는 일을 걷
잡을 수 없게 만든다. 거기에 남의 남편, 남의 아내까지 들먹이다 시어머
니까지 한마디 거들게 되면 불길이 엉뚱한 방향으로 번져 집안이 시끄러
워지기도 한다.

'기계'이긴 양쪽이 다 마찬가지인 현대사회이다. 문제는 자기만을 사랑
하는 감옥에 갇혀 서로에게 고마워하고 서로를 격려하고 존중히 여기는
마음보다 사랑의 배고픔만 알고 먼저 주고 돕는 방법이 서툴다는 데 있다
는 걸 알 수 있다. 그걸 알면, 영리한 아내라면 해결책을 쉽게 찾아낼 수
있다. 서로 다른 환경 속에서 살았기에 친숙하고 입에 길들여진 음식과
맛이 있다는 걸 인정하여 "그거 별 것 아니던데"나, "다들 내 음식솜씨를
칭찬하던데"라며 언짢게 하기보다 "앞으로 좀더 노력하고 신경을 쓰도록
하겠다"는 편이 낫다.

때로는 자기 식성이나 아이들 위주로 식단을 짜거나 배달음식이나 외
식에 너무 의존하지나 않는지 미안해할 줄도 알고, "특별히 먹고 싶은 게
없느냐", "시장엘 가는데 뭘 사올까"라고 남편의 입맛에 관심이라도 보여
주면 어리석은 남자들은 자기를 알아주고 위해준다는 그 하나만으로 "됐

소, 아무 거나 먹지" 하며 입이 양 귀까지 올라가는 단순한 동물이다. 그런데도 그런 투정을 받아주면 평생 고생할 것이라고 생각하며 방어망을 굳게 치려다 일을 더욱 힘들게 만드는 게 또한 아내들이다.

남편들은 '그 음식', '그 맛'을 먹고 싶은 게 아니라 '그 마음'을 먹고 싶어하는 걸 아내들은 알아야 한다. 그래서 투정을 원망으로 받아치기보다 '참음'과 '이해'로 앞뒤를 볼 줄 아는 슬기가 필요한 것이다. 또, 남편들도 역시 짜증이나 투정, 화를 내기보다 아내의 자발적 마음을 낚을 수 있는 지혜와 노력과 '참음'이 필요한 것이다.

남편도 아내도 모두 한물간 낚싯밥을 언제나 매달아 놓고 안달하지 말고 마음의 양식이 공급해 주는 조리법과 에너지로 만든 싱싱한 낚싯밥을 늘 준비하는 성숙한 낚시꾼들이 된다면 '반찬투정'이란 말이 사라진 즐거운 가정, 밝은 사회가 될 것이란 생각을 해본다.

〈뉴욕 한국일보〉 2002. 10. 5.

좋은 인연은 좋은 관계성

참새 주둥이만 하던 목련꽃 봉오리가 어느새 자라 일시에 터져 뉴욕의 여기저기 무너질 듯 피어있는 참 아름다운 봄날이었던 지난 주말, 이틀 저녁을 지인(知人)들의 경사스런 잔치에 초대를 받아 축하하는 일로 저녁 시간을 보냈다. 토요일엔 지인의 장남 결혼식에 축하객으로, 다음날에 후배 여류 문우(文友)들의 '한국문단 등단식'의 축사(祝辭)와 더불어 축하객으로 참석하였다. 좋은 날 진심으로 축하하며 함께 기뻐한다는 것은 기분 좋은 일이다.

다음날 아침, 나는 등단 시인들로부터 팩시밀리로 한 장의 편지를 받았다. "이상하지 / 커피를 마시면 네 생각이 나 / 커피향기 같은 사람 / 마주하고 싶은 사람"이란 자기의 시 〈그리움〉의 첫 구절과 함께 축사를 잘 해주어 감사하며 영원히 잊히지 않을 좋은 추억이고 또한 영광으로 생각한다는 인사의 메시지였다.

정성과 진실이 담긴 메시지는 내 마음을 따뜻하게 해주었고 다시 한번 그분들을 떠올리게 했다. 축사해 주길 잘했다는 생각을 하며 그 분들의 앞날을 마음속으로 축복해 주었다.

그 다음날은 결혼식을 막 치른 신랑 신부로부터 축하해 주어서 감사하다며 잘 사는 모습을 보여주겠다는 내용의 인사의 메시지를 자필로 적은 카드를 받았다. 마음속으로 그들 신혼부부의 행복한 결혼생활이 하나님의 은총 속에 아름답게 지속되기를 신실하게 축복했다.

비록 작은 행위지만 그들의 따뜻한 마음이 고마웠다. 그저 전화 한 통화로, 한마디의 말로써 때울 수도 있다. 또 미루다가 그냥 넘어갈 수도 있다. 그러나 자신들을 위해 귀한 시간을 내서 축하해준 사람들에게 정성이 담긴 예의를 표하는 일은 소중한 일인 동시에 좋은 인연으로 한 걸음 나아가는 관계성의 시작이기도 하다.

이런 따뜻한 마음이 담긴 메시지를 받으면 축복해 줄 만한 사람들이란 생각과 함께 보람을 느끼며 작은 행복감을 느끼곤 한다. 그리고 좋은 인연이 되길 기원한다.

만남으로 이루어지는 우리네 삶, 그 삶이 아름답고 행복해지려면 만남으로 이루어진 인연들이 좋은 관계성을 유지하며 오래도록 지속되어야 한다. 그러나 그것은 말처럼 쉬운 일이 아니다.

좋은 인연은 우연히 이루어지지 않는다. 혼자만 노력한다고 되는 일도 아니다. 서로 노력하고 만들어가는 것이다. 좋은 만남으로 시작했다 해도 자칫 방심하면 일그러지기 쉽다.

우연한 만남으로 좋은 관계를 유지해 가는 경우도 있겠지만 자기 자신의 경제적 이득이나 허영심이나 명예욕, 출세욕을 채우기 위한 목적으로 덫을 놓고 유혹하여 발목을 잡아 자기 안에 묶어 두려는 의도적이고 계획적인 만남에 빠져서 몸과 마음을 다치는 경우도 있다.

상대방을 제대로 알지도 못하는 상태에서 빠져들었다가 후회하는 경우도 있다. 실컷 이용당하고 버림을 받는 경우도 본다. '열 길 물 속은 알아도 한 자 마음은 모른다'는 말이 있듯이 사람은 겪어봐야 안다. 아는 이는 많아도 친구는 없는 것이 그 때문이다. 그래서 외로운 것이다.

'구슬이 서 말이라도 꿰어야 보배'이듯이 내 것으로 만들려면 내 자신을 주어야 한다. 좋은 만남이 유지되려면 시작이 순수해야 한다. 이기적이어서는 안 된다. 좋은 인연을 만들려면 무엇보다 나부터 좋은 태도를 지녀야 할 것이다. '가는 말이 고와야 오는 말이 곱다'는 속담은 관계성을 잘 나타낸 말이 아닐까.

무엇보다 자신의 언어습관을 돌아볼 일이다. 남을 탓하기 전에 자신을 돌아보아야 한다. 상호존중을 바탕으로 상대방의 입장을 이해하고 정직하고 겸손한 자세로 자신의 생각을 나타내고 상대방의 이야기를 정성을 다해 귀 기울이며 가까울수록 예의를 갖추고 선입견과 편견의 눈으로 상대방을 판단하는 것은 아닌지 늘 살피고 내가 하는 말과 행동이 일치하는 가를 수시로 점검해야 한다.

아울러 희망을 주는 존재, 갈증을 축여주는 한 방울의 이슬 같은 인연이 되기 위해 나부터 우선 노력해야 할 것이다.

〈뉴욕 한국일보〉 2005. 4. 25.

더 게이츠(the Gates)와
꿈꾸는 사람들

더 게이츠(the Gates)와 꿈꾸는 사람들
구겐하임 유감(有感)
기다림에 대하여
〈취화선〉과 자유, 그리고 만남
"대지(大地)는 우리들의 어머니"
한국의 '체면문화'와 '결혼풍속도'
개고기와 도회지귤(渡淮之橘)
전래 가정오락을 살렸으면
음주유단(飮酒有段)

더 게이츠(the Gates)와 꿈꾸는 사람들

　희망이 출렁였다. 자유가 물결쳤다. 온 사방에 오렌지색 음악이 울려 퍼졌다. 그들의 영혼이 7,503개의 오렌지색 꽃잎이 되어 춘설에 나부꼈다. 바람따라 시시각각 모양을 달리하며 날씨와 시간의 변화에 따라 때론 황금빛으로 때론 붉은 색깔로 춤을 추며 죽은 듯 움츠려 숨죽이고 있는 흑백의 여윈 침묵, 수묵화처럼 몽롱히 마천루에 둘러싸여 고요히 누워있는 자연의 전시장, 그 위에 크리스토와 장 클로드 부부는 신(神)보다 먼저 생명을 불어넣어 16년간 그들이 꾸어왔던 꿈들을 16일간 장엄하게 펼쳤다.

　우리 부부는 그들이 설치해 놓은 센트럴 파크 전시장에 수없이 많은 문 없는 문들을 지나며 오길 참 잘했다는 생각을 하였다. 일기예보대로 눈까지 내린 프레지던트 데이, 이 또한 금상첨화가 아닌가.

　잡지에서 '더 게이츠'(The Gates Central Park, New York City. 1979~2005)에 관한 기사와 작품의 이미지 스케치를 본 아내는 이 날을 벼르고 기다렸다는 듯 새벽부터 날 깨웠다. "여보, 그 스케치를 보면서 당신 생각을 했어요. 센트럴 파크에 가야지요, 간밤에 눈이 정말 왔어요. 어서 서둘러요."

나는 며칠 전 센트럴 파크 사우스를 지나면서 공원 입구에 설치된 작품의 일부를 이미 보았던 터라 나의 건축가적 상상력을 동원해 보았었다. 그 거대한 인공의 아름다운 자연공간에 2,100만 달러를 들여 설치된 5m 높이의 7,503개의 오렌지색 나일론 천을 늘어뜨린 디귿 자 오렌지색 게이트들이 3m 간격으로 반복해서 23마일에 달하는 공원의 모든 산책로에 설치되었다. 해서 그것들이 자연과 함께 연출해낼 스펙터클한 광경을 상상해 보면서 본 것이나 다름없다는 생각을 했다. 동시에 삶의 목적을 함께하며 아무것에도 구애받지 않고 작품을 하고 있는 그들 작가 부부의 자유를 부러워하며 늑장을 부리고 있었다.

환경미술가 크리스토는 불가리아에서, 장 클로드는 카사블랑카에서 각각 같은 해, 같은 날 태어난 올해 칠십의 노장들이다. 그들은 프랑스에서 만나 결혼하고 작품생활을 하다가 나보다 7년 일찍 1964년에 뉴욕으로 옮겨 로어 맨해튼 첼시호텔에 짐을 풀었다. 이들 부부가 뉴욕서 처음 시도한 작품은 쇼윈도나 상점 현관문에 천과 나무를 사용해 페인트로 처리한 소형 설치작품이었다. 그들의 초기작품의 오브제들은 깡통, 병 같은 것들을 유리나 나무에 락커 칠한 캔버스를 배경으로 끈으로 묶고 페인트 칠해서 만든 입체적 작품으로 역시 소형이었다. 차차 오브제의 대상을 키워가서 휘발유통과 의자, 테이블, 오토바이, 자동차, 소형 건물에 이어

초고층 건물들에 이르기까지 키워갔다. 그 구조물이 환경에 어울리는 색깔의 특수 천으로 싸서 로프나 철 줄로 묶은 작품을 세계 곳곳에 설치하여 전혀 새로운 시각적 작품을 선보이면서 세계의 주목을 받았다.

그들이 선택하는 오브젝트는 도시 구조물에서 차츰 자연을 터치하는 방식으로 초대형화를 시도하기에 이른다. 지구상의 자연이 그들의 전시 무대가 되었다. 오스트레일리아의 리틀베이 해안을 흰색 폴리플로페린 천으로 뒤덮기도 하고, 콜로라도 레플 계곡을 적색 나일론 천으로 커튼을 치는가 하면 스위스의 벨로어 공원에는 살아있는 겨울나무들을 폴리에스터 투명천으로 싸서 아크릴릭 로프로 묶어 마치 거대한 얼음 캔디바를 연상시키는 환상적 설치를 하기도 했다. 또 캘리포니아의 수노바와 머린 카운티에 '달리는 울타리' 설치, 플로리다 마이애미의 비스캐인 베이의 11개 섬을 각각 거대한 분홍색 특수 천으로 에워싸서 띄워 마치 바다 위에 거대한 연꽃이 떠 있는 듯한 이미지를 창출하기도 했다.

이들 부부의 가장 야심적 작품은 아마도 '일본과 미국의 우산들'이라는 작품일 게다. 총 2,600만 달러가 투입된 작품으로 일본 도쿄인근 이바라키 지역에 1,340개의 청색, 미국 LA 동북쪽에 1,760개의 황색 대형우산들을 일본에 12마일, 미국에 18마일 길이에 버섯들처럼 펼쳐놓아 장관을 이루었다.

이러한 작품들을 떠올리며 43년을 함께 해온 그들의 작품세계의 비범한 비전과 끊임없는 노력, 장애상황의 극복(이를테면 '우산들'이라는 작품의 허가를 받기 위해 일본의 17개 정부기관과 미국의 27개의 지역기관, 일본

173

의 450명에 달하는 개인농부들과 땅 주인을 설득하는 노력)과 1979년에 제안서를 냈다가 1981년에 뉴욕시로부터 거절당했던 이 '더 게이츠'의 꿈을 포기하지 않았던 끈기와 인내력, 그 종교와 같은 믿음으로 일구어낸 꿈의 결과물은 우리들에게 많은 것을 일깨워 주었다.

16번째의 문을 눈앞에 두고 15번째의 문에서 포기한 적은 없었느냐고, 마음만 먹으면 세계가 자신의 무대요, 자연이 내 것이 될 수도 있다고, 영원히 소유하거나 존재케 하려는 욕심을 버리라고, 욕심을 내려거든 자연을 누구보다 사랑하는 욕심을 내라고, 신이 채 손대지 못한 작업으로서의 자연을 더 아름답게 만들겠다는 꿈을 가지라고, 사라지는 것은 아름답다고 크리스토 부부가 그렇게 작품으로 외치는 소리를 들으며 아내와 손을 잡고 수많은 인파를 헤치며 공원을 나왔다.

〈뉴욕 한국일보〉 2005. 3. 2.

구겐하임 유감(有感)

얼마 전 맨해튼 구겐하임 뮤지엄에서 열렸던 건축가 Frank O. Gerhy
의 특별초대 건축전을 보러가는 나는 그 뮤지엄을 설계했던 Frank Lloyd
Wright와 애송이 건축학도였던 36년 전에 본 영화장면들을 떠올리게 했
다. 게리 쿠퍼가 건축가로 열연한 〈건축가의 생애〉(한국명) 원명은 'a
Skyscraper'(마천루)로 기억된다.

물질과 출세주의가 만연한 현실세계의 역겨움과 모순에 저항하는, 재
능과 비전을 가진 한 건축가가 자긍심을 지키기 위해 낮에는 채석장에서
노동일을 하며 밤에는 세상의 벽에 부딪쳐 빛을 보지 못한 그의 작품을
다듬으며 건축에의 열정을 불태우고 있던 어느 날, 채석장 앞에서 승마를
하다 낙마한 미모의 여인 ― 당대 재벌이요 영향력 있는 신문사 사주(社
主)의 딸을 도와주게 되고 그녀는 그를 사랑하게 된다.

재능과 지조(志操)를 겸비한 아까운 예술가와, 세상의 빛을 보지 못하
고 있는 그의 작품들을 안타깝게 여긴 그녀는 자기 아버지에게 그 건축가

를 소개하게 되고 그는 신문사 새 사옥의 설계를 의뢰받게 된다. 너무나 독창적이고 혁신적인 그의 작품은 예상대로 관계자들(신문사 주주들)에게 혹평과 야유 섞인 비판을 받게 되고 그 사옥의 설계에 눈독을 들여오던 다른 건축가들도 이를 놓칠세라 대주주들과 합세하여 그를 궁지에 몰아넣는다.

그러나 "모든 책임은 내가 지겠다"며 사장의 권한으로 그의 안(案)이 채택된다. 건축가와 "설계변경은 절대불가"라는 약속과 함께 계약이 체결되고 착공한다. 하지만 양자간의 신사협정이 파기된 상태에서 시공되는 것을 확인한 그 건축가는 한밤중에 지상으로 조금 얼굴을 내민 그 건물을 폭파시킨다. 그 일로 인해 내외부의 압력을 극복하지 못하고 고민하던 나머지 사장인 그녀의 아버지는 자기 사무실에서 권총자살을 한다.

법정과정을 거쳐 건축가의 승리로 사건이 수습되고 원안(原案)대로 골조가 다 끝날 무렵 건축가는 현장을 둘러보다 가설 엘리베이터에서 사고로 추락하여 목숨을 잃는다. 그녀는 절규한다. 이러한 희생과 진통을 딛고 그의 첫 작품이 세상에 위용을 드러내며 빛을 보게 된다.

비로소 관계자들은 기존 건축개념의 고정관념에 빠졌던 자신들을 뉘우친다. 비전을 가지고 불굴의 개척정신으로 건축문화의 새로운 장(場)을 연 고인을 신문들마다 극찬하며 대서특필로 그의 생애와 유작들을 소개함으로써 그의 작품들은 사후(死後)에 빛을 보게 된다는 내용의 영화로서 젊은 시절 나에게 큰 감명을 주었고 그 후 나의 건축 인생에 지대한 영향을 끼쳤다.

THE SOLOMON C. GUGGENHEIM

Gugenhein musawe   2004 10 cho

그러나 한 세기가 훨씬 지난 오늘날에도 세상의 인심과 건축풍토는 여전히 척박해서 건축가들을 고독하게 한다. 이런 생각을 하다 보니 어느덧 목적지에 닿았다. 설레는 마음으로 Frank Lloyd Wright의 체취를 느끼며 전시장에 들어섰다. Gerhy의 대담한 작품을 보며 시간가는 줄 몰랐다.

LA의 것과 스페인 Bilbao의 것 그리고 이번에 선보이는 맨해튼 다운타운의 또 하나의 구겐하임까지 합하면 세 번째의 설계기회를 얻은 것이다. 그 행운의 뒷면에는 남다른 노력과 설득과 투쟁이 있었겠으나 운(運)도 따라야 되기 때문이다. 생전에 이런 영광을 누리는 그의 지난 인생이 자못 궁금하지 않을 수 없다.

유리와 철과 티타늄은 그가 즐겨 사용하는 자재로서 자못 오만스럽기까지 한 그의 작품은 초기 작품보다 더욱 대담해져서 그의 조형예술을 한 단계 높은 수준으로 끌어올렸다. 이런 작품들의 기술적 현실화에는 컴퓨터와 과학의 발전이 큰 몫을 했다.

건축정신 이데아의 고뇌자인 나. 지금은 건축이란 동토(凍土)에서 동냥질하는 것이 못내 서글퍼 한 걸음 물러서 건축의 이방인이 되어있는 나. 그런 현실세계를 극복하고 우뚝 선 Gerhy에게 박수를 보냈다. 학창시절에 보았던 그 영화가 나에게 도전과 꿈을 심어주었듯이 그는 분명, 이 시대 건축의 파이오니어로서 젊은 건축가 지망생들의 새로운 영웅이 되었다. 이런 건축가를 탄생시킨 미국은 역시 미국이다.

"건축은 이런 것이다. 이럴 수도 있다"며 내 대신 그가 대중을 향해 소리쳐 주고 있음에 그가 고맙고 대리만족까지 느꼈음은 나만의 감회였을까. 동병상련이라, 건축가의 고뇌는 건축가가 안다. 이젠, 좋은 건물을 지상에 남겨야겠다는 욕망에서도 벗어났고 진정한 자유를 만끽하며 지어진다는 것과는 무관한 그런 건축을 사랑하기에 오늘도 종이 위에서 누리는 창조의 기쁨을 누려볼 수 있게 되었다. 모처럼 시원한 하루였다.

〈뉴욕 한국일보〉 2001. 11. 18.

기다림에 대하여

시간으로 따지지 마십시오. 몇 대쯤 문제가 아닙니다. 10년쯤은 아무것도 아닙니다. 수목(樹木)처럼 성숙하십시오. 수목은 무리하게 수액(樹液)을 밀어내는 일이 없이 태연자약하게 봄에 몰아치는 폭풍에 휩쓸립니다. 여름이 오지 않으면 어쩌나, 그런 쓸데없는 근심에 머리를 쓰지 않습니다. 여름은 반드시 옵니다. 그러나 여름은 흡사 영원(永遠)을 눈앞에 바라보고 있듯 아무런 거리낌도 없이 늠름하고 조용하게 기다리는 인내심이 강한 사람에게만 옵니다. 즉, 인내가 전부입니다.

릴케가 어느 문학 청년에게 쓴 충고 어린 격려의 편지에 있는 구절이다.
참는다는 것은 기다린다는 것이다. 참는다는 것은 미덕이요, 삶이란 기다림이다. 사람을 기다리고, 때를 기다리고, 기회를 기다린다. 기다림은 참는 것이다. 참는다는 것은 버린다는 것이요, 비우는 것이다.
조급병은 현대인에게 가장 무서운 병이다. 급성장을 자랑거리로 삼는다. 서두르면 서두른 만큼 후회나 미련을 부른다. 기다림의 여백 없이 생활의 여유는 존재할 수 없다. 지쳐서 그 자리에 돌이 될지언정 기다림의 미학을 믿고 인내하는 뚝심을 가져야 한다. 대기만성(大器晚成)이라 하지 않는가. 꿈을 이룰 수 있게 하는 가장 큰 원동력은 '포기하지 않고 노력하며 기다리는 것'이다.

전광영(全光榮) 화백의 개인전 '집합'이 지난 9일부터 맨해튼 다운타운과 어퍼 이스트사이드의 갤러리에서 열리고 있다. 그의 오프닝 리셉션에는 1천여 명의 게스트들이 다녀갔다.

뉴욕 뮤지엄과 미술관의 큐레이터들은 물론이요, 레블롱의 론 펠만 회장 등 내로라하는 VIP들이 축하하기 위해 몰려들었다. 그의 작품은 휘트니 뮤지엄과 영국 의류회사 버버리의 회장 등 유명인사들이 소장하고 있다. 이제 나도 소장가 중의 한 사람이 되었다.

갤러리 전시작 8점 중 4점이 오프닝 3일 만에 이미 팔려나갔다. 그의 작품은 한 점에 2만 7천 달러를 호가한다. 내가 이 화백의 이야기를 꺼낸 데는 이유가 있다. 왜? 그는 기다림의 사람이었기 때문이다.

나는 화제의 전(全) 화백을 학창시절부터 지켜보았다. 그는 지방의 한 사업가의 2대 독자로 태어났다. 집안의 만류에도 불구하고 미대(홍익대)를 다니며 화가의 고달픈 인생을 시작했다. 이후 필라델피아로 유학 와 먹고살기 위해 "별 일을 다 해봤다"고 술회할 정도로 고생을 많이 했다.

13년의 미국생활을 접고 귀국했다. 나도 그 무렵 귀국했다. 그와 나는 비록 전공은 달랐으나 소위 '해외파'로 십여 년의 공백을 메워야 하는 동병상련을 공유했다.

고국에 돌아온 그는 줄서기를 요구하는 한국 화단의 학연과 지연을 거부한 채 아웃사이더이자 무명인으로서 오랫동안 화단의 이단아(異端兒)로 소외되는 지경에 이르렀다. 붓을 꺾기 일보 직전 상황까지 갔었다. 오기가 도로 생겨 은둔한 채 작품에 매달렸다.

국내 화단의 분위기에 대한 분노는 그를 세계적인 화가의 길로 자신을 채찍질하게 된다. 50세가 넘어서야 이 화백은 작품으로 우뚝 서게 된다. 그만의 독창적 화법을 한지(韓紙)에서 발견했다. 한약방을 하던 삼촌댁 천장에 빼곡이 매달려 있는 약재봉지들…. 그 시각적 충격을 작품으로 승화시켰다. 가장 한국적인 것으로 세계 화단을 공략한 것이다.

이후 한국 국립미술관에 의해 2001년 '올해의 작가'로 선정되고 시카고 아트 페어를 통해 세계에 알려진 그는 유명화가가 되었다. 그는 자신 스스로를 '분노가 많은 사람'이라 한다. 그가 말하는 '분노'를 나는 잘 안다. 환쟁이가 된 아들과 인연을 끊은 아버지에게 성공한 화가로서 존재 증명을 해야 했으며, 한국 화단에서 받은 박해에 대해 예술적 복수(?)를 하고 싶었다는 것을.

그는 어떤 면에서 최근 〈빈집〉으로 베니스 영화제 감독상을 수상한 김기덕 감독을 연상케 하기도 한다. 아웃사이더 예술가로서 적수공권(赤手空拳)으로 정상의 자리에 올랐다는 점에서일 것이다.

연줄 없는 이단자, 김기덕, 그의 말을 들어보자.

"인생은 어차피 힘든 것이지만 쓴 약을 먹을 때 삼켜버리려고 하지 않고, 쓴맛을 감미할 줄 알아야 한다. 인생에는 단맛이 전부가 아니다. 초콜

릿, 커피, 올리브의 맛도 마찬가지다. 인내심을 갖고 인생을 보아야 한다고 생각한다."

음미해 볼 만하지 않은가.

〈뉴욕 한국일보〉 2004. 9. 29.

〈취화선〉과 자유, 그리고 만남

"한국영화를 위해 뭔가 하지 않으면 안 된다는 사명감에서 이제 자유로워지고 싶다." 제 55회 칸 국제영화제에서 감독상을 수상한 임권택 감독의 말은 한동안 나를 많이 생각하게 했다.

나는 시상식 중계 후 인터넷으로 그의 수상작품 〈취화선〉을 감상하며 이에 취하였다. 나의 영혼은 시공(時空)을 초월하여 임 감독과 주인공 오원(吾園) 장승업(張承業)의 영혼을 넘나들면서 참 자유를 찾아 방황하고 고뇌하며 세상에 저항하며 몸부림치는 그와 하나가 되어 한바탕 열병을 치렀다.

고아 거지에서 기생집 머슴출신으로, 선비 이응헌의 집 심부름꾼으로 어깨너머로 그림을 배우다 주인의 배려와 도움으로 그림만 그리게 되어 벼슬까지 산 한 화가의 고뇌와 방황과 성취에 초점을 맞춰 임 감독 그는 자전적 요소들도 투사시켜서 오원의 삶에 누구도 흉내낼 수 없는 한국적 영상미를 창조해 냈다. 그의 모든 역량을 집대성해서 움직이는 한 폭의 크고 아름다운 그림을 그려냈다.

평생을 어디 한군데 정착하지 못하고 '취명거사'(별명)로, 독신으로 불안정한 삶과 사랑의 굶주림으로 떠돌이 인생을 살다간 그 오원이 백 년 후에 임 감독에 의해 이렇게 멋지게 세상에 살아났다.

나는 이 영화를 보기 직전 읽었던 시인 신경림의 《시인을 찾아서》의 책 속에 소개된 시인 천상병을 비롯한 여러 시인들, 영화를 보고 난 후 오원과 비슷한 삶을 살다 간 화가 이중섭, 박수근 등을 떠올리면서 한동안 가슴 아린 명상에 잠겼다. 자기를 속이기보다 가난을 택한 삶이 소중하고, 그것을 통하여 자신에게 솔직하고 사회에 진실하고 당당하고자 하는 멋있는 큰 그릇들이 저들의 내면에 차곡차곡 쌓여 있었음을 알았기 때문이다. 그런가 하면 그 뛰어난 예능인들의 순수성과 정직성이 소인배, 가진 자들의 횡포와 얄팍한 술수에 농락당하거나 묻혀있다는 것이 안타깝고 그들에게서 참 자유의 엄숙함을 느낄 수 있었기 때문이다.

하늘의 시간 개념은 인간이 헤아리는 것과 달라 하늘은 사람과 사람을 맺어주면서 '큰 그릇'들을 도와주는 사람들을 항상 예비했고, 그 큰 그릇들은 그들이 떠난 후에 큰 그릇이 되고자 몸부림치는 사람들에 의해 이 세상에 다시 영원으로 살아난다는 진리를 깨닫게 해준다. 속이고 속는 살벌한 세상에서 이런 예술가들의 작품과 생애를 대하노라면 아련한 아픔과 함께 큰 위로를 받게 해주며 공의(公儀)의 하늘이 그리는 큰 그림을 보게 해준다.

이응헌이라는 선비가 없었다면 장승업이란 화가가 존재할 수 없었듯이 정창화란 감독과 제작자 이태원 사장, 촬영감독 정일성 씨가 없었더라면 임 감독의 오늘의 영광이 있었을 수 있었겠으며 오원이 이렇게 멋지게 알려질 수 있었겠는가?

세상은 백 년 전이나 지금이나 달라진 것 없이 진실한 예술가들을 고독하게 하지만 그런 속에서도 상업성을 떨치고 어려운 외길을 걸어온 임 감독! 좋은 스승과 협조자를 만나 생전에 세계적 영화인을 꿈꾸는 후학들의 멘토가 된 노장에게 아낌없는 박수를 보낸다.

"큰 자유는 큰 엄숙성 앞에서만 얻어진다"는 폴 발레리의 말과 같이 참 자유인의 길은 멀고도 험한 구도자의 길인 것이다. 국민 영화감독이라는 유명세 때문에 사회에 대한 사명감에 매여서 자유롭지 못했던 유명인 임 감독이 시상식에서 "나처럼 나이 많은 사람이 이제 겨우 타는 상을 나이도 얼마 안 되어 보이는 젊은이가 타니 부럽기 짝이 없다"고 공동수상자인 폴 토마스 앤더슨과 임 감독의 작품목록을 비교하는 사회자의 농담에 멋있게 응수하는 여유를 보인 그의 모습이 인상적이었다. 그 말속에는 여태껏 매달려 왔던 상에 대한 허탈감과 아픔이 깃든 뼈있는 자기성찰이 진하게 배어있었다고 보아야 할 것이다.

〈뉴욕 한국일보〉 2002. 7. 22.

"대지(大地)는 우리들의 어머니"

몇 해 전 이맘때 미국을 처음 방문했던 맏동서 내외분에게 내가 "미국와서 본 것 중 가장 인상적인 게 무엇이었냐?"고 물었더니 "나무만 보고 가는 것 같다"며 넓고 풍요로운 대지에 어딜 가나 울창한 숲, 차를 타고 고속도로를 달리면 건물은 거의 보이지 않고 나무들만 보이더라는 대답을 들은 적이 있다.

우리도 또한 그랬다. 그러나 미국에 살고 있는 우리들은 이런 축복받은 자연환경을 얼마나 즐기며 감사하고 있는가? 인구에 비해 땅이 넓고 엄격한 환경보호법으로 자연을 잘 가꾸어온 결과이기도 하다.

하지만 며칠 전 한국을 방문해서 '느린 삶'(*slow life*)의 풍요로움을 전파했던 한국계 일본인 생태운동가 '쓰지 신이치' 교수가 "미국 유학시절 인디언의 문화를 공부하면서 '느리게 살기'가 얼마나 풍요로운지 깨달았어요. 시계 속에 갇혀왔던 내가 자연의 시간을 누리는 원주민들에게 한 수 톡톡히 배운 거죠"라고 말한 것처럼, 미국은 불과 200여 년 전만 해도

187

풍요로운 자연 속에서 문명과 적당한 거리를 두고 자연을 숭배하고 사랑하며 평화롭게 살았던 인디언들의 땅이었기 때문이기도 하리라.

나는 이 기사를 읽으면서 200여 년 전(1855년) 미국 서쪽에 살고 있던 썰드(Sealth)라는 이름을 가진 스쿼미시(Squamish) 족 인디언 추장이 미국 정부(대통령 프랭클린 피어스)에 보낸 편지의 글을 떠올리며 2년간의 기간 동안 시애틀의 아름다운 자연 속에서 누렸던 행복했던 시간들의 추억에 잠시 잠겼었다.

워싱턴에 있는 위대한 지도자인 대통령이 우리땅을 사고 싶다는 요청을 했습니다. 또한 우정과 친선의 말들을 우리에게 보냈습니다. 이런 제스처는 매우 친절하나 그 답례로서 우리의 우정을 별로 필요로 하지 않는다는 것을 우리는 압니다. 그러나 우리는 당신의 제안을 고려할 것입니다. 그 이유는 만일 우리가 그렇게 하지 않는다면 당신네들 백인들이 총으로 우리의 땅을 빼앗아갈 것을 알기 때문입니다.

이렇게 시작된 편지를 쓴 사람은 바로 한 고장의 이름을 훗날 시애틀 (Seattle)이라고 부르게 한 사람으로, 조상 때부터 뼈를 묻고 살아온 땅을 팔 수밖에 없었던 이 늙은 추장이 마치 자식을 보내며 부탁하듯, 환경보존의 중요성을 강조하듯 쓴 글이다.

당신은 어떻게 하늘을, 땅의 체온을 사고 팔 수가 있습니까? 그러한 생각은 우리 인디언들에게는 매우 생소합니다. 더욱이 우리는 공기의 신선함과 물의 거품조차 소유하지 않습니다. 나의 백성들에게 이 땅의 모든 구석구석은 신성합니다. 저 빛나는 솔잎들이며 모래 해변이며 어두운 숲 속의 자욱한 안개며 노래하는 벌레들, 이 모두가 내 백성들의 기억과 경험 안에서 성스럽습니다. … 흐르는 개울물과 강물은 그냥 물이 아니고 우리 조상의 피입니다. … 물의 소리는 우리 아버지, 아버지의 목소립니다. … 우리가 땅을 팔아야만 한다면 매일 숨쉬는 공기가 우리에게 얼마나 소중하며, 공기의 혼은 이에 의존하는 생명과 함께 호흡한다는 것을 잊지 마시기 바랍니다. 바람은 우리 조상에게 첫 입김을 불어넣어 주셨으며 마지막 한숨도 거두어 갔습니다.

　내가 만일 당신의 제안을 받아들이기로 할 경우엔 하나의 조건을 내놓겠습니다. 짐승들이 없는 곳에서 인간은 무엇입니까? 만일 모든 짐승들이 사라진다면 인간들은 커다란 정신적인 외로움 때문에 죽게 될 것입니다. 왜냐하면 짐승들에게 일어난 일들이 인간에게도 일어나기 때문입니다. … 이 땅을 팔게 된다면 초원의 꽃들로 향기로워진 바람을 맛볼 수 있는 그런 신성한 곳으로 땅을 보호해야만 합니다.

　… 이 땅이 우리에게 소중하듯 당신에게도 소중합니다. 우리는 당신네 백인들이 언젠가는 깨닫게 될 한 가지 일을 알고 있습니다. 우리의 신도 당신네들의 신과 똑같은 신이라는 것입니다. 당신들이 우리의 땅을 갖기 원하는 것처럼 당신들의 신을 소유하고 있다고 생각할지 모릅니다. 그러나 당신들은 그렇게 할 수 없습니다. 그는 모든 인간들의 신입니다. 그리고 신의 연민은 백인과 인디언들에게 동등합니다. 이 땅은 신에게 소중합니다. 그러므로 땅을 해롭게 하는 것은 창조주를 모독하는 것이 됩니다. 그리한다면 백인들 또한 소멸될 것입니다. 아마 다른 종족들보다 더 먼저 소멸될지 모릅니다. 당신들의 누워 잠들 자리를 계속 오염시키면 당신은 언젠가 당신 자신의 찌꺼기 안

에서 질식하게 될 것입니다.

　… 태어난 아기가 엄마 가슴의 고동소리를 사랑하듯 우리는 이 땅을 사랑하기 때문입니다. 우리가 당신에게 우리의 땅을 판 후에 당신은 우리가 이 땅을 사랑하듯 사랑하고, 우리가 간수하듯 간수하고 그것에 대한 기억을 당신들 마음속에 간직하십시오. 당신이 이 땅을 가져간 후 당신의 모든 힘과 지혜와 가슴으로 당신네들의 자녀들을 보호하고 신이 우리를 사랑하듯 사랑하십시오.

그는 1866년 세상을 떠났다. 그의 성격과 지도력, 땅을 내놓아야만 했을 때의 실망과 슬픔이 담긴 감동적인 글이다. 땅의 질서와 인간은 자연의 한 부분이며 이를 보호하는 책임은 우리 모두에게 있다는 것을 새삼 깨닫게 해준다. 이런 미국도 패스트푸드와 소비문화의 발달로 지구 온난화를 가속시키는 나라로 일본, 한국 다음에 세 번째로 꼽힌다고 '쓰지' 교수는 말했다.

지구는 지금 단단히 병들어 있다. 지금이라도 땅과 물과 공기가 소중하다는 걸 알고 이를 위해 작은 일이라도 '내가 할 수 있는 일'을 찾아서 실천해야 하지 않을까. 어머니가 무조건 아기에게 주듯 얼마나 많은 것을 우리는 자연에서 받았는가?

흙으로 와서 흙으로 돌아갈 인생, 그나저나 봄이 가고 여름이 오고 있다. 죽지도 않고 또 돌아왔던 봄은 가도 다시 올 터인데 홀연히 왔다 갈 봄날 같은 우리네 인생은 어이해 한 번 가면 돌아올 수 없는가.

"훈훈한 봄바람도 머리의 눈만은 녹일 수 없다네"라는 당시(唐詩) 한

구절을 읊어보며 짧은 인생 아옹다옹하며 살 것 뭐 있겠는가. 자연을 벗
삼아 여유를 내어 '느림'과 '단순함'으로 남은 인생의 웰빙을 누려보리라.
문명과 적당한 거리를 두고 살아야 정신이 빛난다는 생각을 해본다.

〈뉴욕 한국일보〉 2005. 5. 24.

한국의 '체면문화'와 '결혼풍속도'

어느 날, 81세인 자기 어머니가 인터넷으로 만난 사람과 재혼하게 되었다는 내 백인친구의 얘기를 듣고, 50이 넘은 독신의 아들을 둔 노인이 참 대단하다는 생각을 하다가, 각자 저 살기 바쁘고 이기적인 자식들, 몸이 늙었다고 마음까지 늙지는 않았다는 것과 늙을수록 더욱 배우자의 필요성이 절실하다는 생각에 이르자 남의 눈치에 연연하지 않는 솔직하고 떳떳한 미국인다운 모습이라고 긍정적 결론을 낸 적이 있다.

이혼율이 미국 다음으로 세계 2위가 한국 결혼 풍속도의 현주소다. 1일 평균 877쌍이 결혼하고 377쌍이 이혼한 2001년의 집계이고 보면 어쩌면 현재는 1위의 고지를 이미 탈환(?)했을 지도 모를 일이다. 또 이혼이 증가하면서 재혼도 늘고 있다. 같은 해 20%를 넘었으니 5쌍 중 1쌍의 재혼자가 포함된 커플인 셈이다.

미국과 같이 아동복지에 대한 확고한 인식의 법과 제도적 뿌리가 없는, 준비 안 된 상태에서의 이런 이혼율 급증은 심각한 사회적 불행이 아닐 수 없다. 게다가 '체면문화'가 발달되어 온 한국의 실정이라 자녀들이 불이익을 당하거나 결혼에 지장을 주지 않기 위해 '별거'하거나 '호적 세탁'도 유행한다고 한다.

이혼에는 다 그럴만한 이유가 나름대로 있겠지만 자기중심적 삶의 지향, 가치관과 사회 윤리의식의 변화, 여자들의 경제력 상승, 부모들의 달라진 의식, 또 인터넷 등으로 타인과의 만남이 다양화된 점도 한몫 한 것으로 보이는데 이혼자들의 얘기를 들어보면 대개 이해심 부족, 좁은 마음에서 비롯된 것이란 공통점이 있는 듯하다.

"퇴근하고 집에 돌아와서 아내가 밥그릇 뚜껑을 안 열어주고 반찬그릇의 플라스틱 랩을 벗겨주지 않아서 밥을 먹지 않는다"라는 우스갯소리가 있을 정도이고 보면, 한국 남성들이 얼마나 아내의 사랑에 허기지고 '하늘같은 남편'이란 가부장적 집착에 사로잡혀 있는지 알 만도 하다.

그러기에, 이혼의 결심을 유도하는 경우로 여자들은 이런 속 좁은 사람 이해하기보다는 꼬투리잡고 따지는 스타일이고 남자들은 세상물정에 어두운 소위 '맹'한 스타일인 경우가 많다고 한다. 또 재혼을 고려한다면 남자는 '돈', 여자는 '외모'를 갖추어야 한단다. 어찌 재혼뿐이랴, 재산이 70억 원 이상이라야 회원가입 자격이 되는 '귀족(貴族)중매'란 서비스 회사가 생길 정도로 돈이 있으면 양반도 명문가도 되는 세상이고 보면 초혼이라 해서 '돈'이 배제될 리 없고 돈 때문에 이혼한 사례가 흔한 게 사실이다. 돈을 보고 결혼한 '귀족 중매'이고 보니 재산에 이상이 생기면 서로 '등을 돌리고 돌아가는 귀족(歸族)들'이 될 것은 정해진 공식이 아니겠는가.

각설하고 이혼사유로 남녀공통으로 흔히 '성격 차이'를 든다. 그건 돈 버는 기계로서의 성적(成績)이나 잠자리에서의 성적(性的)인 격(格)의 차이와는 무관한 건지 모르겠다. 돈만 있으면 아무래도 좋다는 세상이 그렇고, "섹스 트러블은 대화단절을 불러 작은 싸움을 크게 만들어주기에 직간접적으로 이혼에 영향을 준다"는 전문가의 얘기도 있기에 말이다.

섹스 이야기가 나오니 송현(51) 시인의 재혼 스토리가 생각난다. '삶의 후반부를 함께 살아갈 존재가 필요하다'며 그가 한 월간지에 공개적으로 구혼장을 내면서 '독서하는 습관이 몸에 밴 여자, 외모는 남에게 호감을 주는 정도, 바바리 코트 입기를 좋아하면 금상첨화이고, 멸치젓갈을 좋아하고 조용필의 노래를 좋아하는 여자 …' 이렇게 주문하자 국내외에서 650여 명의 여성들이 응모했다고 한다. 1년여 고르기 작업 끝에 미술과 국문학을 전공하고 개인사업을 하는 미모와 지성을 겸비한 45세의 여인이 낙점되었는데 그녀도 두 번째 결혼이었단다.

어쨌든 좋은 세상이다. 얼굴도 못 본 채 부모의 결정에 따라 혹은 사진 한 장만 보고 무조건 결혼해야 했던 우리 부모님 세대를 생각하면 격세지감(隔世之感)이 아닐 수 없다. 46세에 남편을 여의고 35년을 수절하며 살아오신 내 어머니와, 동갑인데도 당당히 재혼을 결행하는 내 백인친구의 어머니를 번갈아 생각하니 곁에 있어드리지 못하는 불효의 마음과 함께 그놈의 전통과 문화와 체념이 무엇인지 만감이 교차하며 한국의 '체면'과 '감성'이 지배하는 문화로 야기되는 수많은 바람직하지 못하고 어두운 면들에 대해 우리 모두 한 번 고민해 봐야 할 때라고 생각해 본다.

〈뉴욕 한국일보〉 2003. 5. 3.

개고기와 도회지귤(渡淮之橘)

도회지귤(渡淮之橘)이란 말이 있다. 회수(淮水) 남쪽에 심으면 귤이 열리지만 북쪽에 심으면 탱자가 된다는 것이다. 이 함축 있는 어구가 그대로 한인 이민문화(移民文化)의 본질의 일면을 설파하고 있다. 사상과 제도와 문물도 그것을 받아들이는 민족의 풍토와 생리와 생활에 의해 변모한다는 말이다.

채널11 TV에서 한인들의 개고기 먹는 이야길 'Man Bites Dog'이란 제목으로 2회에 걸쳐 방송한 후, 우리 동포사회가 '개고기 소동'으로 떠들썩하다. 그에 맞서 한인사회의 매스컴은 억울하다고 분기하여 궐기, 집회니 법정대응이니 하며 흥분하여 논란이 분분하다. 항의서한도 전달하고 사과와 정정을 요구했으나 방송국은 '개 잡아먹는 주제에 무슨 큰 소리냐'며 확증이 있기 때문에 방영한 것이고, 그걸 못 믿겠다면 아직도 많은 증거자료가 더 있으니 재편집하여 제대로 특집을 방영하겠다고 으름장을 놓고 있다. 아이들은 학교에서 놀림을 당하고 직장인들, 가게를 하는 사람들은 인사가 '너도 개고기 먹냐?'라는 말이란다.

나는 TV를 지켜보면서 앞으로의 한인사회의 반응과 대응책들을 예측해 보면서 불안해했다. 왜냐하면 재미한인 중 누군가가 개장국을 끓여 먹었을 것이므로. 아니 땐 굴뚝에 연기가 날 이유가 없기 때문이었다. 게다가 언론들은 개고기 식용에 한국 '음식문화'라는 말까지 동원시키고 있음에 쓸쓸함마저 갖게 했다. 물론 이런 소동이 난 배경에는 문화적 보편주의와 상대주의의 갈등이 잠재해 있기에 문화란 단어까지 등장한 것이리라.

서양에서는 개는 인간과 거의 동일시한다. 그에 반해 질서를 우위에 두는 유교문화권에서는 인간과 개는 유별하기에 방안으로 들여서 키우는 법이 없어 관계상의 거리를 재는 잣대가 틀리다. 이러한 문화적 차이를 논할 수 있고 견육이 아니고 구육(拘肉)이며 황구(黃拘)는 애완용 개와 구별된다는 설명을 할 수도 없는 실정이다. 그러한 논의는 모국에 맡기자. 여기는 미국이다.

개고기와 코요테의 다른 점을 부각하여 인종혐오니 차별로 끌고 가려는 시도는 바람직하지 못한 발상인 동시에 일을 더욱 꼬이게 할 뿐 아무런 도움이 되질 않는다. 그러다간 더럽고 썩은 고기도 마다 않는 비위생적인 코요테까지도 잡아먹는 야만인이 되어 우리의 이미지를 더욱 추락시킬 뿐이다. 특종기사로 인기를 얻어보려는 크레이즈 맨 기자의 횡포는 지탄의 대상이 되기는 하지만 내 기분에 들지 않는다 해서 그 보도를 왜곡 과대하여 인종차별한다는 피해의식과 자격지심은 갖지 말자.

그들의 치밀한 사전계획에 따라 이루어진 함정취재로, 주된 의도는 이곳 한인사회에 식용 개고기의 수요와 공급이 존재한다는 것이 그들의 이슈이다. 그러한 점이 미국사회에 혐오감과 거부감을 주고 있으며 그런 음식을 미국서는 먹지 말도록 하려는 것이다. 그러하기에 같은 시민으로서의 질책으로 받아들이되 취재태도와 자료의 공정성에 신중을 기하지 못한 점과 미국에 살고 있는 대다수 한인들에서 부정적 이미지를 느끼게 한 편집, 보도방식에 유감을 표하는 정도로 수습하도록 하자.

내 민족, 내 동포란 이유만으로 우리 민족성 특유의 '격정성'으로 흥분하여 물불 가리지 않고 뭉치지는 말자. 그럴 열성이 있다면 선거 때 100%의 투표율을 달성하는 게 보다 현명한 뭉침일 것이다. 아무리 먹고 싶어도, 묵인해 주고 싶어도 이 나라의 가치관과 관습에 맞지 않는 것이라면 자제해야 한다. 해명이나 정당화가 될 수 없는 현실이 아닌가. 미국민에게 혐오감을 주는 음식을 이곳에서 기를 쓰며 꼭 먹어야 할 것까지는 없잖은가.

귤이 탱자가 된다는 말은 우리 좋은 문화가 미국에서 아름답게 미국화되어 새로 피어난다는 뜻이지 개를 코요테로 둔갑시키라는 게 아니다.

〈뉴욕 한국일보〉 2001. 12. 28.

전래 가정오락을 살렸으면

설날이 왔어요
기쁨 싣고 왔어요
노래하며 즐겁게 춤을 추어요
내 동생은 토끼 춤, 나는야 오리 춤
온 집안에 웃음꽃 활짝 피어요

이 노래는 한국의 "까치, 까치 설날은 …" 대신에 재미 중국동포(조선
족)들이 부른다는 설날 전통동요라 한다. 이렇듯 우리 민족은 세계 어느
나라에서 살고 있든지 전통문화로서의 설날의 풍습을 그대로 간직하고
있다.

오는 9일은 우리 민족의 대명절, 설날이다. 모국에서는 9일간의 황금연
휴가 이미 시작되어 설 귀성행로가 붐빈다는 소식이다. 미국에 살고 있는
우리들은 대부분 주중인 설날에 일을 해야 하기에 전통적인 것에 대한 그
리움과 향수를 애틋한 마음으로 달랠 수밖에 없다. 그러나 설날 전후의

주말을 함께 할 수 있는 가족, 또는 가까운 친구들이 모여 묵은해의 애환을 만두 속에 꼬옥, 꼬옥 싸서 보내고 보다 밝은 새해의 이민의 꿈을 키우며 만두를 빚고 덕담을 건네면서 함께 둘러앉아 음식을 나누고 가정 오락을 즐기는 단란한 기회를 갖는 것도 좋을 것이다.

매년 이맘때가 되면 늘 아쉽고 안타까운 마음이 드는 것이 있다. 그것은 점잖은 맛과 그윽한 운치가 있는 고래(古來)의 오락들이 차츰 없어져 간다는 것이요, 외래문화 숭배열과 옛것을 싫어하는 풍조와 함께 현대미가 박약하여 현대인의 기호에 맞도록 현대화되지 못해 없어진 전래오락들을 현대인으로서의 우리의 취미에 맞게 되살리는 방향으로 연구가 필요할 것 같다는 생각이 든다는 것이다.

내가 유년시절까지만 해도 도박기구로 남아있던 전래오락의 하나인 투전(鬪牋)의 독특한 글씨를 알아볼 사람도 이제는 드물 것이요, 골패(骨牌)를 구경한 사람도 흔치 못할 형편이 되었다.

전래 가정오락으로 좋은 것 몇 가지 들어보기로 하자. 지금 가정에 그대로 남아있는 것은 윷놀이밖에 없는 것 같다. 윷놀이야말로 가족이 함께 단란하게 할 수 있는 가장 좋은 놀이일 것이다. 윷놀이는 우리 대부분 아는 오락이니 설명을 생략하기로 한다. 다만 지방에 따라 말판을 쓰는 게 다르다는 것과 우리 고향, 특히 영남지방에서는 말판도 없이 입으로 말을 옮기는 윷놀이로 '공중 말'을 쓰는데, 이는 그 기술과 기억력이 총동원되어야 상대편에 속지 않고 싸울 수가 있는 것이기에 윷말 판을 놓고 놀기보다 확실히 스릴이 있어 좋다. 장차 이 '공중 말' 쓰기로 바꾸어 보는 것도 별다른 맛이 있을 것이다.

또 하나 말판놀이로는 승경도(陞卿圖)라는 것이 있다. 종경도(從卿圖)라고도 부르는 것으로 우리나라 지도를 새긴 큰 판을 놓고 네 사람이 앉아서 시골에서 서울로 장원급제하러 가는 놀음이다. 여섯모난 방망이의 각모에서 1부터 6까지 표를 한 것을 굴려서 거기 수가 나오는 대로 말을 쓰는데 잘못 쓰면 가던 길을 못 가거나 귀양을 가기도 하고 다시 살아 올라가서 급제까지 하게 된다. 노는 판이 크니까 긴 막대기로 말을 밀어가면서 논다. 지금은 이 승경도 판을 구경조차 힘들게 되었다.

그 다음에 또 쌍륙(雙六)이란 것이 있다. 서양의 다이아몬드 게임 비슷한 것으로 두 사람이 노는 것이다. 말 32개를 양편에 나누어 서로 진을 치고 상대편으로 쳐들어가 먼저 점령하는 내기이다. 이 놀이에 쓰는 말은 32개 모두의 꼭대기에 고운 술이 늘어져 있어서 무척 아름답다.

그리고 또 시패(詩牌)라는 것이 있다. 유명한 한시(漢詩) 몇 구를 나무에 새기거나 당채(唐彩)딱지에 한 자씩 쓴 것을 맞추어 먼저 어느 한 구(句)를 다 모아 맞춘 사람이 이기는 놀이다. 요즘 트럼프 놀이의 한 가지와 비슷한 것으로 자기가 모으고자 하는 글귀에 필요치 않은 글자는 버리고 필요한 자만 택하여 다섯 자 혹은 일곱 자가 유명한 시의 한 귀를 다 맞추었을 때 이기는 것이다. 한시 대신에 우리의 현대시 한 마디 한자씩 써서 모아도 좋을 것이다.

이 밖에도 골패와 수투전(數鬪牋)이란 것이 있으나 노는 방법이 복잡하므로 가정오락으로서는 앞에 든 것보다 못하다고 하겠다. 특히 수투전은 팔목(八目)또는 팔대가(八大家)라고도 부르는 것으로 사람, 물고기, 새, 꿩, 별, 말, 토끼, 노루 등 여덟 가지 각각 열 장씩 여든 장을 네 사람이 나눠서 하는 것인데 우리 고래 오락 중 가장 고급한 것이었으나, 노는 방법이 까다로워서 사라지고 이제 겨우 필자의 고향 한 동리에서만 전해지고 있는 오락이다.

나의 아버지는 이 수투전 놀이에 관한 학술논문을 일찍이 1960년대에 발표하신 바 있다. 그만큼 고향에 전승되던 놀이에 늘 관심을 두시던 민속학자이시기도 하다.

이렇게 몇 가지 전래오락에 대해서 알아봤다. 이것들을 다시 살리는 운동이 일어났으면 하는 것은 그것들이 가정오락으로서 순수하고도 우리의 기호에 맞기 때문이다. 현대의 가정오락은 너무도 개인적이거나 공리적인 방향으로 흘러 생활을 쓸쓸하고 메마르게 하며 가족의 화락과 윤리마저 허물어뜨리는 데 오히려 일조를 하는 게 아닌가 하는 아버지와 나의 생각은 고루하기만 한 생각일까.

〈뉴욕 한국일보〉 2005. 2. 9.

음주유단 (飲酒有段)

미주 한인사회에서 술로 인한 폭력, 운전사고가 증가추세에 있다. 청소년들의 빗나간 음주문화가 커뮤니티의 문제로 대두되고 있다. 이것은 부모나 어른들의 잘못된 '음주문화'에서 비롯됐다며 술을 대할 나이가 되면 올바른 주도(酒道)를 가르쳐야 된다고 입을 모은다.

유교문화권에서 살아온 우리들은 고민을 남에게 털어놓는 것에 익숙지 않아서, 속상한 일이 있으면 그저 혼자 삭이며 참는다. 그 고민의 해결방법으로 술을 택하게 되는 수가 많은 것 같다. 그러다 보니 뒤끝이 좋을 수가 없다. 그리고 술이 깨고 나서 당사자는 술 먹고 한 말과 행동이니 이해해 달라 하고 주위 사람들마저 잘못을 술에게 전가시키고 감싸주고 덮어주는 경우가 보편화된 우리들이나, 미국인들에게는 이런 처사들이 용납되지 않는다.

바른 음주문화가 화두(話頭)가 되는 연말, 이맘때만 되면 작고시인 조지훈 선생의 〈주도유단〉(酒道有段)이란 글이 생각나곤 한다.

　　몇 년 전, 모국 주류협회가 지식인들에게 의뢰해서 '한국의 풍류객 10 걸(傑)'을 선정한 적이 있었다. 그 랭킹은 이러했다. 1위에 황진이, 2위에 변영로, 3위에 조지훈, 4위에 김삿갓, 5위에 김시습, 6위 임제, 7위 김동리, 8위 임꺽정, 9위 대원군, 공동 10위는 원효대사, 연산군, 박종화 순이었다. 지훈 선생은 천 년에 걸친 풍류사(風流史)에 등장한 주객(酒客)들 중에서 동메달을 얻으신 분이다.

　　그분의 글 〈주도유단〉에 의하면 술을 마신 연륜과, 같이 마신 친구, 마신 기회, 마신 동기, 술버릇 등을 종합해서 그 사람의 주도(酒道)의 급수를 평가해서 단(段)을 매긴다. 총 18등급으로 분류하여 손수 주도(酒道)의 단(段)을 제정하신 분이시다.

　　그 18단계란 다음과 같다.

　　술을 아주 못 먹지는 않으나 안 먹는 사람인 9급을 시작으로, 술을 마실 줄도 알고 겁도 내지 않으나 취하는 것을 민망히 여기는 사람, 마실 줄도 알고 겁내지도 않고 취할 줄도 알지만 돈이 아쉬워 혼자 숨어서 마시는 사람들로 여기까지는 술의 진경을 모르는 사람들이다. 다음 단계는, 마실 줄도 알고 좋아도 하면서 무슨 잇속이 있을 때만 술을 내는 사람, 성생활(性生活)을 위하여 술을 마시는 사람, 잠이 안 와서 마시는 사람, 밥맛을 돕기 위해서 마시는 사람들이다.

　　이들은 목적을 위하여 마시는 술로서 그 진체(眞體)를 모르는 사람들이며, 술의 진경을 배우는 사람의 자리에 이르러서야 비로소 '초급'(初級)을 주고 주졸(酒卒)이라는 칭호를 줄 수 있으며, 반주(飯酒)를 즐기는 단계를

2급, 그로부터 내려가서 9급 이하는 척주, 반주당(反酒黨)들이며, 술의 진미에 반한 사람이 2단, 주도를 수련하는 사람들을 3단으로 각각 주도(酒徒), 주객(酒客), 주호(酒豪), 주광(酒狂)의 호칭을 차례로 주며, 술의 진경, 진미를 오달(悟達)한 사람들이다.

주도삼매(酒道三昧)에 든 사람을 주선(酒仙), 술을 아끼고 인정을 아끼는 사람을 주현(酒賢), 마셔도 그만 안 마셔도 그만, 술과 더불어 유유자적하는 사람을 주성(酒聖), 술을 보고 즐거워하되 이미 마실 수 없는 사람을 주종(酒宗)이라 하며, 이들은 술의 진미를 체득하고 다시 한 번 넘어서 임운자적(任運自適)하는 사람들이며, 술로 말미암아 다른 술 세상으로 떠나게 된 사람을 9단인 열반주(涅槃酒)로 명인(名人)이다.

당신 스스로는 '학주'(學酒)의 '소졸'(小卒)이라 겸손해 하셨으며, "희로애락애오욕(喜怒哀樂愛惡慾)의 칠정(七情)에 흥분되었을 때나, 화풀이로나 일체 감정을 술로써 풀거나, 선동하는 것은 사도(邪道)라는 것을 터득했다"고 하셨다. "술은 무료와 권태의 극복을 위해서 마실 때가 상책"이라고도 하셨다. 당신은 마시면 통쾌하게 마시되 장취불성(長醉不醒)의 경지는 취하지 않으셨고, 되잖게 취하는 자에게는 술을 주지 않으셨으며, 혼자서는 절대로 술을 마시는 일이 없으셨다. 술에 취할 목적보다 취하는 과정을 즐기셨다. 당신은 그러하셨기에 그 많은 술좌석에서의 일을 모두 기억하셨을 뿐 아니라 평생 실수가 없으셨던 분이시다.

술을 사랑하며 마셔야지 자신을 위해서만 마시면 독이 되고, 오히려 술에 먹히고 만다. 화풀이와 고민해결과 향락의 도구로 주도가 전락한 난세에 술을 사랑할 줄 모르면 입에 대지 않는 것이 상책이 아닐까.

〈뉴욕 한국일보〉 2001. 12. 28.

　첨언; 이 글을 신문에 쓸 당시 필자가 조지훈 시인의 아들임을 아는 사람이 없었다. 또 내 자신도 그걸 구태여 밝히고 싶지 않았다. 당시의 문장을 그대로 놔두었기에 독자들의 이해를 돕기 위해 이를 첨언한다.

월드컵의 일체감으로
조국아 일어서라!

"소인기(少忍飢) 하라"
친일과 변절의 의미
월드컵의 일체감으로 조국아 일어서라!
'유명세'와 '말'의 위력
지성과 문화의 힘
'선비정신' 부활을 백성의 채찍으로
'편견' 그 증오의 씨앗
'떠남'과 '자유'와의 관계
빛을 찾아가는 길
아내들이여! 개혁의 윤활유가 되시라
시련은 있어도 실패는 없다
　- 정몽헌 회장 영전에
겨울산행(山行)이 일깨워 준 교훈

"소인기(少忍飢) 하라"

　박정희 정권 초기였으니 내가 고등학교 다니던 때였다. 그 당시 내 선친께서는 고려대학에서 교편을 잡고 계셨는데 권력으로부터 집요한 유혹에 시달리고 계셨다. 어느 날 저녁상을 들여오시며 모친께서 "오늘도 박 대통령이 사람을 또 보내셨는데 한 번 만나보면 어때요" 하시며 농담 반 진담 반, 아니 진심이 더 많이 담기셨을 게다.

　그도 그럴 것이 요즘이야 대학교수의 경제형편이 그럭저럭 지낼 만하지만 그 당시는 학문과 인격면에서의 존경도는 요즘 교수님보다 훨씬 높았어도 경제적 형편은 지금과 비교가 안 될 정도로 박봉이었는 데다, 선친께서는 어려운 학생들이나 이웃, 친구분들에게는 서슴없이 호탕하게 쓰시면서도 집에서는 가계부를 직접 챙기시며 파 한 단, 콩나물 살 돈마저도 내 모친께서는 선친께 타서 쓰셨으니 얼마나 치사(?)하고 숨이 막히시는 생활을 꾸려가셨는가를 난 잘 알고 있어서이다. 그래서 "나는 커서 절대로 문인이나 대학교수는 되지 않겠다", 또 "가정의 경제권도 어느 정도 아내에게 맡길 것이다" 다짐했을 정도였으니까.

그 말씀을 들으신 선친께서 "당신 남편이 오물 뒤집어쓰는 꼴 보고 싶소? 난세엔 벼슬하는 것도 아니거니와 선비는 나라의 기강이요 사회정의의 지표인데 밖에서라도 바른 소릴 하는 사람이 있어야 하지 않겠소. 그리고 학자는 학자의 자리에서 끝내는 게 몸을 더럽히지 않는 유일한 길이요, 차돌에 바람이 들면 백 리를 날아간다는 우리 속담도 있듯이 늦바람은 무서운 것이오" 하시며 다음과 같은 이야기를 해주셨다.

"광해군 난정(亂政) 때 깨끗한 선비들은 나가서 벼슬을 하지 않았소. 어떤 선비들이 모여 바둑과 정담으로 소일하는데 그 집주인은 너무 가난하여 그 부인이 남편의 친구들을 위해 점심에는 수제비국이라도 끓여드리려고 하니 땔감이 없었소. 궤짝을 뜯어 도마 위에 세워놓고 식칼로 쪼개다가 잘못되어 젖을 찍고 말았소. 바둑두던 선비들은 갑자기 안에서 나는 비명을 들었소. 주인이 들어갔다가 나와서 사실 얘기를 해주면서 '가난이 죄'라고 탄식하였소. 그 탄식을 듣고 선비 하나가 일어서며 '가난이 원수인 줄 이제 처음 알았느냐'며 야유하고 간 뒤로 몇 해 뒤 그 주인은 첫뜻을 바꾸어 나아가 벼슬을 하다가 반정(反政)에 몰려 죽게 되었소.

수레에 실려서 형장으로 가는데 길가 숲 속에서 어떤 사람이 나와 수레를 잠시 멈추게 하고 가지고 온 닭 한 마리와 술 한 병을 내놓고 같이 나누며 영결(永訣)을 했소. 그때 그 친구 말이 "자네가 새삼스럽게 가난을 탄식할 때 나는 자네가 마음이 변할 줄 이미 알고 발을 끊었네"라고 했소.

고기밥의 맛에 끌리어 절개를 팔고 이 꼴이 되었으니 죽으며 고기맛을 못 잊어 어쩌겠냐는 야유가 숨었는지도 모르잖소. 그러나 그렇게 찾은 것은 우정이었소. 죄인은 수레에 다시 타고 형장으로 끌려가면서 탄식하였소. '소인기(少忍飢; 배고픔을 조금 참으라). 소인기(少忍飢)하라'고 말이오.

　물론 선친께서는 그때의 유혹을 단호히 거절하셨고 타계하시기 전까지 평생 한 대학에서만 몸담고 계시면서 군사독재 정권을 붓으로 준엄하게 꾸짖으셨다. 나중에 정치교수로 몰리시어 전화도청으로 사생활까지 침해받으셨으며, 언제나 사직서를 품에 지니고 다니셨으나 권력이 감히 건드리지 못하였다.

　벌써 40년 가까이 흘러간 그때 일이 요즘 자주 생각나는 것은 그후로 수많은 지식인들, 학자들, 대학총장들이 권력에 영합하거나 정치판에 발을 들여놓았다가 더러운 물을 뒤집어쓰지 않고 깨끗이 물러나온 예를 보지 못했기 때문이다. 권력에 붙어 이권이나 챙기고 가족이나 고생시키지 말아야겠다는 자들이 곳곳에서 악취를 뿜어내고 있다.

　국민의 65%가 이민을 생각하고 84.8%의 판검사와 공직자들이 청렴을 내세워 처가의 재력과 결합하려는 생각을 하는 나라. 나라의 최고의 엘리트들인 그들이 어떤 일이 있어도 부정과 권력 앞에서 최저의 생활, 최악의 인욕을 무릅쓸 각오를 하지 않는가? 묻는 것이 어리석은 질문일까.

〈뉴욕 한국일보〉 2002. 2. 4.

친일과 변절의 의미

기녀(妓女)라도 늘그막에 남편을 좇으면 한평생 분냄새가 거리낌이 없을 것이요, 정부(貞婦)라도 머리털 센 다음에 정조(貞操)를 잃고 보면 반생의 깨끗한 고절(苦節)이 아랑곳없으리라. 속담에 말하기를 사람을 보려면 다만 그 후반(後半)을 보라 하였으니 참으로 명언이다.

― 조지훈, 〈지조론〉에서

이 말이 생각나는 까닭은 최근 "민족정기를 세우는 국회의원의 모임이 광복회(光復會)로부터 넘어온 명단 외에 임의로 16명을 추가하여 '친일(親日) 반민족주의자' 명단을 발표한 것으로 인해 세상이 시끄럽기 때문이다.

반세기 이상 미뤄온 이 일이 이제 시작에 불과한 것을 놓고 언론마저 양분되어 소모적 논란이 계속되고 정치적으로 이용되는 것을 우려하지 않을 수 없다.

이번에 발표된 명단은 결정적 권위나 권한을 지닌 것도, 최종적인 것도 아니다. 그렇다고 잠시 떠들다가 흐지부지 잊혀져서도 안 될 문제로서 국가 차원의 법적 기구에 의한 '법률제정' 같은 구체적 방법을 통해서 엄밀한 검증, 철저한 진상규명을 바탕으로 옥석을 가려야 될 줄 안다. 당사자의 후손들이나 이의가 있는 사람들에게 반론권도 보장되어야 한다. 인정할 것은 인정하고, 그 결과로 친일한 당사자나 후손들도 억울할지 모르지만 자신이나 조상의 친일 덕에 누릴 수 있었던 안락한 삶을 되돌아보아야 한다. 독립운동가와 그 가족들이 치러야 했던 희생을 직시함으로써 이를 계기로 참회와 반성이 이루어지고 용서와 화해를 통해 과거를 씻어낼 수 있는 귀중한 전환점이 되어야 한다.

이렇듯 중대한 일을 미뤄왔기에 오늘날 한국사회가 가치관의 혼란에 빠져 변절과 불의가 판치고 있는 것이다. 여기서 중요한 것은 역사의 시선은 한 사람의 생애 전체에 비춰져야 한다는 것이다. 그 사람의 삶의 어느 한 얼굴만 가지고 판단할 수 없기 때문이다. 그런 면에서 시각을 '친일'과 '변절' 그리고 '회개' 여부를 아울러 조명함이 바람직하다고 본다. 예컨대 병자호란 때 주화파 최명길, 또 친일파보다 더한 타기를 받았던 박중양, 문명기 같은 사람들은 민족 전체의 일을 위하여 몸소 치욕을 무릅쓴 업적이 있었기에 변절자로 욕하지 않았음을 기억하자.

그런가 하면 좌옹(佐翁), 고우(古愚), 육당(六堂), 춘원(春園) 등은 크나큰 업적을 남긴 인물들이다. 함에도 일제말 대일협력의 허물과 변절을 자행함으로써 공적이 퇴색되었기 때문에 애석하게나마 변절의 누명을 쓰지 않을 수 없었지 않은가. 그분들의 이름이 너무나 컸기 때문에 실망이 더

컸던 것을 우리는 잘 알고 있다. 또 한일합방 때 자결한 지사시인 황매천의 〈매천야록〉(梅泉野錄)에 민충정공, 이용익 두 분의 초년행적을 헐뜯은 곳이 있다지만 우린 그분들의 초년행적을 모른다. 역사에 남은 것은 그들의 후반이요 따라서 그분들의 생명은 마지막에 길이 남게 된 것이다.

한평생 '친일문학'만 연구해 온 임종국 선생 같은 분이 계시듯 각 분야에 이에 대한 전문가가 있을 터이다. 게다가 민간인에 대한 '친일 인명사전' 편찬도 진행중에 있다 하니 더 찾아내고 진실을 가려내야 한다. 그러나 친일을 했다 해서 문인, 예술인으로서의 가치조차 부정될 필요는 없으며 반대로 훌륭한 종교인, 언론인이었다고 해서 친일했던 과오가 없어지는 것은 아니다. 목적은 은폐가 아닌 반성으로 다시는 그런 수치스런 미래가 없도록 하는 데 있다.

허물없는 사람은 없다. 실수도 있을 수 있다. 그러나 개인이든 민족이든 반성하지 않는 삶은 삶으로서 가치가 없다. '회개'는 부끄러운 것이 아니라 옛사람은 죽고 전혀 새로운 사람으로 거듭나는 고귀한 시작인 것이다. 이런 의미에서 최근 민주당 김근태 고문의 불법자금 '고해성사'의 용기가 출구 없는 정치판에 회개의 바람이 부는가 했는데 결국 '깨끗함'이 현실정치의 뻔뻔스런 벽을 뚫지 못하고 국민마저 외면하는 '꼴찌'로 대통령후보자 선출 경선에서 퇴장하는 모습을 안타깝게 지켜보면서 '변절자'와 '불의'에 무감각해진 민족의 수준을 그와 함께 같이 울어주고 싶은 마음이다.

"역사의 심판에는 공소시효가 없다"는 걸 깨우쳐주는 이때, "한때의 적

막을 받을지언정 만고에 처량한 이름이 되지 말라"는 〈채근담〉의 한 구절
을, 지조를 헌신짝 버리듯 명리(名利)와 구복(口腹)을 좇아 당적 이탈로
변절을 일삼는 한국의 정치인들에게 그들이 하는 그 작태도 친일 못지 않
은 부끄러운 행위라는 말을 아울러 보내고 싶은 심정이다. 이런 시각으로
친일명단이 가려지길 기대해 본다.

〈뉴욕 한국일보〉 2002. 3. 30.

월드컵의 일체감으로 조국아 일어서라!

한마음 한목소리 "잘 싸웠다, 자랑스런 태극전사들이여!"

최선을 다한 아름다운 패배에 후회는 없다.

우리는 해냈다. 세계 속에 우뚝 섰다.

우리가 세웠다. 아시아의 자존심을.

우리는 보았다. 자신감의 공동체적 몸짓을.

우리도 놀랐다. 일등 국민, 일등 응원.

우리는 느꼈다. '대한민국'과 '겨레'가 무엇인지.

우리는 기억한다. 단군 이래 최대인파 700만 붉은 물결, 지구촌 7천만 한민족이 하나되던 그날 그날들을.

우리는 맛보았다. 그 환희, 그 감격, 그 열광.

우리는 배웠다. 자율을, 독립을, 흔들리지 않는 신뢰의 힘을.

우리는 해방되었다. 억눌림과 열등감, 부끄러움으로부터.

우리는 발견했다. 자신을, 자긍심을.

우리는 얻었다. 자신감과 긍정적 사고, 자기 혁신의 승리를.

우리는 확인했다. 멋진 지휘자만 있으면 이렇듯 감격스런 합창을 부를 수 있는 민족이란 걸. 하나됨 앞에는 모든 추하고 부정적이고 바람직하지 못한 것들이 맥을 추지 못하는 것을.

우리는 선사했다. 낡은 세계 축구계에 새 영혼을.

우리는 보여주었다. 저력과 기백과 '날카로움'도.

우리는 거듭났다. 가장 멋있는 축구국가로.

우리는 보여줬다. 고도로 절제된 본능적 공격욕의 아름다운 발산을, 완벽하게 조화된 질서의 한 마당을.

우리는 만났다. 갈망하던 영웅을, 감성의 지도자를.

그는 가르쳐 줬다. 자신 있게 사는 법, 꿈과 즐거움, 자유로운 사고의 힘을, 승리의 기쁨을.

그는 불을 지폈다. 우리 안에 타오르는 아름다움에 대한 열망에.

그리하여 모두가 주연이 되어 그 일체감이 민족의 대승리로 승화시켰다. 7천만 한민족을 환희와 절규로 눈물 흘리게 했다.

우리는 가까워지고 바뀌었다. 자랑스런 태극기와 그에 대한 의식과 감성이.

우리는 씻어냈다. 자기 비하, 엽전사상을.

우리는 뿜어냈다. 안으로 안으로 참기만 했던, 마냥 착하기만 했던, 발산할 곳 없던 분노와 배신과 억울함과 소외감을 활화산처럼.

우리는 바꾸었다. 불신을 신뢰로, 부정적 사고를 긍정적 낙관으로.

우리는 찾아냈다. 꿈과 희망의 값진 보화를.

어느 나라에 살든지 우리는 2세까지 너와 내가 하나 되어 위대한 대한민국을 목이 터져라 외쳤었다.

'대~한민국 짝짝 짝 짝짝', '오! 필승 코리아!'

끼리끼리의 벽을 허물고 여럿이 함께, 승리의 순간 순간을 서로가 얼싸안고, 차갑던 거리를 뜨거운 광장으로 달구며, 엄청난 에너지를 분출해 내며, 사상과 종교, 빈부가 그 용광로 속에서 모두 녹아버렸다. 하나 된 역동력에 세계가 놀랐다.

오로지 애국심 하나로 싸운 우리 전사들은, 낡은 세계축구에 새 힘을 불어넣고 세계축구의 흐름을 바꾸어 놓았다.

그 새벽, 그 저녁은 너무나 아름다웠다.

너와 내가 녹아내려 그렇게 하나가 되었었다.

우리가 언제 이렇게 한마음 되어 발을 굴러봤나. 온몸을 전율하는 이런 희열을 맛보아 봤나.

민족의 자긍심을 세계 만방에 과시한 영광의 날들이여!

세계인은 보았다. 우리의 저력, 우리의 열정을.

그들은 놀랐다. 부러워했다. 그들의 심장에 한국을 각인시켰다.

그 투혼, 그 용기, 그 끈기, 그 침착, 모든 것 다 갖춘 우리의 '히딩크 함대'에 의해 처참히 붉은 바다에 함몰해 갔었다.

외국인 한 사람의 강한 동기부여가 종교 같은 강력한 승리의 희구가, 우리들 각자의 마음속에 용솟음치게 했다. 피지배 민족의 설움, 그 '갚고

자 하는 욕망'이 애국혼으로 사정없이 몰아 넣었다.

우리는 든든했다. 우리들의 또 다른 영웅 '붉은 악마', 내일의 주인.

그 숨겨진 애국의 저력으로 '무책임한 세대'는 기우에 불과했기에 축제를 위해 'Evil'(악마)의 가면을 마련하고 보이지 않는 혁명을 준비했었다. 기성세대가 그려놓은 일그러진 조국을 다시 그리려는 불타는 열정과 헌신의 참모습이, 이심전심 7천만이 하나 되게 하고, 우리의 삶을 송두리째 뒤집어 놓고 활력을 되살려 주었도다.

새로운 질서를 창조해 준 'Live'(살아있는, 생생한, 신선한)의 비밀을 그 12번째 선수들의 정체성을 보았기에, 그들의 진면목은 은빛 찬란한 날개를 가진 구국 수호천사들.

어떤 부정적 의미의 해석도 불만도 붙이지 말자. 자생적, 자발적 작은 힘이 이루어낸 이 응집력, 이 정신, 이 투혼만이 길이 길이 우리의 삶의 지표가 되게 하자.

월드컵의 일체감으로 조국아 일어서라! 우리는 할 수 있다.

통일의 결승골을 향하여 자랑스런 내 조국아, 새 걸음을 내 디더라!

한 바탕 푸닥거리로 전락시키지 말고 아름답고 고귀한 혁명으로 승화시키라!

7월의 새로운 태양이 붉게 떠오르고 있다.

〈뉴욕 한국일보〉 2002. 7. 8.

'유명세'와 '말'의 위력

　우리는 일생의 1/5이란 시간을 말을 하며 산다고 한다. 어린아이들은 장난감을 가지고 노나 어른들은 말을 가지고 논다. 말은 인격을 재는 잣대이다. 상대방의 말과 상황을 어떻게 받아들이느냐에 따라 내 생각과 감정이 움직이기 때문이다. 한 번 내뱉은 말은 주워담을 수 없다는 데 그 심각성과 독성이 있기 때문에 내뱉기 전에 몇 번이나 심사숙고해야 인생에 도움이 된다는 걸 새삼 깨닫게 해주는 요즈음이다.

　한국에서는 대선을 앞두고 상처주기 말싸움 일색으로, 그야말로 자기가 한 말로 인해 책임을 지고 물러날 수밖에 없는 죽느냐, 사느냐의 피투성이 설전(舌戰)이 지금 전개되고 있다. 게다가 자기가 한 말로 인해 첫 여성 총리의 꿈이 '남가일몽'(南柯一夢)이 된 것뿐 아니라 한평생 쌓아온 명예에 오물을 뒤집어쓰고 권력누수 막기와 정권유지용 '방탄총리' '깜짝쇼'의 희생양이 된 일도 있었다.

　'적임자' 찾기보다는 '상징적 가치'와 '역사기록', '내 편'만 탐낸 대통령도 문제가 있었지만 대학총장이란 자리를 버리고 6개월짜리 국무총리의 고된 직업을 택하여 국민의 심판대 앞에 서서 책임전가("부동산 문제는 시어머니가 전부 관리했기 때문에 자신은 모른다"고 했다. 이를 두고 시중에서는 그 사람이 시어머니를 부릴 사람이지 부림을 당할 사람이냐! 는 말이 돌았다)와 적절치 않은 표현의 말로 불행을 자초한 그분의 말 중 기억에 남는 말은 "내가 총리가 될 줄 알았다면 그런 일을 안 했을 텐데"와 "하나님 앞에선 부끄러운 일이 있을지 몰라도 사람들 앞에선 부끄러운 것이 없다"는 말이었다.

그 말은 "잡힐 줄 알았으면 도둑질 않았을 것이요", "'양심의 잣대'로 하면 가책되는 일이 있어도 '법의 잣대'로 하면 탈법행위는 안 했다"는 말로 '하나님'과 '사람' 앞이란 이중잣대의 말을 그것도 신학자의 입장에서 했다.

그러기에 지도자적 신실성이 결여되어 보이고 신념 없고 신뢰할 수 없다는 인상을 주었다. 법은 처벌하지 않아도 양심이 명령하는 것을 외면한 사람, 오늘날 사회 구석구석에 만연된 잘못된 관행에 자신을 관대하게 적용하는 사람이 지도자가 되는 것만은 더 이상 용인되지 않는다는 민의(民意)의 심판을 받는 셈이다.

사람들은 결백을 주장할 때 '하늘'을 내세우지만 '민심은 천심'이 아닌가? 하나님이나 사람이나 잘못을 시인하는 것을 미워할 수 없다. 정공법에 따라 솔직하게 고백한다면 차라리 국민은 뺨 한 대 때리고 화끈하게 용서해 줄 텐데 호미로 막을 것을 가래로도 못 막도록 스스로 만드는 지

221

도자들. 작은 하자(瑕疵)를 인정하는 '용기'도 없는 지도자들이 판을 치는 현실이 안타깝기만 하다. 장상(張裳) 씨 개인에게는 안타까운 일이나 이번 청문회의 성과를 꼽는다면 세상의 순리와 민심의 잣대가 공평하다는 점과 미래의 지도자를 꿈꾸는 이들과 정치인들을 정신이 번쩍 들게 해준 계기가 되고, 국민의 준법정신과 의식개혁에 긍정적 역할과 공로를 크게 남겨 놓았다는 점이다.

이런 일들을 보면서 나는 "유명해진다는 것은 자유를 앗기는 일, 그것은 제 집을 업고 다니는 거북과도 같은 신세"라고 한 존 스타인 백의 말과 심장학 강의 중 쓰러져 죽었다가 4시간 반 만에 다시 살아난 텍사스 대 스미스 교수의 사후 경험담인 "죽으면 심판대에 서게 되며 심판관으로부터 받는 질문은 '네 말로 얼마나 많은 사람들의 가슴속에 절망과 상처를 주었느냐?' 였다"는 말을 생각하게 한다.

〈뉴욕 한국일보〉 2002. 8. 22.

지성과 문화의 힘

이번 동계올림픽에서 실격판정으로 금메달을 놓친 한국선수 때문에 세상이 시끄럽다. 미국 NBC 방송인 '제이 레노'의 망언이 분노의 불에 기름을 뿌렸고 그에 맞서 한국민은 극단적 배타주의로 흥분된 감정으로 인터넷상에 이성을 잃은 말들이 난무하고 있다.

〈뉴욕 타임스〉가 논평하듯 "목숨을 걸 정도로 과격반응"을 하며 물불 가리지 않고 저질적 감정폭발로 일관하면서 사이버 공격을 가하고 있는 것은 바람직하지 않다. 그럴수록 의연하고 품위 있는 방법으로 신중하고 예의 바르게 정당하고 논리적으로 분노와 의사를 표시해야 그들이 우리 민족을 무시하지 못한다.

항상 남을 비판할 때에는 우리도 비판받을 수 있다는 것을 염두에 두어야 한다. 마구 물고 뜯고 싸운다 해서 해결될 일도 아니다.

'리노'는 "한국에 보신탕이 있고 한국인들이 개고기를 먹는 것은 사실이 아니냐"고 물은 뒤 "한국선수가 홧김에 국기를 빙판에 내던진 행동에 대해 다른 시각이 있을 수 있듯이 문화, 관습의 차이에 따라 사실을 보는 관점은 누구나 다를 수 있다"고 말하며, "이 정도의 파문이 일 줄 몰랐다. 마음속에 한국인에 대한 악의는 전혀 없었다"며 자신의 입장을 밝혔다.

그리고 "한국인들이 금메달 잃은 것으로 흥분하는 것은 이해하지만 조크를 놓고 그 정도까지 예민한 반응을 보이는 것은 이해하기 힘들다"며 사과까지 할 뜻은 없음을 시사했다.

내 개인적 생각으론 개와 연관지어 한 말은 '조크'라 받아줄 아량이 있다. 그보다 그의 해명 속에 깃든, 경기시작 전 김동성 선수가 경기장 바닥에 침을 뱉고(이 말은 하지 않았지만) 애국의 상징인 자기나라 국기를 함부로 취급하는 저질 에티켓으로 무슨 애국 운운하는 것이냐는 투의 뼈 있는 야유가 도사리고 있음에 나는 가슴 아팠고 간과해서는 안 될 수치였다고 생각했다.

정신적 문화적으로 미국인들에게 지고 있기 때문이다. 금메달이 문제가 아니다. 위대한 정신만이 개인과 국가를 위기에서 구한다. 일류국가와 그렇지 못한 국가의 차이는 이런 데서 난다. 눈에 안 보이는 미국의 힘이 여기에 있다. 더구나 미국인의 자존심은 상처자국인 찢어진 국기까지도 개막과 폐막식에 정중히 모시기(?)까지 하는데 그런 정중한 자세로 애국을 표시하는 그들 앞에서 무슨 말을 하랴.

무엇이 더 중요하고 덜 중요한지 모르는 민족이라는 '깔봄'이 못 견디게 괴로웠고 애국심이 먼저이지 못한 것이 아쉽기만 하였다.

악한 말과 행동도 폭력이며 그 민족의 수준을 나타낸다. 이번 일로 한

국 젊은이들에게 민족주의적 눈을 뜨게 하고 각성과 정체성을 뒤돌아보
게 했음은 긍정적이고, 그들의 분노와 열정을 잘 이해하나 반미감정으로
미국상품 불매운동까지 벌이는 모습을 대하는 우리로서는 불안하기 짝이
없다. 현명한 지혜가 필요한 때이다.

〈뉴욕 한국일보〉 2002. 3. 7.

'선비정신' 부활을 백성의 채찍으로

'영수옥쇄 불의와전'(寧須玉碎 不宜瓦全)

오늘 나는 "차라리 부서지는 옥이 될지언정 구차하게 기왓장으로 남아서는 안 된다"(즉, 도리를 지키다 죽을지언정 도리를 굽혀서 살지 말라)는 각오로 살았던 조선조 선비정신을 생각한다. "너희들은 군자가 되어 죽는다면 나는 오히려 살아있는 것으로 보아줄 것이나 소인이 되어 산다면 나는 오히려 죽은 사람과 같이 볼 것"이라고 강조했던, 직도(直道)를 위해선 과감히 목숨을 버릴 수 있어야 한다고 가르치며, "선비 집안에는 삼 년에 한 번씩 금부도사가 찾아올 정도가 되어야 한다"는 의기(意氣)의 삶을 살았던 그들이었다. 봉건시대 때보다 더 무너진 저질적 가치체계가 판치는 한국 정치의 혁명적 개혁이 언제나 가능할까 하며 오늘날의 선비정신의 부재를 한탄하게 하는 요즈음이다.

언제부터인가 '모난 돌이 정 맞는다'를 지나치게 명심한 나머지 자나깨나 몸을 도사리는 삶을 전부로 알았던 범부(凡夫)들의 처세요령과 비교하면 선조들의 선비정신은 너무나 다른 차원의 처세이자 정신이 아닐 수 없다.

'회 중에서 미꾸라지 회가 제일'이라는 자기보전의 남루한 처세요령을 가지고 어떻게 해서든지 살아 남으려고 몸부림치는 요즘 세태와 비교해 보면 옛 시대의 삼엄한 정신은 너무나 눈부신 철학이 아닐 수 없다.

범부가 일관성을 지키려고 노력할수록 이에 비례하여 현실에 돌아오는 결과는 불이익 아니면 차디찬 열매라는 현실이 우리를 적막하게 한다.

판을 만들고 지키는 사람보다 판을 깨고 다니는 사람들이 득세하는 '먹자판', '왕따판', '욕판'으로 부정적 판이 설치는 세상, 그래서 '개판', '이판사판'이 되어 나라 전체의 판이 깨지고 판을 꽃피워 보려던 많은 사람들이 꽃도 피워보지 못하고 떠나고 있지 않은가.

백성이 주인인 오늘날에 예전보다 더 추한 일들이 벌어진다는 것은 판을 지키고 평가해야 하는 관객들이 그 판에 오염되어 있거나 방관자로서 비켜서 있기 때문이리라. 신명나는 판을 말로만 외치면서도 연고주의와 이해타산으로 그들의 손을 들어줘 왔기 때문이다.

비켜 서 있다는 것은 비겁한 일이다. 비겁한 관객, 삼류 구경꾼으로 전락한 백성이 되지 않도록 할 의무가 있는 것이다.

대선을 이제 60여 일 남겨놓고 있다. 바야흐로 양지를 찾아 탈당, 배신을 일삼는 철새 정치인들의 이합집산의 행각이 전보다 더욱 추하게 시작되었다. 판을 깨는 그들의 행각이 그들의 정치이력에 별 지장을 주지 않는 본국 정치현실 때문에 백성들을 기만하길 밥먹듯 하는 것이다.

　초지일관(初志一貫), 일이관지(一以貫之)하는 인간과 사회의 변혁을 꿈꾸는 정치인과 지도자, '모난 돌'이라도 좋으니 백성이 믿고 따를 수 있는 지도자가 간절히 그리운 때이다.

　신나는 판을 만들어 보려던 사람들이 실패했다고 해서, 그들이 왕따당했다 해서 그들을 폄하해서는 안 된다. 그들에게 용기를 주는 한편 판을 깨는 사람들에게는 표를 던지지 말아서 저들이 더 이상 설 자리가 없도록 냉혹하게 행동하는 것이 백성들의 책임이다. 그렇지 않는 한 우리의 미래의 마당은 없다.

　'꿩 잡는 게 매'요, 권모술수가 판을 치고 아무리 경제가치가 세상을 움직이고, 돈 없으면 사람 구실 못하는 '세상판'이지만 '죽느냐 사느냐'의 명제는 사람답게 살고자 하는 우리들의 공통적 과제이다.

　"살려고 하는 자는 죽고, 죽음을 각오한 자는 산다"는 진리를 생각하며 선비정신의 부활을 그리워하는 가을밤이다.

〈뉴욕 한국일보〉 2002. 10. 25.

'편견' 그 증오의 씨앗

'The human spirit is not measured by the size of the act, but measured by the size of the heart.'

나는 오늘 집단적 '편견'이 낳은 증오가 핥고 간 비극의 현장 '그라운드 제로'를 지나면서 옆 건물 벽에 써있는 이 문구를 읽으며 '편견' 그 증오의 씨앗을 생각한다.

강아지도 흰둥이, 검둥이, 누렁이가 있음을 인정하고 젓가락도 둥근 것과 각진 것이 있음을 인정하면서도 사람들은 너와 내가 다름을 인정하지 못한다. 우리들은 나와 다르다는 이유만으로 거리를 두고 서로를 미워한다. 남의 겉모습만으로 속단하고 폄하하며 생각이 나와 다르다는 것만으로 싫어하는 편협하고 획일적인 가치관과 고정관념의 틀에 갇혀 살아간다.

삶에서 가장 풀기 힘든 문제는 사람과 사람과의 관계를 푸는 일일 것이다. 어쩌면 세상은 이런 숙제를 끊임없이 풀어야 하는 공부방인지도 모른다. 한 인간이 다른 한 인간을 이해한다는 것처럼 어려운 것도 없다.

인간은 자기중심적 동물이기도 하지만 편견의 주원인을 거창하게 말한다면 '문화차이'라고도 말할 수 있다. 어느 사회나 작은 집단에도 문화가 있다. 가정의 가훈이나 법도, 분위기가 그런 것이다. 문화는 공기와도 같은 것이어서 부부간에도 다를 수밖에 없어 "우리 아버지는 설거지도 하셨는데" 하면 "우리집에서는 남자가 부엌에 들어가면 안 되는데"로 부부싸움을 하기도 한다. 이렇듯 인간은 내 속에 자리잡은 생각과 사상이 상대방 쪽을 들어가서 반응하여 나와 다르면 미워진다.

부모와 자식 간에도 예외는 아니다. "내 자식은 이래야만 된다"는 내 기준의 잣대로 자식을 길들이고 억지로 만들려고 "나는 그런 꼴은 죽어도 못 본다. 작살낼 놈, 호적에서 지워버릴 놈" 하며 함부로 말해가며 자기 식을 강요한다. 심한 경우는 자식을 자살하게 만들기도 하고 자식이 부모를 끔찍한 방법으로 살해하는 패륜아로 전락시키기도 한다.

독단적 사고는 폭력이다. 때로는 엄격도 필요하지만 지나친 편견의 엄격만으론 대화 절, 거짓말, 반발, 분노, 증오심을 키워 마음에 깊은 상처를 주어 그것을 해소시키지 못하고 쌓아두게 하여 언젠가 그것들의 걷잡을 수 없는 분출로 불행을 초래하기도 한다.

사랑과 아량과 이해, 포용 없는 편견과 오만은 자신은 물론 이웃의 인간성까지 파괴한다. 이러한 자기만 옳고 여타(餘他)는 틀린다는 이분법적 논리는 분열을 조장하며 내 편과 네 편으로 갈리고 '위하는 것'과 '해하는 것'으로 나뉘어 전쟁까지도 불사한다.

230

　나는 생애의 반 이상을 미국에서 살아오면서 미국의 좋은 문화와 한국의 좋은 문화가 잘 조화를 이룬다면 얼마나 좋을까 자주 생각해 본다. 그건 내가 장점이 있다면 남에게도 장점이 있다는 말도 된다. 지구상의 어느 나라보다 '편견'을 극복하려는 노력을 끊임없이 해온 미국이지만 가끔씩 그것(아직도 편견에 머물러 있는 것)들이 이곳저곳에서 고개를 쳐든다.

　요즘 뉴욕 한인사회는 맨해튼에서 사업을 하는 조수연 씨가 악덕 건물주의 부당한 횡포로 인종차별에 시달리며 외로운 투쟁을 해온 것이 뒤늦게 알려져서 한인들을 분노케 하고 있다. 본국에서는 미군 장갑차가 여중생 두 명을 사망케 한 미군들을 미군 사법원이 무죄평결을 내린 것과 유엔사 부 참모장 제임스 솔리건 소장의 '주권침해적' 발언 때문에 온 국민이 분노하고 반미감정이 고조되고 있다. 안타깝기 그지없다.

　우리는 정의와 자유를 얘기하지만 진정한 의미의 이것들(미군의 실수로 인한 여중생 사망으로 한미관계가 악화되었음은 실로 애석한 일이나 이 일로 일어난 한국민의 과격한 데모는 바람직하지 못한 것이라 본다)이 적정수준의 평등이 보장된 책임을 수반할 때 이뤄진다. 그렇지 않으면 힘없는 자의 분노를 거들떠보지 않는 세상을 만들어갈 수 있기 때문이다. 사회가 집단적 편견에 사로잡히면 일어나서는 안 될 일들이 일어나게 된다.

　한미간 동등관계의 인정욕구를 무시하여 한국민의 자존심에 상처를 준 이런 일들을 서로 입장을 바꾸어 보며 열린 자세로 수용하는 한미관계를 구축시켜야 함이 여기에 있다. 일사불란만이 능사는 아니다. 타협과 조정에 의한 조화와 공존만이 해결책이다.

'나'와 '우리'만을 위한 삶은 서로를 미워하게 한다. 우리는 여기서 하나님의 창조와 운영원리, 즉 진리를 생각하게 된다. 그것은 질서와 공의와 사랑의 조화라는 것을, 자신과 이웃과 하나님과의 조화, 그 중에서도 가장 중요한 것은 하나님과의 조화라 생각하며 증오의 씨앗 '편견' 그 무서운 파괴력을 생각한다.

〈뉴욕 한국일보〉 2002. 12. 13.

'떠남'과 '자유'와의 관계

"자유가 아니면 죽음을 달라" 외치며 수없이 많은 사람들이 '자유'를 쟁취하기 위해 목숨을 바쳐 투쟁해온 것을 우리는 역사를 통해 보아왔다. 이렇듯 '자유'는 인간에게 어떠한 무엇과도 바꿀 수 없는 소중한 것이다. 물론 이것은 물리적 힘에 의하여 억압된 것으로부터의 해방을 말하지만 그런 '자유' 말고도 마음과 영혼의 '자유함'을 누리기 위해 우리는 끊임없이 자기 자신과 투쟁하며 살아간다.

내가 왜 '자유'라는 화두를 꺼내게 되었는가 하면 '떠남'과 관계되는 기사들이 언론에 홍수를 이루고 있기 때문이다. 이런 모든 행태와 고민들의 저변에는 '자유'라는 게 내재해 있고 그 '자유'는 원인인 동시에 얽히고 설킨 실타래 같은 난제들을 풀 수 있는 키워드라는 생각이 들었기 때문이다.

이민, 조기유학, 원정출산으로 탈한국 열풍이 봇물을 이루고, 이혼율이 치솟고, 여당의 정치인들은 탈당하여 신당을 만들어 떠나고, 이라크의 치안을 위해 한국군을 떠나보내야 하느냐 마느냐로 정부가 고민에 빠졌고, '경계인'의 경계를 넘은 재독학자 송두율 교수를 국외로 떠나보내느냐 추방하느냐 아니면 기소하느냐로 나라가 시끄러운가 하면 중국주재 한국대사관이 너무 많은 탈북자로 인해 업무를 중단했다는 소식들을 접하기 때문이다.

탈(脫) 한국의 열풍을 보자. 이민을 결행하는 많은 한인들은 상대방과 골치 아픈 대화를 요하는 항의에 지친 나머지 사회에 등을 돌리면 그만이란 탈출선호 현상에서 비롯됐음이요, 마음의 상처를 그만 받고 지옥 같은 메마른 경쟁사회, 전쟁이나 좌경화의 가능성에 따른 불안감, 정치에 대한 환멸 등의 사회적 분위기 속에서 '자유함'을 상실했기 때문이라 생각이 든다.

한마디로 "희망이 없다"로 이민 길에 오르고, "내 아이는 한국인으로 키우고 싶지 않다"는 부모의 마음이 조기유학으로 심지어 원정출산이란 비뚤어진 욕심의 기회주의, 결과주의의 추태까지 빚는 서글픈 일들이 벌어지는 것이다.

사람마다 나름대로 다 이유가 있겠지만 우리 대부분의 한인동포들이 이 땅으로 '떠남'을 결행한 가장 큰 이유는 그런 것들로부터 '자유함'을 누리고 법과 양심이 살아 움직이는 땅에서 튼튼한 인권의 장화를 신고 고가의 '자유'를 만지면서 살 수 있다는 기대와, 리처드 체니 미 부통령의 "이 세상에는 한 번 실패하면 끝장인 곳도 있고, 한 번 잘못 디딘 발걸음이 평생을 좌우하는 곳도 있지만, 미국은 여전히 두 번째 기회의 나라이다.

Washington D.C. 2003 김영갈

우리들은 대부분 언젠가는 두 번째 기회를 필요로 하게 된다"는 말같이 기회의 땅이라는 믿음이 있었기 때문일 것이다.

이혼이나 몸담았던 정당으로부터의 탈당은 어떤가. 결코 있어서는 안될 극도의 이기적인 결과이긴 하나 그 또한 낮은 차원이긴 해도 가정과 정당생활에서 '자유함'을 얻지 못했기 때문으로 봐야 할 것이다. 물론 스스로 결행한 일이기에 이후의 '자유함'에 대해서는 당사자들의 몫일 것이다.

또 자신이 얼마나 멀리 왔나를 모르는 송두율 교수를 보자. 그의 '내재적 접근론'에 대해서는 언급할 생각이 없다. 또 그가 정신적 경계인이든 정신적 회색인이든 따지고 싶지도 않다. 다만 정신 송두율과 몸 김철수가 따로 놀아 조국과 자기를 기만한다면 본인 스스로 '자유함'을 누릴 수 없을 것이라 생각할 뿐이다. 사즉생(死則生)의 각오로 '내재적 자기비판으로 신실한 참회와 반성을 통해 거듭 날 때 몸과 영혼의 '자유'를 얻을 것이고 국민으로부터 관용과 포용도 기대할 수 있을 것이다.

찬반의 의견이 뜨거운 이라크 파병문제에 대해서도 나는, 악랄한 철권통치 독재자 밑에서 억압받고 신음하는 이라크 국민의 안전과 '자유'를 위한 해방작전이라고 믿는다. 대량살상무기의 발견과 알 카에다와의 연계성, 후세인의 완전제거에는 착오가 있었고 다소 오만함과 무리가 있어서 그것으로 인해 침략이란 오명을 쓰고 곤경에 처해 있지만, 미국 아니면 그런 일을 할 수 있는 나라가 없기에 그것만으로도 화려한 명분이 있다고 본다.

한국 주변의 나라들을 돌아보라. 우리가 궁지에 처하면 도와줄 나라가 멀리 있는 미국밖에 더 있는가. 국익이란 낯간지러운 말은 꺼내지 말고 망설임없이 도움을 요청한 미국과 함께 '인권자유 수호'의 깃발을 높이 들어 세계에 한국의 위상을 높이면서 보험체계에 들어가야 한다고 믿는다. 미래는 아무도 모른다. 다만 그 동안 쌓아왔던 양국간의 신뢰와 동맹의 의리를 저버리지 않고 하늘에 맡기는 것이다.

'자유'와 '인권'만큼 지켜야 할 것은 없다. 탈북자문제, 대북정책도 여기에 초점을 맞추어야 한다. 갈수록 험난해지는 역사의 소용돌이 속에서 갈등, 불평, 불공정의 아픔이 늘어만 가는 이때, 한국은 냉전의 예외지대란 인식을 한시도 잊어서는 안 된다. 허울좋은 민족공조, 통일, 평화라는 선동적, 보편적 이상과 감상에 뜨거운 가슴으로만 들뜨지 말고 냉정한 머리와 함께 이 키워드로 눈에 안 보이는 빗장들을 열어가야 할 것이다.

〈뉴욕 한국일보〉 2003. 10. 11.

빛을 찾아가는 길

"이것 또한 지나가리라."

옛날 이스라엘의 다윗 왕이 궁중의 세공장이를 불러 자신을 기리는 아름다운 반지를 하나 만들라고 지시하며 반지에는 내가 큰 승리를 거둬 기쁨을 억제하지 못할 때 스스로를 자제할 수 있고, 반면 큰 절망에 빠졌을 때 좌절하지 않고 용기를 얻을 수 있는 글귀를 써넣도록 지시했을 때, 아이디어가 떠오르지 않아 지혜롭기로 소문난 솔로몬 왕자에게 찾아가서 얻어낸 글귀가 바로 이 글귀인 것이다.

한치 앞도 알 수 없는 우리 인생들에게 더구나 요즘같이 어수선하고 혼란스런 세상에 이보다 마음의 평정을 유지하게 해주는 말이 또 있을까. 명언이 아닐 수 없다.

우리가 원하건 원치 않건 이미 전쟁은 시작되었다. 궁구막추(窮寇莫追: 쫓기는 적의 뒤를 치지 말라)라는 손자병법의 경고를 떠올리게 하며 이라크의 후세인이 최후의 발악으로 무슨 일을 저지를지 모른다는 생각에 긴장하고 있다. 미영 연합군은 예상외로 이라크의 강한 저항으로 당혹해하고 있으며 생각보다 많은 희생자를 내며 장기전을 치를 것으로 예상하고 있다.

모쪼록 미국은 이 전쟁을 승리로 이끌어 미국을 비롯한 세계평화와 새로운 세계질서에로의 도약이라는 높은 이상을 기필코 구현하길 바란다.

동시에 이번 작전으로 국제질서를 파괴하는 불량국가들에게 경각심을 일깨워주는 계기가 되길 바란다. 명분을 내세워 눈치만 보고 자국의 경제이익과 시기심, 이해관계로 옛 동맹국에게 등을 돌리고 분열을 조장하는 세력들로부터 여론보다는 원칙을 지키며 자신의 신념과 철학을 담대하게 실천하며 열정적으로 밀고 나가는 용기 있는 미국의 지도자상을 본다.

본국의 노무현 대통령이 도덕과 이상만 앞세우고 이율배반적 모호성으로 국민을 불안케 하다가 현실을 받아들여 파병하기로 한 것은 다행스런 일이다. '국익'과 '전략적'이란 낯간지럽고 솔직한(?) 가벼움도 있었지만 모처럼 결정한 이라크 파병을 놓고, 그것도 비전투요원임에도 철없는 영파워와 시민연대의 불법적 '낙선운동' 협박에 몸을 사리며 눈치를 보며 책임회피를 하고, 정부기관인 '국가인권위'가 정부방침을 공개적으로 비판하고, 대통령을 배출한 여당이 반대하는 전대미문의 해프닝과 집안싸움을 방치해서는 안 된다.

"대한민국의 대통령은 '아무나' 할 수 있는 것이다"라는 현직 대통령을 비꼬는 말들이 시정(市井)에 떠돈다고 한다. 하루빨리 지도력으로 추슬러

서둘러 매듭지어 도와주고 욕먹는 일 없이 위신을 회복하고 신뢰를 잃은 한미관계를 확실히 재구축해야 한다. 홀로 해결할 특별한 묘수 없이 민족, 자주, 평화적 통일이라는 북한의 위선적 평화공세에 현혹되어서는 안 된다. 보편적 진리 수호만으로 갈팡질팡 흔들리며 이념과 세대로 갈기갈기 찢어진 국민들을 추슬러야 할 일이다.

"평화는 긴장의 균형이 형성되었을 때만이 누릴 수 있고 대화는 악에게 이용당할 뿐"이라는 확고한 의지로 미래를 향해 나아가야 한다. 지난 5년 동안 햇볕에 아이스크림같이 흐물흐물 녹아버린 안보관을 다잡아야 한다. 주한미군 주둔과 한미동맹, 다자협상의 방법은 북한의 군사적 우위확보를 견제하게 하고 전쟁 아닌 평화적 해결이 유일한 방편이다. 북한의 명백한 전쟁위협의 실체를 바로 보아 국민통합을 이루고 강한 지도력을 발휘하여 이번 위기를 새로운 도약의 기회의 발판으로 삼아 나라를 구해주기 바란다.

미국을 지원한다고 꼭 핵문제가 잘 풀린다고 단정할 수 없지만 잘못된 정치는 전쟁을 낳는 요인이 된다. 전쟁은 정치의 연장이요, 대통령은 직업이 정치라는 걸 명심해야 한다.

이라크 해방작전을 놓고 침략이니, 공격이니, 명분이 있느니 없느니, 찬반으로 세상은 시끄럽고 세계는 분열되어 국익을 챙기기에 바쁘고 숭고한 본질은 퇴색당하고 있다. 무엇이 옳고 그른지, 또 미래가 어떻게 전개될지는 아무도 모른다. 다만 확실한 건 "이것 또한 지나가리라"는 것과, 인류의 역사는 전쟁으로 점철되어 왔고 아이러니하게도 전쟁을 통해서 변화는 시작되었고 사회와 국가가 발전해 왔다는 사실이다. 전쟁은 또 하나의 희망의 시작이다. 빛을 찾아가는 길에 영광이 있으라. 자유는 쟁취하는 것이요, 목숨을 바칠 만한 가치가 있는 것이다.

〈뉴욕 한국일보〉 2003. 4. 3.

아내들이여! 개혁의 윤활유가 되시라

어느 날, 남편이 세수를 마치고 아침상을 기다리고 있었다. 시인의 아내가 쟁반에 삶은 고구마 몇 개를 담아 들고 들어왔다. 남편은 본래 고구마를 좋아하지 않았지만 아내가 자꾸 권하는 바람에 한 개를 먹고 두 개째 집어들게 됐다. 출근할 시간이 가까워졌다.

"이제 나가봐야겠소, 밥상을 들여요"라고 재촉하자, 아내는 비로소 "이 고구마가 우리 아침밥이어요"라고 말한다. 그제야 쌀이 떨어진 것을 깨닫고 무안해하다 남편이 화를 내자 아내는 잔잔히 미소지으면서 대답한다. "저의 작은아버지가 장관이서요. 어디를 가면 쌀 한 가마가 없겠어요? 하지만 긴긴 인생에 이런 일도 있어야 늙어서 얘깃거리가 되잖아요."

수필가 김소운의 〈가난한 행복〉이란 수필에 있는 세 쌍의 가난한 부부의 얘기 중 한 토막이다.

요즘같이 어수선하고 어두운 세태에 많은 것을 생각하게 해주는 맑고 밝은 한 폭의 그림을 보는 것 같은 부부의 모습이다. 가난하지만 희망을 잃지 않고 담담한 마음으로 현실을 받아들이는 아내, 남편을 존경하며 깨끗하고 욕심 없는 넉넉한 마음으로 살아가는 아내, 없지만 당당하도록 용기를 주는 아내의 지혜와 인내와 헌신, 비굴하지 않고 바르게 살아가는 남편을 내조하며 규모 있는 살림을 꾸려가는 가정의 삶의 향기를 느끼게 해주며 우리에게 아름다운 여운을 남긴다.

며칠 전 일어난 한인 한 쌍의 끔찍한 분신자살 소동의 원인은 동거하는 여자가 남자의 무능을 불평했고 남자는 여자의 외도를 의심해 일어난 일이라고 한다. 또 같은 날 본국에선 "죽기 싫어요, 살려줘요!"라고 애원하는 자기의 세 자식을 아파트에서 던지고 자신도 자살한 30대 여인의 소식과 함께 생활고를 비관한 중산층의 가족동반 자살이 증가한다는 소식도 들린다.

당사자가 아니기에 그들의 고통이 얼마나 큰 것인 줄 우리는 알 수 없다. 그러나 "우리에게 견디지 못할 시험을 주시지 않으시며", "또한 피할 길을 예비해 주시는 하나님"이시라는 성경 말씀도 있고, "쥐구멍에도 볕들 날 있다"는 속담도 있듯이 희망을 버리지 않고 인내하면서 성실히 극복해 나가노라면 반드시 형편이 펴질 날이 올 터인데, 그것도 자식이 자기의 소유물이란 착각에서 온 물질중시, 생명경시 풍조에 충격을 금할 길 없다.

톨스토이 소설에도 구두 수선공이 된 천사가 확언했듯이 엄마가 없으면 아이들이 못 살 것 같지만 '사랑'만 먹여줄 사람을 만나면 얼마든지 바르고 행복하게 성장할 수 있을 것을 하나님께서 보여주신다. 사회에 만연된 자기중심적 의식에 어이가 없을 뿐이다.

폭풍우 뒤에 무지개 뜬 하늘이 더 아름답고 고맙듯이 나쁜 날씨, 불경기를 겪고 나서야 인생의 참맛, 진정한 의미의 인생의 호경기를 감사할 수 있는 것이다.

또 본국에선 자식의 과외비를 벌기 위해 윤락행위를 하는 주부들도 많다는 얘기도 들리는가 하면 자식이 진 빚 때문에 유서를 써놓고 죽는 부모들도 있고 명품구매와 성형수술 비용으로 써버린 오천만 원 카드빚의 고통에서 벗어나고자 빚만 갚아준다면 아무라도 상관 없이 결혼하겠다는 대졸 전문직을 가진 미모의 여성 소식도 들린다.

그런가 하면 전직 대통령의 한 아들은 뇌물로 받은 수십억을 베란다에 숨겨놓고 세탁해가며 물 쓰듯 써대다가 지금 감옥에 가 있고, 그 아버지는 물러나서도 새로 지은 저택에 살고 있다. 대통령의 월급을 생각해 본다면 그 돈의 출처는 자명한 일일진대 꼭 그래야 하는가?

힘없고 선량한 서민들의 전 재산을 횡령한 사기꾼 대도둑들과 정치판이 짜고 친 고스톱이 집안싸움으로 들통나자 그 판돈의 액수를 놓고 서민이 평생 모아도 만지기 힘든 1억도 아닌 수십억 원을 아이들 과자 먹듯 집어삼킨 그 돈의 액수를 고무줄 장난하듯 늘렸다 줄였다 하면서도 도무지 부끄러운 줄 모르는 정치인들로 나라가 시끄럽다.

'가장이 바로 서야 가정이 바로 서고, 가정이 바로 서야 나라가 바로 선다'는 말은 분명히 맞는 말이다. 그러나 청렴하고 지조 있는 남자 뒤에

244

는 언제나 절제하며 희생하고 헌신하는 지혜로운 아내가 있었다는 걸 조국의 모든 공무원, 지도자들 마나님께 전해주고 싶다. 남편들이 무조건 먹고 '깨면서' 개혁을 부르짖더라도 아내들은 '깨어 있어야' 한다. 진정한 개혁은 이런 것들로부터 시작되어야 한다.

〈뉴욕 한국일보〉 2003. 7. 28.

시련은 있어도 실패는 없다
— 정몽헌 회장 영전에

몽헌 형! 사회적 존칭은 생략하고 이렇게 편하게 부르렵니다. 얼마나 외로운 사람이었기에 서역만리 바다건너 머나먼 뉴욕까지 보잘것없는 나를 이렇게 찾아와 그리도 애타게 절규하였습니까?

아버지 여읜 시름을 달래던 23살의 나와 4년 밑이었던 겸손하고 예의 발랐던 그대, 우리는 그렇게 처음 만났었습니다. 그대의 집에서.

현대건설 사장이셨던 그대 아버님의 지시로 그대 집 개보수 일을 위한 설계도면 작성 준비차 그대 집에 들렀을 때, 날 맞아준 건 집사가 아닌 바로 그대였습니다.

"아버지 회사의 사가(社歌)를 지으신 어른의 큰 자제분이시라는 걸 총무부 직원을 통해 들었습니다. 지난번 선생님의 서거소식을 듣고 모두들 안타까워했습니다"며 국문과 지망생(後에 연세대 국문과를 수석으로 졸업했다)다운 다정다감한 문상까지 해주었습니다.

일 마치고 돌아갈 때에는 차[茶]까지 대접받고, 아쉬움이 남은 우리는 축대에 걸터앉아 좀더 얘기를 나누던 그날을 기억합니다. 그것이 그대와 나의 처음이자 마지막 만남이었습니다.

그리고 3년 후, 나는 이곳 미국으로 유학길에 올랐고 다시 14년의 세월이 흐른 후에 나는 다시 현대에서 잠시 몸담았으나 그대와 나는 다시 만나지 못한 채 그렇게 35년이란 세월이 흘러갔는데, 싸늘히 식은 육신은 서울에 둔 채 영혼만 찾아와 나를 이렇게 애통의 눈물을 흘리게 하는 겁니까?

금강산 개발 마스터플랜 건으로 K전무로부터 "대외비 사항을 그렇게 함부로 팩스로 보내면 어쩌냐"고 펄쩍 뛰던 음성을 듣던 날이 엊그제 같은데… . 일이 잘되면 그대를 다시 만날 수 있겠구나 기대도 걸었는데 그 프로젝트로 인해 그대가 스스로 목숨을 끊었다는 충격적인 비보를 공교롭게도 이곳 플러싱 '금강산' 식당에서 들을 줄 어이 상상이나 했겠습니까?

그리고 사흘이 지난 오늘, 브루클린 브리지를 달리는 내 차 속으로 그대는 나를 찾아와 내 영혼을 부둥켜안고 울음을 터뜨렸습니다. 우린 같이 꺼억꺼억 서럽게 울었습니다.

"그대의 인간적 한계를 모두 뛰어넘을 수 있는 하나님과의 통로를 왜 갖지 못했느냐"고, "사망의 음침한 골짜기를 초월할 힘을 왜 얻지 못했느냐"고 나는 그대의 영혼을 쓰다듬으며 애통해 했습니다.

그대는 "사람들이 싫어서 여기 왔다. 전직 대통령이 보낸 화환에서 흘러나오는 역겨운 냄새가 싫어서 도망쳐 왔다. 여기서 나와 함께 잠시 쉬

247

다가 가고 싶다"고 하였습니다. 35년 전 스무살의 그때 모습으로 떠나고 싶다고도 했습니다.

서울의 그대 육신은 입에 자갈을 물리고, 목과 손발에 족쇄가 채이고 겉으론 멀쩡해도 세포 하나하나마다 피멍이 들고 오장육부는 부하가 넘쳐 만신창이가 된 채 그들에게 짓밟히고 끌려다니며 희롱당하고 농락당한 상처들로 너무나 아프고 힘들다고 했습니다.

역사의 쓰레기들, 민족의 반역자들과 하수인들, 민족이란 미명 아래 번영과 통일과 평화라는 탈을 쓴 이리와 늑대들, 장식용 '평화의 목걸이'에 눈이 어두웠지 않았으면 숙맥(菽麥)인 늙은 여우와 그 새끼들의 노리개가 되어 이용당하고 겁탈당하고 약탈당하고 배신당한 게 너무나도 어리석고 억울하다고.

그보다 더 못 견딘 것은 역사적 소명과 신념을 가지고 시작한 대북사업이 칭찬은커녕 비판의 대상으로 전락했음을 참을 수 없었다고 말했습니다. 비범한 큰 인물의 자식이란 멍에가 얼마나 크고 무거운 짐이란 걸 당신은 잘 알지 않느냐고, 여러 사람들의 너무 큰 기대를 충족시키기에는 그대는 너무나 역부족이었다고 했습니다. 더구나 금강산 개발은 전적으로 그대의 아이디어였기에 더욱 더 아버지께 죄스럽다고 했습니다.

자존심과 성취욕 하나로 버텨온 그대인데, "재력과 권력과 명예를 다 누리려다 저 모양되었다"며 아버지와 그대를 싸잡아 비난하는 것에 한없는 허탈감에 빠졌었고, '왕자의 난'으로 형의 자리를 빼앗았다는 말을 들을 땐 차라리 그때 아버지의 명령에 끝까지 불복할 것을 … 하고 후회하고 또 후회도 했다고 했습니다.

또 오로지 개척정신과 나라를 위해 대범한 시도의 남북경협의 활로를 여셨던 아버지의 업적은 퇴색되고 남북분단이라는 '날갯짓'이 일으킨 '햇볕정책'의 폭풍에 희생된 그대는 모든 것들로부터 도망치고 싶었다고 했습니다.

그런 겹겹으로 껴입었던 옷들과 무거운 짐들로부터 자유하고 싶었다고, 무엇보다도 아버지의 명예에 먹칠하고 싶지 않은 마음, 자괴감, 모멸감, 분노, 배신감, 책임감으로 영원히 잠적하고 싶었다고 했습니다.

그러면서도 '현대'는 이렇게 무너져 버릴 그런 기업이 아니라고 울부짖었습니다. 열사(熱砂)의 나라 중동에서, 세계 방방곡곡에서 피와 땀으로 일구어온 오늘의 조국, 대한민국을 건설한 그 세대들을 내쫓고 이제는 안일하고 철없는 젊은이들을 부추겨 나라를 좌지우지하고 있는 현실과, '현대'가 붉은 통일의 길을 여는 데 앞장섰다는 역사의 오점을 남기고 싶지 않았다 했습니다.

"이제 비로소 깨달았다고. 53년 동안 대한민국을 피바다로 물들이려는 야욕의 노리개와 밥이 되고 만 것을….."

그대 대신 외쳐달라고 했습니다. "나는 현대도 사랑했지만 두 동강난 내 조국, 대한민국을 누구보다 사랑했다고. 통일염원에 대한 내 아버지의 유지를 받들고자 몸부림쳤다고. 그러나 이렇게 꽁꽁 묶어놓고 '네 탓이요'란 혀 싸움만 해대는 저들이 역겹다"고, 변명은 않겠다고, 그대가 다 안고 가겠다고 말했습니다.

그리고 마지막 한 가지만 전해 달라고 했습니다. "통일의 그날, 못 이룬 그 꿈이 이루어지는 날, 그대가 금강산에 오를 수 있도록 그대는 신발을 벗을 수 없어 그대로 신고 간다고. 그 신을 잘 간수해 달라고. 또 협심증으로 입원해 계신 어머님을 두고 먼저 가는 불효를 용서해 달라고 부탁하며 나와 함께 조지훈 시인의 〈빛을 찾아가는 길〉을 함께 부르며 헤어지자"고 했습니다.

사슴이랑 이리 함께 산길을 가며
바위틈에 어리우는 물을 마시면

살아 있는 즐거움의 저 언덕에서
아련히 풀피리도 들려오누나.

해바라기 닮아가는 내 눈동자는
紫雲 피어나는 靑銅의 香爐

東海 동녘 바다에 해 떠오는 아침에
북바치는 서름을 하소하리라

돌뿌리 가시밭에 다친 발길이
아물어 꽃잎에 스치는 날은

푸나무에 열리는 과일을 따며
춤과 노래도 가꾸어 보자

빛을 찾아가는 길의 나의 노래는
슬픈 구름 걷어가는 바람이 되라.

그대는 한없이 편안한 얼굴로 미소를 지으며 내 영혼과 작별했습니다. 마지막 가는 길에도 "윙크하는 버릇 좀 고치세요"라는 사랑의 유머를 할 줄 알았고 사랑하는 딸에게 경어를 썼던, 그대는 진정 총명하고, 따뜻하고, 예의 바르고 겸손했던 아름다운 사람, 여유의 사람이었습니다.

그러나 언제나 슬픈 눈망울을 지녔던 한 마리 외로운 사슴이었습니다.

잘 가시오, 몽헌 형!

내가 그대 대신 온천지에 외치리이다.

"나는 가증스럽고 패역한 위정자들을 '껴안을 수밖에 없었던' 불쌍하고 부끄러운 기업인이었고, 세계 최고, 최대만을 지향하는 Small Complex, 일등만을 고집하는 구세대들의 희생양이었다고. … 정치와 경제는 고슴도치와 같은 관계라고. 서로 부러워하되 껴안지는 말라고, 경원(敬遠, 존경은 하되 멀리 함)의 관계를 가지라고, 모양새뿐인 1등보다 세계 최상급의 질(質)을 추구하는 '삶'과 '기업'으로 거듭나지 않는 한 우리들의 미래는 보장받지 못한다고.

가난한 조국을 '현대'의 손으로 건설했던 불굴의 개척자 '현대'여!

더 이상 농락당하지 말고 정신차리고 일어서라. '시련은 있어도 실패는 없다.'

잘 가시오 몽헌 형!

부질없던 분망과 원망도 내려놓고 빛을 찾아 떠나는 그대의 외로운 길에 목놓아 울면서 이 글을 바칩니다.

〈뉴욕 한국일보〉 2003. 8. 15.

첨언; 이 글은 정몽헌 회장과 처음이자 마지막 만남이었던 그 시간, 나에게 남아있는 그 순진한 그의 품성을 회상하며 그의 죽음을 애통해 하면서 차를 몰고 가던 중, 나는 마치 그의 영혼이 내게 달려와 내 차창을 두드리며 애원하는 듯한 착각에 빠져들었다. 창문을 열고 그의 영혼을 받아들였다. 그런 환상 속에서의 그와의 대화가 나에게 이런 글을 남기게 했다. 독자들이 오해 없는 이해를 돕기 위해 몇 자 첨언하는 바이다.

겨울산행(山行)이 일깨워 준 교훈

　K교수 부부와 그분의 대학 후배이자 직장동료인 K부부 내외 이렇게 세 커플이 지난 크리스마스날, 겨울산행을 다녀왔다.

　눈이 내린다는 일기예보가 있었음에도 쉬운 코스를 택해 한두 시간 눈 내리는 산길을 걸어보기로 하고 예정대로 떠났다. 뉴욕을 떠날 때 내리던 겨울 가랑비가 뉴저지 주로 접어들면서 눈으로 변했다. 조지아 주 애틀랜타에서 살고 있어야 할 K교수네와 서울서 살고 있어야 할 우리가 16년 만에 뉴욕에서, 그것도 같은 교회에서 우연히 만난 것은 3년 남짓 된다.

　애틀랜타에서 알게 된 우리는 30대 초반에 고만고만한 아이들을 키우고 있었으며, 한인들이 그리 많지 않았던 1970년대 중반부터 80년대 초까지 서로 왕래하며 가까이 지냈던 사이었다. 그러다 우리는 한국으로 역이민을 했다 다시 돌아왔고, 그후 처음으로 다시 그렇게 만났던 것이었다. 인연치고는 특별한 인연이 아닐 수 없다.

　오랜만의 재회의 기쁨으로 이야기꽃을 피우다 베어 마운틴(Bear Mountain)의 세븐 레이크(Seven Lake)로 빠지는 출구를 지나쳐 버렸다. 지나친 김에 조금 멀지만 더 좋은 코스로 가자는 K형의 제안으로 모홍크 밸리 (Mohonk Valley)로 향했다.

파크웨이(Parkway)를 빠져 뉴욕 업 스테이트(Up State)로 달리는 차창 밖으로 함박눈이 쌓인 아담한 시골교회 십자가 위에 앉아 있는 한 마리 새 하며 그 평화로운 경치는 하나하나가 모두 한 폭의 크리스마스 카드 속의 풍경 바로 그것이었다. FM 라디오에서는 끊임없이 크리스마스 캐롤이 오랜 만의 화이트 크리스마스의 기분을 한껏 돋우어 주었고, 눈 내리는 겨울산에서 마시는 구수하고 따끈한 '둥굴레차〔茶〕'는 더없이 일품이었다.

눈 덮인 암벽과 뿌리로만 겨울을 견디는 나뭇가지에 탐스럽게 피어난 눈꽃들과 다닥다닥 열린 빠알간 겨울열매들 위에 슈크림을 듬뿍 얹어 놓은 듯한 모습은 적록백(赤綠白)의 절묘한 조화를 이루고 있었다. 아무도 걷지 않은 새하얀 눈밭을 한 걸음 한 걸음 내디디며 세사(世事)의 시름도 모두 날려보내며 그렇게 겨울산행을 만끽하였다.

전날의 피로가 가시지 않아 차 속에서 그냥 경치를 즐기며 쉬겠다는 나의 아내를 배려하여 예정했던 코스의 절반에서 내려가자는 K교수의 제안에 못내 아쉬워하던 K형도 이내 수용하고 대신 하산길을 코스를 바꿔 약간 가파르고 험한 길로 바꾸어 등산의 묘미를 조금이라도 더 맛보기로 했다.

내려오는 길은 지름길이었지만 몸의 중심을 잡고 한 걸음 한 걸음 신중해야 했다. 차를 주차해 놓은 장소에 다다르니 눈은 폭설로 바뀌었다.

"K교수가 당신 걱정하여 아쉽게 돌아왔다" 하니 "겉으론 날 내세웠지만 속은 당신 아내를 배려한 것"이라고 아내가 K교수를 치켜세웠다. K교수의 부인은 몇 달 전 유방암 수술을 받고 회복단계에 있었다.

집으로 떠나려 하는데 우리딸 윤정이한테서 온 휴대폰이 울렸다. "노인네들이 무슨 일을 저지르려느냐"며 걱정이 늘어졌다. 우리가 벌써 노인네 소리를 듣게 되었다며 함께 웃었다. "진짜 일을 저지른 것은 우리가 아니라 이번 대선에서 너희들 젊은 세대들이었다"며 희망과 불안이 교차하는 엉뚱한 조국걱정을 하고 있었다.

돌아오는 길은 눈보라를 동반한 폭설로 군데군데 가로등도 장님이 되어 앞이 보이지 않았다. 거북이 걸음으로 얼어붙은 와이퍼를 몇 번이나 털어내며 평상시엔 두 시간이면 올 수 있는 거리를 무려 여섯 시간이나 걸려 무사히 K교수 내외를 내려주었다. "치매가 걸려도 잊을 수 없는 화이트 크리스마스였다"는 K교수의 말에 한바탕 웃었다.

그러나 우리집 거의 다 온 경사길에서 차가 맥을 못 추고 헛바퀴질과 회전을 거듭하며 미끄러졌다. 지름길을 포기하고 뒷걸음쳐 내려와 내리막길과 평지로 우회하여 겨우 아무 사고 없이 집까지 도착할 수 있었다. 사고라도 생겼으면 화이트 크리스마스가 블랙 크리스마스가 되어 후회와 원망으로 엉망이 될 수도 있었을지도 몰랐다며, 욕심을 접고 일찍 떠나 무사히 돌아온 것에 감사하며 이번 산행이 우리에게 준 교훈을 생각해 본다.

희망의 출발도 좋지만 무리한 욕심보다 주어진 시간과 환경에 따라 수

용할 건 수용하고 포기할 건 포기하는 지혜와, 내가 기쁨에 들떠 있을 때, 그렇지 못한 사람들도 있음을 생각하고 그들에 대한 사랑과 배려의 필요성과, 정점에 오르면 종점이 보이고, 내려가는 일도 오르는 일만큼, 아니 더 중요하고 힘들다는 것을 잊지 않고 코스와 장애물을 심사숙고하여 마지막 순간까지 자만으로 방심하지 않아야 유종의 미를 거두게 된다는 것을 다시 한 번 일깨워 주었다.

조국의 새로운 대통령 당선자를 생각하지 않을 수 없었다. 부디 나라와 국민을 위해 눈물로 기도할 줄 아는 지혜로운 대통령으로 하나님이 그분과 함께해 주시기를 기원했다. 지난 한 해를 통해 보여주신 하나님만이 쓰실 수 있는 두 편의 드라마 '월드컵'의 기적과 '대선'의 주제를 통해 얻은 교훈도 그것이었다. 우리가 가장 경계하고 버려야 할 것은 구태 속에 안주하려는 나태와 자만이라는 병균이요, 기억하고 지녀야 할 것은 실패를 두려워하지 않는 용기와 긍정적 사고이다.

힘을 합치면 이루지 못할 것이 없다는 자신감이요, 앞으로의 과제는 편견을 버리고 이해와 대화와 사랑과 아량으로 '좌우 균형'으로 '젊음'과 '늙음'의 조화로 건전한 공존의 틀을 짜는 변화된 모습으로 거듭나야 한다. 그리고 통일과 번영의 새로운 시대를 향해 지혜를 모아 모두 함께 하나되어 '거듭남의 기쁨'을 노래 부르며 새로운 희망의 새 출발로 민족의 시련을 극복해 나가라고 눈 덮인 겨울산이 그렇게 위로하고 격려해 주고 있었다.

만남, 사귐 그리고 떠남

만남, 사귐 그리고 떠남
'외로움'과 '그리움'
2001년 가을의 단상(斷想)
2001년 크리스마스에
눈물의 미학(美學)
이 세상에 우린 무엇을 남길 것인가
보이지 않는 신(神)을 믿을 수 있는 감사
산시산 수시수(山是山 水是水)
'앎'이 아니라 '삶'이다
새해의 기도

만남, 사귐 그리고 떠남

   사랑하는 Hershey가 영원히 우리 곁을 떠났다. Hershey는 우리 다섯 식구 외에 말 못하는 다른 세 식구 중 나이가 제일 많은 애완견이었다. 4살 때 우리집에 입양되어 와서 우리와 10년을 함께하며 우리의 사랑을 듬뿍 받았던 아름다운 갈색의 보드라운 털을 가졌던 귀엽고 점잖은 '토이 푸들'로, 사람은 아니지만 우리집 막내(?)와 다름없이 귀여움을 받으며 우리와 동고동락하며 삶을 공유했던 힘든 이민생활의 증인(?)이기도 했다.

   얼마 전부터 나이가 들어 기력이 다해 갈 날이 얼마 남지 않은 것 같았다. 눈이 잘 안보이고 힘들어하는 것을 보고 아내와 난 차라리 안락사(安樂死)를 시키는 게 낫지 않을까 의논한 적이 있었다. 그러던 며칠 전 늦게 퇴근하여 들어오니 아내가 "Hershey가 갔어요" 하며 울어서 눈이 빨개진 채로 말한다.

   출근 전 힘들어하던 모습이 안쓰러웠던 터라 "그래 오히려 편안히 잘 갔다" 하면서도 지난 10년간 Hershey와 나누었던 그 사랑의 기억들로 인해 가슴 깊은 곳에서부터 아려오는 아픈 슬픔을 가눌 길 없었다. 아이들은 나를 기다리다 지쳐 다들 자고 있었다. 모두들 울었단다.

"준이를 보고 가려고 버텼나 봐요." 아내가 말했다. 영국 런던에서 인턴십을 하면서도 Hershey의 안부를 빼놓지 않던 막내녀석을 기다렸는지도 모른다. 맨해튼에 나가 살면서 일주일에 한 번씩 들르던 딸도 와 있을 때 가족 모두를 보고 그렇게 원 없이 호강하다 행복하게 갔다. 사람들도 그렇게 가기가 쉽지 않잖은가.

딸애가 Hershey를 안고 찍은 가족사진과 이 녀석이 평소 즐겨 가지고 놀던 인형과 함께 놓여 있는 딸애가 쓴 마지막 보내는 편지를 읽던 내 눈에서도 뜨거운 눈물이 흐르는 걸 어쩔 수 없었다.

애완견의 죽음을 통해 '사귐'과 '떠남'을 생각한다. 또 인간 사이의 사귐과 인간과 짐승과의 사귐의 차이점도 생각하게 한다. '사귐'의 폭과 깊이는 '떠남'으로 인한 슬픔의 크기에 비례한다. 거기엔 인간과 짐승이 따로 없다. 공간을 함께하고 삶의 내용을 공유해야만 우리는 관심을 갖는다. 그렇지 않은 사람에게는 별로 관심이 없다. 오히려 같은 인간이면서도 나와 삶을 공유하는 동물에게 느끼는 정보다도 가벼운 현실이 우리를 적막하게 한다.

우리들은 '사귐'을 통해서 외로움에서 벗어나고자 하지만 그런 사귐도 영원하지 않기에 '떠남'을 또한 속수무책으로 받아들여야 하는 '덧없는 사귐'에서 벗어나 완전한 사귐인 하늘과의 '영원한 사귐'을 꿈꾸는 존재인지도 모른다. 진정한 사귐은 서로를 아는 것, 함께하는 시간을 필요로 하며 기쁨, 슬픔, 고통을 나누는 것이다. 인간에겐 언어란 게 있으나 동물에겐 그런 수단이 없기에 연민의 정이 깊기는 하다. 그러나 언어가 있음으로 해서 생기는 비극을 생각한다면 때론 짐승과 같이 말로 상처주지도 않고 교활하지도 않고 위선적이지도 않은 그들이 부럽기도 하다.

입을 통해서는 35%뿐 나머지는 65%가 보디랭귀지여서 언어가 다른 사람들끼리도 65%는 소통할 수 있다는 전문가의 말을 생각한다. 보디와 사인랭귀지, 스킨십으로 우린 Hershey와 사귐을 유지했다.

'개 팔자가 상팔자'란 말도 있다. 그들은 인간들처럼 자기만 사랑하는 감옥, 근심, 증오의 감옥, 남의 것이 더 좋아보이는 선망의 감옥에 갇혀 있지 않기에 갈등. 두려움 없이 전적으로 사람에게 기대어 사는 동물이어서일 테지만, 사람 없이는 제 한 몸 돌볼 수 없는 안쓰러운 엄청 외로운 존재이기도 하다. 사람이 쓰다듬어 주지 않으면 금방 죽어버릴지도 모르는 게 또한 개이다.

또 애완견의 죽음은 '유종(有終)의 미(美)'를 생각하게 한다. 가족이 다 있는 자리에서 사랑을 듬뿍 받으며 편안하게 좋은 사귐을 남겨놓고 가라고 일깨워 준다.

우리가 사는 것도 결국은 '잘 죽기 위해서'란 걸 가르쳐 준다. 나그네임을 깨닫고 좋은 나눔을 나누다 비우는 것이 기쁨이란 걸 잠시 맛보다 모든 것이 헛되다는 걸 일깨워준다. '떠남'을 외면하지 말고 준비하라고, 세상에 대한 애착과 미련을 버리고 보물은 하늘에 쌓은 후 가볍고 후회 없는 마음으로 만족스럽게 사람들과 하늘의 사랑을 받으며 그렇게 떠나라고 일깨워 준다. Hershey는 그런 가르침을 주었다.

사랑하는 Hershey야! 잘 가거라. 우린 널 많이 사랑했었다. 네가 본 인간들은 퍽 '지저분한 짐승!', '잔인한 짐승!'이라고 비웃을 너를 생각하면 인간이란 얼마나 부끄러운 존재인가도 생각하게 되는구나. 이제 너는 하늘나라에 가 드넓은 들판을 마음껏 달리며 영원한 자유를 누려라.

우린 널 영원히 잊지 못할 것이다. 잘 가거라.

〈뉴욕 한국일보〉 2002. 9. 12.

'외로움'과 '그리움'

배고픔보다 참을 수 없는 것이 외로움이요, 외로움보다 견디기 어려운 것은 그리움이다. 올해에도 기다리지도 않은 봄이 그리움을 또 데리고 왔다. 외로움은 사람을 춥게 하지만 그리움은 따스하게 한다. 추억이 있기 때문이다.

요새는 과학의 모난 문명 때문인지 외로워 죽겠다는 말들이 도처에서 난무한다. 그러나 아무도 귀를 기울여주지 않는다. 인간상실의 처참한 단면이다. 그러니 증세가 심하여 죽고 싶을 때 혼자서 죽기는 억울하여 지하철을 타고 가는 죄 없는 사람들과 광기(狂氣)로 동반사(同伴死)한다. 살아있다는 사실만으로도 다행이라는 생각을 하게 된다.

부두에서 하역작업이 끝나면 생선을 배달하는 어떤 노총각이 결혼하고 바닷가에 아담한 보금자리를 마련하고 꿈 같은 신혼생활을 보냈다. 그리고는 얼마 후에 아들을 낳았다. 남편은 돈이 모아지면 배를 사서 돈도 더 벌고 선장이 되어 명예도 얻어서 아내를 호강시켜 주겠다고 열심히 일했다.

그러던 어느 날, 자전거에 생선을 싣고 배달가던 중 과속으로 달리던 차량에 치어 허리를 심하게 다쳤다. 가해차량은 도망쳤고 다친 몸으로 생계를 꾸려가자니 일어설 수가 없었다. 몇 달이 지나 어지간히 회복된 몸을 끌고 다시 일거리를 찾아나섰지만 아무 데도 그를 받아주는 곳이 없었다. 전과 같은 건강한 상태가 아니었기 때문이었다.

절망 속에서 더욱 참기 힘든 것은 사회에서 눈여겨주지 않는 외로움이었다. 죽고 싶다고 외쳐댔지만 아무도 들어주지 않았다. 그렇게 한동안을 헤매다가 가까스로 마음을 가다듬고 얻은 일이 목욕탕에서 때를 밀어주는 일이었다. 보이지 않는 냉소와 보이는 멸시를 이겨가며 열심히 일하던 어느 날, 하루 일을 마치고 집으로 돌아와 방문 앞에 섰을 때 아내와 아들이 주고받는 이야기가 새어나왔다.

"아빠 직업이 뭐야? 학교에서 써 오래."

잠시 침묵이 흐르더니 아내가 작은 목소리로 말을 한다.

"목욕관리사란다."

"그건 때밀이 아냐! 애들이 놀린단 말이야! 난 싫어."

집 밖에서 가난하게 뻗어있는 여윈 골목길을 바라보다가 모른 척하고 방안으로 들어갔다. 아내는 갓 태어난 둘째를 좀 안아주라며 아이를 건넨다. 아이의 얼굴을 바라보는 남편의 눈에는 억울하기도 하고 무능력을 탓해보기도 하는 찬이슬이 맺힌다.

다음날에도 그 다음날에도 남편은 말을 잊은 채 일을 계속했다. 일요일이 되어 아들을 데리고 목욕탕에 와 목욕을 시키면서 아들의 때를 손님을 대하듯 밀어주었다.

등만 보이는 아들이 갑자기 "아빠" 하고 부른다. 겁먹은 아빠가 되어 눈으로만 소리 없이 대답한다.

"아빠, 난 아빠가 창피하지 않아, 우리가족을 위해 열심히 일하는 아빠를 사랑해."

남편은 아들의 손을 쥐고 울고 말았다. 그의 가족은 그날 이후 희망이 섞인 밝은 가족으로 바뀌었다.

희망은 용기를 준다. 남편은 손님들의 구두도 덤으로 닦아주고 시간을 쪼개어 마사지 공부도 했다. 그렇게 하니 단골손님도 늘고 아울러 수입도 늘어났다.

아들의 한마디 말과 아내의 참고 견뎌주는 사랑이 그를 건져냈다.

틈틈이 쉬는 날, 오늘도 그는 노인들과 장애인들에게 무료로 목욕을 시켜주며 다음에 찾아올 날짜를 그들에게 손을 짚어 가리킨다.

〈이것이 인생이다〉는 TV 다큐멘터리의 한 이야기다.

얼마 전에는 또 다른 기사를 접했다.

조선의 마지막 황손이요 가수로서도 잘 알려진 이석이란 사람이 집도 없이 무일푼으로 찜질방에서 새어나오는 온기를 덮고 새우잠을 자며 친구들이 던져주는 몇 푼의 용돈으로 근근히 살아간다며 "경복궁을 향하여 차를 몰아 죽고싶다"는 내용이었다.

이 두 사람의 이야기를 양쪽에 놓고 나는 머리를 숙일 수밖에 없다.

희망을 찾아내는 용기에서도, 몰락한 황실의 미련을 버리지 못하는 현실의 무능에서도 나는 머리를 숙일 수밖에 없다.

외로움과 그리움, 무엇이 외로움이며 무엇이 그리움인가? 날줄과 씨줄이 되어 우리들 가슴에 망사를 친 그 그리움과 외로움이 희망스럽기도 하고 절망스럽기도 한 그 까닭은 무엇일까?

〈문예운동〉 2003년 봄호

2001년 가을의 단상(斷想)

여름의 끝자락을 쥐고 장난치던 가을이 어느새 성큼 와서, 가뜩이나 평상심을 잃은 우리들의 영혼을 사정없이 흔들어대고 있다. 멀리서는 실전(實戰), 내가 살고 있는 땅에서는 테러와의 전쟁, 그 두려움이 휩쓸고 있다.

아무것도 보이지 않으면서 소리를 내는 바람은 영(靈)이다. 그것의 얼굴을 보고 싶다. 어디서 와서 어디로 가는가 이 바람은. 바람 같은 우리 인생! 저 낙엽같이 바싹 마른 껍데기를 두고 불원간 떠날 내 영혼이 갈 곳은 어딘가? 바람은 알고 있으리라. 도대체 바람은 예사롭지가 않다. 하나님의 숨쉬는 소리 같다. 들을 수 있고, 느낄 수 있고, 만질 순 있어도 볼 수가 없다.

가을은 시간의 슬픔과 덧없음을 더욱 부추긴다. 시간적 존재인 인간들, 그 시간 속에서 사건을 일으키며 역사란 걸 만들어간다. 모순된 인간에 의한 모순된 역사의 수레바퀴는 원한과 증오를 안고 오늘도 돌아가고 있다.

태어나서 사랑하고 번식하고 죽으면 그만인 초라한 인생인데 힘을 추구하면서 그 보잘것없고 따분한 인생의 공식에다 개인에서부터 크고 작은 집단, 국가에 이르기까지 힘(역사)을 차지하려는 사람들은 그들의 인생이란 천 위에 역사를 꿰매어 놓으려 하는 통에 보통사람들은 그들의 꼭두각시 노릇을 강요당하고 괴로움과 희생을 겪는다. 그러면서 그들은 용서 없는 역사를 승리라는 명분 아래 만들어간다.

현재에 행해지는 일들은 후일 역사가 평가해 주리라고 인생들은 자위해 보지만 사람이 쓴 역사라는 그것마저도 누군가를 위해서 존재하며 힘의 마당 위에서 이루어지기에 그 평가도 모순의 연속일 뿐이다. 수많은 지식 속에 판단은 표류하고, 사랑 없는 시도 속에 해결점은 꼬리를 감춘다. '편안'을 위해서 문명을 만들어 '평안'을 잃고, '재미'를 위해서 욕망을 불태우다 '기쁨'을 상실하며, 권력과 명예와 재물의 노예가 되어 재앙과 파멸을 불러들여 악마의 함정에 스스로 빠져든다.

아무리 인간이 머리를 굴려도 '달걀이 먼저냐 닭이 먼저냐'의 정답을 아는 이는 아무도 없는 채 인류의 영원한 숙제로 남아있을 뿐이다. 인류의 역사도 따지고 보면 이 두 가지 설 간의 논쟁에서 발전했을 뿐이다. 닭의 생성도, 인간의 족보도 거슬러 거슬러 올라가면 모두가 다 하늘의 끈에 연결되고 무시무종(無始無終) 절대자, 눈에 안 보이는 전지전능, 스스로 있는 자에 귀결될 뿐이다. 그 보이지 않는 것에 대한 추상의 극치로 종교란 게 생겼지만 영혼을 healing(치유)해야 할 종교가 Killing(살인)을 한다.

악마는 패배주의자와 맹신을 동침(同寢)시켜 자기의 분신(分身)을 양산시키고 있다. 그들의 하나님의 책엔 주인인 예수는 간 곳 없고, 있어도 폄하시켜 버렸기 때문이다. 그래서 그들에겐 길이 없다. "나는 길이요 진리요 생명이다"시는 예수를 외면했다. '예수'는 타종교와 더불어 종교라는 범주에 넣기조차 불경(不敬)스러운, 인간을 초월한 존재다. 기독교도 회당도 그 앞에선 모든 것을 절(絶)해야 한다.

불확실성의 시대, 우리들 현실엔 길이 없다. 아니 너무나 많다.

저마다 길을 찾아 헤매고 길을 만드나 의문과 불안과 방황뿐이다. 이런 혼란을 틈타 무종교주의자, 뉴에이지운동, 사이비종교가 판을 친다. 전쟁하는 종교가 싫다고 개종하기도 한다. 영적인 공허감을 부추기며 지식이라는, 자기 의지(意志)라는 올가미에 묶어 스스로 자멸하게 하는 악마의 계략에 빠져들고 있다.

발 밑에 수북한 낙엽을 통해서 인생을 배운다. 인생의 가을은 깊어만 가는데 겸허하게 지나온 세월을 뒤돌아본다. 낙엽은 "나같이 '쓸모 없는 인간', '최잔고목'(催殘故木)으로 거듭나라"고 내게 가르쳐 준다.

그래, 역사를 낚을 사람은 역사를 낚으려무나, 나는 덧없는 시간을, 영원한 자유를 낚으리라. 바람의 고향을 사모하며 찰나의 인생에 더 이상 연연치 않으며 그렇게 살아가리라.

〈뉴욕 한국일보〉 2001. 11. 1.

2001년 크리스마스에

9·11 테러 후 맞게 되는 뉴요커들의 올 크리스마스와 연말, 연시는 자유와 평화와 자존심에 상처를 입은 채 활기를 잃고 있는데 날씨마저 여름에 공격당한 듯 평상 기온을 잃은 채 계절을 외면하고 있다. 멀리서의 전쟁은 마침내 막바지로 달리며 테러조직 리더들의 색출로 좁혀졌고, 미국은 승리를 발표하건만 그들의 행방은 오리무중인 채 핵과 화학에 의한 이전보다 더 큰 제2의 테러가능성에 대한 최고경계령의 긴장 속에서도 덤덤한 연말을 맞고 있다.

"하늘을 나는 용도 땅을 기는 뱀을 잡지 못한다"는 중국속담을 생각하게 하는 요즈음, 불붙는 확전(擴戰)의 찬반논쟁에도 불구하고 확전은 미국인들에게 기정사실로 받아들여지고 있다.

WTC의 아픔은 조금씩 아물어가고 있건만 아직도 내 뇌리를 맴도는 두마디 그 말 ─ 죽음을 앞에 두고 남겼던 망자(亡者)들의 공통된 유언(遺言), "사랑해"의 그 '나' 없는 '사랑'과, "누가 그런 일을 저질렀나요? 왜 그들은 그렇게 하지 않으면 안 되었나요?"라며 묻던 '어린이 마음' — 그 두 말 속에 하느님의 해답은 다 들어 있건만 어른들은 '나'와 '우리것'을 지키고 만들기 위해 가야 할 길을 우회만 하고 있다.

"천국에서 제일 큰 자는 어린아이"라고 예수님은 말씀하셨는데, 진정한 사랑과 인류의 행복을 위해 당신의 몸을 대속물로 내어주시기까지 하며, 이웃의 행복을 위해 자신을 기꺼이 내어주는 것을 가르치셨는데, "자신의 몸을 불사르는 순교의 자리에 간다해도 '사랑'이 없으면 무익하다(고전 13:3)"고 말씀하셨건만, 종교를 미끼로 하여 권력을 잡으려는 독선과 야심에 가득 찬 기회주의자에 의해 그릇된 신탁(神託)으로 세뇌되어 자신뿐 아니라 무고한 사람들을 대량학살하는 비극과 불행을 초래하고 있다.

어떤 이유에서건 '정당한 전쟁'이란 있을 수 없는데 전쟁이란 이름으로 군인들에게 합법적으로 폭력과 살인의 특권을 부여하고 그 폭력의 희생 대상은 언제나 사회적 약자들이 되고 말 뿐이다. 오늘도 전쟁의 참화 속에서 울고 있는 아이들, 여성들, 노인들, 장애자들, 그리고 사랑하는 사람을 잃은 자들의 슬픔과 고통에 이젠 눈을 돌려야 한다. 테러집단의 오판과 그 뿌리를 없애기는 해야겠지만 미국식의 보복전쟁이 허용될 때 테러로부터 자유스럽지 않은 세계 모든 나라들은 평화와 시민의 안전을 위해 비상사태를 선포하게 되리라. 이 모든 비극의 뿌리는 힘의 마당에서 생겨난 증오와 편견으로부터 기인했다.

없는 것 없이 다 갖춘 호화로운 저택에서 값진 보석으로 치장시킨 여우같은 미녀를 아내로 두고 살며, *Wall Street Journal* 숫자에 신경을 곤두세우며 거드름 피우며 번쩍이는 리무진에 몸을 싣고 있다 해서 그 차의 문을 열어주는 운전기사의 삶보다 그 사람의 삶이 반드시 행복하다고는 단정할 수 없다. 마찬가지로 비록 가난하고 물질문명의 혜택을 덜 누리며 살고 있는 나라 사람들이라 해서 꼭 우리들보다 불행하다고 단정지어 무시하거나 천대하고 빼앗을 순 없다.

그들은 오히려 우리를 가엾게 여기며 비록 가난을 조금 불편하게는 느낄지언정 자연에 순응하며, 명상과 은둔으로 정화된 자기들의 영혼이, 주체할 수 없는 방종된 자유와 자본주의, 물질만능으로 인한 추하고 타락한 문화로 인해 오염되지 않을까 두려워하고 있을 수도 있다는 것도 헤아려봐야 한다.

거창하게 '문명충돌'이나 '종교전쟁'을 외칠 것도 없다. 나와 다른 관습과 가치관과 생각을 가졌다 해서, 나보다 세상적 힘이 약하다 해서, 나와 다른 외모와 종교를 가졌다 해서, 나보다 힘든 일을 하고 낮은 자리에 있다 해서 값싼 동정심으로 홀대하고 따돌리고 이용하지 않았나 반성도 해야 한다.

쥐꼬리만큼 남은 한 해의 길목에서 겨울은 나그네임을 우리에게 일깨워주며, 고달픈 여행길이 아직도 남아 있음에 서로의 시린 영혼을 녹여주며, 서로 사랑하며 남은 길을 함께 하라고 권면(勸勉)한다.

따뜻함이 그리워지고 인간이 고픈 계절, 그래서 하느님께서는 아기예수를 추운 겨울에 보내셔서 그분의 '사랑'을 기억하고 기념하라 하셨나 보다. 그분이 오신 지 2001번째 되는 날이 오고 있는 이때 노벨평화상 시상

식장에서 "세계평화를 위해 지금 시급하게 우선해야 될 일이 뭡니까?"라
는 기자들의 질문에 "집에 돌아가서 내 가족을 사랑하시오"라고 하신 테
레사 수녀님의 귀한 말씀을 생각한다.

내 가족 사랑이 세계평화의 초석이 된다. 나랏일은 현명한 지도자들에
게 맡기고 우린 '나' 없는 아가페 사랑을 내 가족, 내 친구, 내 이웃에게
실천하는 연습을 하자. 인간은 자기 심적 본능을 가지고 있다. 내 자식,
내 부모, 내 아내, 내 남편, 내 친구에게 그 본능의 틀에 갇혀 편견과 아
집과 불만과 미움으로 내 식(式)을 강요하고 내 욕심을 위해 상처를 준
적이 없나 반성하며 "오래 참고 온유한" 사랑을 열심히 연습하는 내년 한
해가 될 것을 다짐하는 성탄절을 보내자.

"해외에서 온 편지", 〈서울고 16회보〉 제25호, 2002. 2. 20.

눈물의 미학(美學)

"눈물을 흘릴 줄 아는 능력이야말로 인간이 가질 수 있는 최대의 부(富)"라고 〈어린 왕자〉의 작가 생텍쥐페리는 말했다.

눈물! 마음의 창(窓)이라는 눈에서 나오는 찝찔한 물, H_2O보다는 복잡할 눈물의 분자식이 무엇인지 나는 모른다. 그 눈물샘의 원천이 머리인지 가슴인지도 모른다. 그러나 눈물만큼 신비한 물은 없는 것 같다. 눈물만큼 아름다운 물도 또한 없는 것 같다.

우리는 살아가면서 여러 가지의 눈물을 보고 또 경험한다. 이별의 눈물, 체념의 눈물, 회상의 눈물, 아름다움에 감동의 눈물…. 눈물의 다양함이여! 이런저런 유형의 눈물들을 다양한 인물과 이야기들이 들어있는 성경책 속에서 떠올려본다. 눈물은 울음과 함께 나온다.

이국(異國) 옥수수밭에서 흘리던 '룻'의 눈물은 향수의 눈물이요, 마리아가 자기 오빠 나사로가 죽었을 때 우는 울음을 따라 흘리신 예수님의 울음은 흐느낀 울음이요, 이스라엘이 물이 떨어져서 사막에서 우는 울음은 고함쳐 우는 울음이요, 십자가를 지고 가시는 예수님을 따라가며 우는 여인들의 울음은 통곡이다. 베드로가 예수님을 세 번 모른다고 했음에도 불구하고 베드로의 잘못을 용서하시고 끝까지 사랑해주시는 예수님의 눈동자와 부딪쳤을 때 베드로가 밖에 나와서 운 울음은 '회개의 눈물' 통곡이었다.

또 베다니 동네의 죄인이었던 여인, 이름 없는 여인이 예수님 앞에서 소리 없이 흘렸던 한없는 울음은 죄 사함을 받은 감격의 울음이었다. 그 사랑에 녹아지고 자아(自我)가 부서져 변화를 얻은 주님에 대한 사랑으로 복받쳐 올라 흘린 건 감사의 눈물이요, 결의, 결단으로 새 출발을 다짐하면서 예수님을 존귀하게 받들어 모시어 경배드리는 구원받은 기쁨의 눈물이었다.

눈물은 감정을 스스로 억제하지 못할 때 나온다. 그러기에 어떠한 울음이라도 거기엔 가식이 없다. 그래서 눈물은 아름답다. 그러나 우리들은 눈물에 인색하고 꼭꼭 숨겨놓은 채 좀처럼 꺼내질 않는다. 더구나 남자들은 함부로 눈물을 보여서는 안 된다는 고정관념과 그런 교육을 받으며 자란다. 그런 탓에 "언제 한 번 가슴을 열고 소리내어 울어볼 날이 … "라는 조항조의 〈남자라는 이유로〉 라는 노래가 요즘 남자들에 인기가 있는지도 모르겠다.

대통령이라고 눈물을 보이지 말아야 한다는 법도 없다. 미국의 부시 대통령도 9 · 11 테러를 당하고 응전을 결심한 후 전쟁대책을 지휘하다 두어 차례 눈물을 보인 적이 있다. 그 장면을 퓰리처상 수상기자 밥 우드워드는 《부시는 전쟁중》(*Bush in a War*)이라는 책에서 전했고, 또 언론에 공개된 줄리아니 시장과의 회상회의에서 "내가 생각하고 있는 것은 그분(희생자)들의 가족과 아이들"이라며 눈물이 가득 고인 눈을 돌렸었다.

눈물은 사랑의 발로이며 인간이의 정표이다.

심한 뇌성마비로 몸을 전혀 가누지 못하고 한쪽 눈까지 먼 중증 한인 장애아를 입양해 키우고 있는 킹 여사가 "너무 예뻐요 이렇게 예쁜 아이가 어떻게 내 아이가 되었을까요? 내가 운이 너무 좋았지요?" 하며 "혼자 식사하려고 노력하는 모습이 너무 대견해서 울었지요, 전 눈물은 사랑에서 나온다고 생각해요, 그래서 제이슨은 내게 사랑을 가르쳐 줍니다" 하는 그녀의 눈물에서 우린 한없는 사랑과 아름다움을 본다. 눈물은 사랑으로 충만한 영혼의 엑기스요, 성스러운 물방울이요, 은혜의 엔돌핀이 되기도 한다.

그런 면에서 베다니 동네의 문둥병자였던 시몬의 집에 예수님이 계신 걸 알고 불청객의 신분으로 들어가 예수님 앞에 엎드려 자기의 눈물과 향유로 뒤범벅이 된 예수님의 발을 자기의 머리칼을 풀어서 닦고 또 울면서 예수님의 발에 입맞춤을 하던 여인의 눈물이 그런 눈물이었던 것이다.

철학자 아리스토텔레스는 "눈물은 카타르시스, 즉 정화, 씻는 작용을 한다"고 말했다. 메말랐던 나무가 비에 씻겨 청신하게 되듯이 눈물은 그 정(情)과 한(恨)이 어떻든 우리의 마음을 시원하게 하고 씻어준다. 눈물 중에서 가장 아름답고 고귀한 눈물은 회개의 눈물, 추한 영혼을 씻어내는 눈물일 것이다.

사랑의 마음은 용서를 낳고, 용서는 눈물을, 그 눈물은 사랑할 줄 아는 마음으로 변화시킨다. 눈물 없던 사람이 눈물이 있게 되고, 강퍅한 사람이 부드러운 사람으로, 천한 사람이 고상한 사람으로, 감사할 줄 모르고 제 잘난 맛에 살던 사람이 감사하며 살게 되고, 남에게 줄 줄 모르던 사람이 주는 기쁨을 누리게 되는 것이 이런 눈물의 열매가 아닌가.

〈뉴욕 한국일보〉 2003. 5. 15.

이 세상에 우린 무엇을 남길 것인가

말이든, 글이든 어떤 예술작품이든 방법은 서로 다르나 그 공통점은 '표현한다'는 것이다. 거기엔 그 사람의 추구하는 바가 응축되어 담겨진 '흔적'으로 남는다. 또 하나의 공통점이 있다면 그것들을 세상에 한 번 내어놓으면 주어 담거나 거두어들이거나 고칠 수 없다는 것이다.

말은 '생각의 집'이요, 모든 표현은 '영혼의 울림'이다. 인간은 육체가 아니요 영혼이기 때문이다. 그래서 예술가들은 골수에 스미고 혈관에 젖어드는 정열로 피를 뽑아 작품에 영혼을 담는다.

이렇듯 무엇을 낳기까지는 괴로움이 있다. 그러나 그것을 낳은 다음에는 또한 즐거움이 있다. 이 괴로움이 두렵고 즐거움만 탐내는 부당한 욕심이 앞선다면 차라리 낳지 않는 것이 후회가 덜할 것이다. 사람은 나이가 들면 초조해하며 '흔적'을 남기고자 한다. 쇠약해 가는 자기의 힘을 아쉬워한다.

욕심은 두려움을 낳고 '남김'은 또 다른 욕망을 회잉(懷孕)한다. 그런 인생을 향해 예수님은 "남기고(얻고) 싶으면 버리고, 높아지려면 낮아지고, 섬김받으려면 섬겨주고, 받고 싶으면 먼저 주고, 찾아주길 원하면 먼저 찾아가라"고 간결하게 말씀하신다.

확실하게 그리고 자신 있게 궁극의 갈 곳과 가는 길을 가르쳐 주시며 하나님과 연합하는 문(門)이 되시고 통로가 되어 책임져 주신다. 그리고 우릴 변화시켜 주신다. 그분의 관심은 오직 영혼구원에만 있다.

석가모니께서는 "제법(諸法)이 공(空)하다. 비우고 버리고 떼어내라. 마음의 장난을 제어하라. 무주상보시(無住相布施)가 최상의 공덕이다. 과거의 카르마[業]를 스스로 소멸시키라. 아무도 그걸 도와줄 순 없다. 연기(緣起), 인과(因果), 윤회(輪廻)니라. 해탈을 얻으라, 그러면 너도 신(神)이 될 수 있다"고 가르치신다.

해답은 없이 끝없는 질문과 분석과 쪼갬만 있다. 그 많은 법설(法說)을 하시고도 "난 한 번도 법을 설한 바가 없다"신다. 언어의 연금술사 같으셔서 내 수준은 그에 미달이라, 위로하시며 날 직접 찾아주신 예수님께 내 영혼을 맡겼지만, 석가의 그 법(法)은 주체가 나(我)여서 내 의지(意志)로 해결해야 하는데, 모순덩어리인 인간의 자력(自力)으로는 불가능하고 헤아릴 수 없기 때문이다. 나를 없애려는 욕망에서 벗어나려는 '다음 세상에서 무엇으로 다시 태어날꼬?'의 두려움. 그 또한 하나의 욕망이겠기에. 의문은 질문을 낳는다.

각설하고, 우리들 하루하루의 삶의 모습도 '표현'이요 '남김'이다. 거기에는 언제나 책임이 따른다. 남기려 하면 잃을 뿐이다. '원고지 위의 거만의 고뇌는 헛되고 헛되다'고 한숨짓는 어느 시인처럼, 또 '인생은 헛되고 헛되니 헛되고 헛되도다'고 탄식한 시편기자, 솔로몬이 본 그런 삶이라 해서 행위를 포기할 수는 없지 않은가?

'남김'과 '욕망'의 연속인 삶, 남기기 위한 '남김'은 부질없고 가치 없는 일이지만 순수하고 저 고뇌하는 것은 가치 있는 것이 아닐까. 어리석고 추하고 연약하고 모순덩어리의 우리들이지만 있는 그대로 진리 앞에 내어놓고 주어진 데 감사하며 값없이 누리는 하루 1,440분을 좀 먹히지 않고 가꾸며 최선을 다하여 살아가야 하지 않을까.

부질없는 세상에 무엇을 남길 것인가. 남기고 나면 지워버리고 싶은 또 하나의 욕망을 낳을진대.

그러나 오직 단 한 가지 가치 있는 '남김'이 있다면 크리스천들은 목적과 이유와 섭리에 의해 이 세상에 온 단 한 번뿐의 삶 속에서 영혼의 생(生)과 사(死)의 이 시험대 위에서 승리하여 영혼의 주인되시는 그분께 '건지움' 받고 난 그 자리, 불교인들은 현생(現生)을 끝으로 전생과 이생을 넘나들던 윤회를 마치고 해탈을 얻은 바로 그 자리, 생애에 걸친 알맹이[本質]의 회복을 위한 세상과의 싸움의 흔적, 그 순수하고 가식 없는 순응의 눈부신 자리로서의 '흔적'을 남기는 일이라는 생각을 한다.

우리가 추구해야 할 일은 그것이고, 우리는 그것을 위해 존재하며 그것만이 진정 후회 없는 값진 '남김'이 아닐까?

〈뉴욕 한국일보〉 2001. 9. 13.

보이지 않는 신(神)을 믿을 수 있는 감사

9·11 테러사태 후 맞는 올해의 추수감사절은 우리들에게 예년과는 다른 감회를 갖게 한다. 보이지 않는 것들로부터의 두려움으로 시달리며, 삶이 위축되고 언제 어디서 어떻게 죽을지도 모른다는 요즈음, 나는 평상심을 잃지 않고 삶에 충실할 수 있음에 감사하고 만족하며, 편안하고 여유 있는 마음을 주신 하나님께 감사하지 않을 수 없다.

불확실하다는 사실 이외엔 확실한 것이라곤 하나도 없는 불안의 시대의 끝은 좀처럼 보이지 않는 것 같다. 보이지 않는 것으로부터의 두려움은 보이지 않는 절대자의 힘에 온전히 의탁할 수밖에 없음에 그 보이지 않는 하나님의 살아계심과 그의 나라를 믿고 그분의 한없는 사랑과 보호 속에서 살고 있다는 확신을 갖고 산다는 것은 축복 중의 축복이 아닐 수 없다.

그 하나님의 자녀로 다시 태어나게 하시고, 그분과의 교제의 통로가 되어주셔서, 매일 기쁨과 감사의 시간을 살 수 있도록 도와주시며 동행해 주시는 고마우신 친구요 모사(模士: *Wonderful Counselor*)이신 예수 그리스도를 어찌 사랑하지 않을 수 있으며 감사하고 찬양하지 않을 수 있겠는가.

이 세상의 모든 것들이 다 날 버리고 떠나버린다 해도 궁극의 존재이신 그분만은 여전히 내 있는 모습 그대로 날 사랑해 주신다는 것, 그분만은 날 끝까지 버리지 않으신다는 확신을 갖고 살아갈 수 있다는 것은 세상의 무엇과도 바꿀 수 없는 보화가 아닌가.

눈물과 한숨과 어두움의 무거운 짐을 지고 살아가며 두려움과 부정적 생각으로 절망하며 헤매던 내 황폐한 영혼의 뜰에 단비를 내려주신 분, 위로하시며 직접 찾아주신 주님.

"넘치고 넘치도록 부어주겠다", "너는 두려워 말라. 내가 너를 구속(救贖)하였고 내가 너를 지명하여 불렀나니 너는 내 것이라. 내게서 빼앗아갈 자가 없느니라. 너는 이전 일을 기억지 말라.… 너는 내가 나를 위하여 지었나니 나의 찬송을 부르게 하려 함이니라. 너를 굳세게 하고 도와주리라. 나의 의로운 오른손으로 너를 붙들리라" 말씀해 주시는 분.

인간들이 만들어 놓은 전통과 수많은 논리와 체계의 수렁 속에서 나 홀로 외로이 헤매던 나. 내 의지로 내 삶을 빚어보려고 허우적거릴 때 그곳에서 날 건져주시고 조금씩 가르치시며 변화시켜 가시는 분, 그때부터 "내가 아버지 안에, 아버지는 내 안에 계신다"는 절대적 믿음을 확인하며 살게 해주신 분. 내 속에 있는 또 하나의 '나'(내가 나에게 바치는 사랑만을 구하도록 하여 지난날의 나의 모든 불행들을 초래케 했던) 그 '나'를 정복하지 못하고 버리지 못해 스스로 고통을 만들어내며 전전긍긍하던 '나,' 그 '나'가 고개를 들 때마다 잠재워 버리시는 내 안에 계신 그분, 삶의 순간 순간에 닥치는 어려움과 장애물들이 인생을 더욱 값지고 맛있게 하는 하나님의 조미료였음을 깨닫게 해주시어, 긴 어둠 속에서도 절망치 않고, 하늘의 별들의 합창을 들을 수 있는 여유로 인내하며 하나님의 뒷그림을 볼 수 있는 눈과 지혜를 주신 분.

개(Dog) 같은 삶을 살 수도 있었을지 모를 나를 신(神: God)처럼, 신에 취해 살게 해주신 분, 세상의 허망한 장난감들을 탐내는 마음, 내 것과 남의 것들을 비교하는 버릇을 모두 치워주시고, 부질없는 그것들을 미련 없이 버릴 수 있는 용기를 허락해 주신 분, 무엇보다도 다른 종교가 얼버무리고 외면하는 궁극적 문제를 "나는 길이요, 진리요, 생명이다. 나를 말미암지 않고서는 아버지께 갈 자가 없느니라" 시원하게 말씀해 주신 분.

세상에 어느 누가 하나님을 아버지라 부르라 했던가. 어느 누가 사람을 변화시켜 주는가. 이 어찌 감사하지 않으랴. 지식인과 학자들이 하나님의 존재를 부정한다 해서 어찌 그분이 존재하지 않으실까. "보지 않고 믿는 자는 복되도다", "도(道)인 예수가 본래 하나님의 본체(本體)셨으나 그 동등함을 취하지 않으시고 하나님의 섭리에 의해 그 자신을 비우고 낮추어서 '성육신'했다"(빌립보서 2:7)는 말씀은 '도' 중의 '도'이고 신비스럽지 않은가.

이 아름다운 추수감사의 계절, 'Thanksgiving' 주신 것에 감사/진정한 감사는 기쁨으로 주는 것, 이 함축성 있는 단어를 지은 미국, 무엇보다 하나님을 우선으로 믿음의 씨를 뿌리며 제일 먼저 만든 명절. 그 신앙으로 하나님의 주권 위에 세운 이 나라에서 값없이 누리며 살게 된 것도 그 분의 뜻. 영위세리여기객(營位勢利如寄客), 세상의 모든 영화와 권세와 재물은 잠시 왔다가는 손님 같은 것!

영원한 복은 오직 하나님 안에 있는 것. "여호와께 감사하라. 그는 선하시며 그 인자하심이 영원함이로다."

〈뉴욕 한국일보〉 2001. 12. 1.

산시산 수시수 (山是山 水是水)

아마 1980년대 초였다고 기억한다. 신군부가 권력을 장악한 후 나라가 어지러울 때였으니까. 당시 불교계 또한 어수선하여 대한불교 조계종에서는 교계의 통합의 필요성을 절실히 느끼게 되었다. 이를 위한 해결책을 모색하며 중지를 모은 결과로 해인사에 칩거해 계시던 선사(禪師) 이성철 스님을 종정(宗正)으로 모시기로 결론을 내렸다.

조계종 관계자들은 성철 스님을 찾아가서 취임해 주실 것을 아뢰었다. 예상했던 대로 평생을 속세와 담을 쌓고 사셨던 스님은 거절하셨다. 그러나 조계종 관계자들은 거듭 찾아가 스님의 이름이 꼭 필요하니 취임해 주실 것을 간곡히 청했다. 이러한 강청에 결국 스님께서는 승낙을 하기는 하셨는데 한 가지 조건을 붙이셨다. 그 조건이란, 절대로 총무회의에 참석하지 않는 것과 해인사를 떠나지 않는다는 것이었다. 그리고 그 전제하에 취임사를 발표했다.

그런데 그 취임사가 많은 사람들을 어리둥절하게 했다. 그 취임사라는 것이 "산은 산이고 물은 물이다"라는 단 한 줄이었기 때문이었다. 이로 인해 이 글귀는 많은 사람들에게 회자(膾炙)되었다. 그 이유는 삼척동자도 다 아는 이야기를 대선사가 했기 때문이었는데, 그렇다면 그 말 속에는 깊은 진리가 감춰져 있음은 분명한데 그 뜻을 알 수 없어 서로가 설왕설래했던 것이다.

본래 이 말은 성철스님의 말이 아니었다. 약 700여 년 전에 중국에서 《금강경 오가해》(金剛經 五家解)라는 책이 다섯 분의 큰스님에 의해 쓰여졌는데 그 속에 야보 스님의 이런 시가 나온다. "산시산 수시수 불재하처(山是山 水是水 佛在何處) 산은 산이요 물은 물인데 대체 부처님은 어디에 따로 계신다는 말인가?" 성철스님은 이 시의 뒷부분은 빼고 이 시의 앞부분만 인용했던 것이다. 그리고 스스로 깨닫기를 바라셨던 것이다.

세상의 큰 종교인 불교와 기독교는 근본적으로 다르다. 왜? 불교는 스스로 깨달음에 이르는 자력(自力)종교임에 반해 기독교는 절대자에게 전적으로 의존하는 타력(他力)종교이기 때문이다. 그럼에도 불구하고 이렇게 거리가 먼 상반된 두 종교가 추구하는 바가 참(眞)되고 착하고(善) 아름다움(美)이라는 의미로 볼 때 이 두 종교 속에는 동일한 속성들이 내재해 있음을 볼 수 있다.

그 동일한 속성이란 이재철 목사가 그분의 설교에 자주 거론하는 '믿음', 즉 올바른 신앙을 완성해 가는 과정인 성숙에로의 단계로 불교의 경우를 예를 들어 3단계〔물론 불교의 선가(禪家)에는 범부(凡夫)가 불(佛)이 되기까지를 열에 나눈 것으로 심우(尋牛)를 시작으로 입전수우(入廛垂牛)

까지 10단계인 '십우도'(十牛圖)의 계제가 있기는 하다. 불가에서 '소'는 곧 도(道)이며 깨달음이다)를 반추(反芻)해 보면, 야보 스님의 이 시는 그 동일한 속성을 잘 표현한 시라는 것을 알 수 있게 된다.

이 목사의 말을 빌리면 산을 산으로 물은 물로, 즉 자연현상을 자연현상 그대로만 인식하는 단계는 첫 번째 단계이다. 그러나 한 사람이 부처님을 인격적으로 만나게 되면 산은 산이 아니고 물은 물이 아닌 두 번째 단계에 이르게 된다. 인간이 평소에 지니고 있던 구별이 없어지고 모든 가치체계에 일대 전도현상이 일어나는 단계가 이 두 번째 단계인 것이다.

불교의 핵심은 우주만물의 근본이 하나라는 것이다. 따라서 부처님을 만나면 산은 더 이상 산일 수 없고 물은 물일 수 없게 된다. 불교에서는 이 단계를 견성(見性)이라 한다. 만물의 근본을 보았다, 깨달음을 얻었다는 경지인데 이는 반드시 법열(法悅: 깨달음이 가져다주는 기쁨)을 맛보게 된다고 한다.

그런데 불교에서는 이때를 가장 위험한 때로 본다. 왜? 구도에 겨우 들어선 단계인데 그럼에도 불구하고 불자(佛者)들은 마치 자신이 완성된 사람인 양 착각하며 진리와 자비를 입으로 이야기하면서도 그 삶이 이와 가장 무관할 뿐만 아니라 독선적일 수 있을 때가 바로 이 견성의 단계이기 때문이다.

그러므로 이 단계는 다음 단계로 성숙되어 가야 하는데 바로 산은 산이고 물은 물이 되는 단계가 열리는 세 번째 단계이다. 그러나 그것은 첫 번째 단계로 환원(還元)하는 것이 아니라 이때부터는 그 산과 물은 부처님의 불성을 지닌 불법의 한 양상으로써 인간이 동반자로서의 모습으로 존재하게 되는 단계이다. 불교에서는 이때를 오도(悟道)라고 한다. 비로소 이 경지에 이르러서야 오도의 요체(要諦) 일심(一心)에 이른다는 것이다.

그 이전까지는 자기자신만을 위한 이기적 삶이었지만 이 경지에 이른 사람은 그들이 행하는 삶의 모든 행위가 곧 구도의 행위이며, 자기자신을 위한 삶보다는 남에게 보시하기 위한 삶이 된다. 따라서 야보 스님의 시나 성철스님의 취임사의 말씀은 "왜 너희들은 불당 안에서만 부처님을 믿는 신자로 살려고 하느냐. 너희들의 삶의 바로 그 자리에서 불자가 되지 아니하면 참된 불자가 될 수 없다"는 것을 일깨우려는 의미였던 것이다.

옛날, 멀리 중국에까지 불법으로 명성을 떨쳤던 원효대사가 작은 절간의 볼품없는 꼽추 방울 스님의 삶의 모습에서 더 큰 도(道)를 얻어 세속으로 돌아간 이야기, 생사의 고비, 험악한 폭풍 속 갑판 위에서 동요치 않고 하나님을 신뢰하며 간절히 기도하는 무명의 젊은 형제와, 기도 없이 안절부절하던 자신의 모습을 비교하고 크게 뉘우친 요한 웨슬리 목사가 훗날 세상을 변화시킨 이야기, 자신의 삶의 현장에서 〈그리스도의 수난〉이란 영화를 예수 사랑으로 만들어 '땅끝'을 건져 올리며 물질적 축복까지 한몸에 받고 있는 멜 깁슨을 생각한다.

"성령이 너희에게 임하시면 너희가 권능을 받고 예루살렘과 온 유대와 사마리아와 땅끝까지 내 증인이 되리라."(사행 12:8) 예수님께서 부활, 승천하시기 직전 마지막 남기신 유훈이다.

약 12년 전, 1992년 7월 1일, 진리의 빛이신 성령님께서 하늘 위 구름

속 비행기 안에 있는 나를 찾아주셨다. 그 사랑! 그 위로! 그 기쁨! 그 감격! 어찌 필설로 표현할 수 있으랴. 그날 이후 얼마나 많은 날들을 나는 부채감으로 들떠 내 삶의 현장을 경시하고 '땅끝'과 '증인'에만 집착했던가. 하지만 그때마다 성숙의 단계를 지켜봐 주셔서 "가정과 일터, 내 삶의 현장에서 하나님을 신뢰하고 신실하게 살아가는 모습을 보일 때 '땅끝'은 얼마든지 시작될 수 있다"는 깨달음을 주신 주님께 감사드리는 부활절이다.

〈뉴욕 한국일보〉 2004. 4. 8.

'앎'이 아니라 '삶'이다

'선부재정처(禪不在靜處) 역부재요처(亦不在擾處)
부재일용응연처(不在日用應然處) 부재사량분별처(不在思量分別處)'

중국 송대 대해선사(大慧禪師)의 어록 중 24자를 적은 나의 아버님의 휘호(徽號)이다.

'선은 고요한 곳에도 있지 않고 시끄러운 곳에도 있지 않으며 날마다 관련 맺는 일에도 있지 않고 생각하고 분별하는 곳에도 있지 않다'는 뜻이다. 선을 한답시고 조용하고 한적한 곳을 찾아다니는 것은 아직 선의 경지에 이르른 것이 아니요, 어느 때 어느 곳에서나 비록 그것이 시끄러운 저잣거리라 할지라도 매이지 않고 흔들림 없는 고요하고 비운 마음을 삶 속에서 누릴 수 있는 경지에 들어서야 진정한 선을 할 수 있다는 뜻인 줄로 안다.

우리는 태어나서 죽는 날까지 배우고 또 그것을 남에게 가르친다. 또

유한한 존재로서의 원초적 고독을 극복하고 참된 평안과 복된 생활을 위해 삶의 기술인 종교를 통해 길과 진리와 생명을 배우기도 한다. 가르침을 받는다는 것은 나 자신을 위해서이기도 하지만 남에게 자기가 아는 바를 전수시키는 목적도 있다.

그러나 우리는 결정적인 순간에 가르침에 실패하는데 그 주된 원인은 말과 삶이 일치하지 않은 것에서 비롯되었음을 알 수 있다.

백문이 불여일견(百聞不如一見)이듯 백언이 불여일행(百言不如一行)인 것이다. '앎'이 아니라 '삶'이어야 하기 때문이다. '삶' 속에 '앎'이 몸에 배어 자기혁신을 통해 자기통합을 이루어야 올바른 가르침이 되고 신뢰를 받게 되는 것이다.

이는 신앙에도 똑같이 적용된다. 그러나 그런 경지에까지 이르려면 어머니의 뱃속에서 열 달의 과정을 거치지 않고 갑자기 나오는 아기가 없듯이 신앙에도 그런 과정과 여러 단계를 거쳐야 한다.

예컨대 크리스천이 어느 날 성령님을 만나 말할 수 없는 하나님의 사랑으로 감격하여 "땅끝까지 내 증인이 되라"는 말씀에 빚진 마음을 떨칠 수 없는 불같은 첫 사랑의 열정의 단계가 그 첫 단계이다.

불교식으로 말한다면 득도(得道: 궁극변화 *ultimate transformation*), 즉 깨달음을 얻은 견성(見性)의 단계이다. 이 단계에서는 주머니가 비어도 즐겁고, 먹지 않아도 배고프지 않은 그런 기쁨과 함께 일체 만물의 근본이 무엇임을 보고 알았다는 경지에서 오는 법열(法悅: 그로 인한 황홀한 기쁨)로 모든 가치체계에 일대 전도(顚倒)현상이 일어나는 시기, 곧 입문의 단계이다.

마치 도(道)를 다 이룬 것 같은 착각을 할 수도 있고 신비주의에 함몰되어 사도(邪道)에 빠질 수 있는 위험한 단계이기도 한 시기를 잘 넘겨야 다음 단계인 오도(悟道)의 경지에 들어갈 수 있다. 이 단계에 이르러서야 비로소 충만한 불성과 불법에 힘입어 부처님의 가르침을 삶으로 실천해 갈 수 있는 단계에 이를 수 있다고 한다. 해서, 구태여 깊은 산중 법당을 찾아 세상을 등질 이유가 없어지는데 이때부터 참 불자라 일컬음을 받게 되는 것과 같다.

신앙인이라면, 불제자들은 부처님의 가르침을 실천해야 할 의무가 있고 크리스천들은 예수님의 가르침을 실천해야 하는 것은 당연한 일일 것이다. 실천 없는 신앙은 공허하고 무가치하기에 예수님도 하나님의 말씀을 달달 외우는 교만한 율법사가 영생을 얻는 방법에 대한 질문에 답은 미루시고 되물어서 얻어낸 답(네 몸과 마음을 다하여 이웃을 네 몸과 같이 사랑하라)을 들으신 후 "옳도다. 이를 행하라 그리하면 살리라" 하셨다.

뿐만 아니라, '최후의 만찬' 후 고난을 당하시기 전에 유훈으로 "이후에는 내가 너희와 말을 많이 하지 아니 하리니 … 오직 내가 아버지를 사랑하는 것과 아버지가 명하신 대로 행하는 것을 세상으로 알게 함이라 … " (요:14:30~31)시며 말씀보다 실행하셨다. 십자가를 지는 이유와 그 결과가 어떤 것인지 십자자의 죽음이 얼마나 눈부신지를 '보지 않으면 못 믿는', '보여 주지 않으면 따르지 않는' 인간들을 위해 그분은 말씀하셨고 그 말씀을 실천하셨던 것이다.

그렇지 않았다면 그분의 말씀은 실체 없는 '관념'에 지나지 않았을 것이요, 2000년 동안 꾸준히 전파되지도 않았을 것이다.

예수님은 인간적으로 보면 이렇다 할 성취를 보여주지 못하셨다. 그분은 역사에 남을 만한 저서도, 학문도, 발명도 없다. 그러나 오늘까지 예수님이 전파되는 것은 바로 이 때문이요, 십자가는 그가 인류의 생명을 눈부시게 사랑한 흔적이었다. 예수님께서는 또한 '당신을 사랑한다는 것은 당신의 말씀을 지켜 행한다는 것'과 동일하게 보셨다.

나의 신앙생활을 돌이켜 보면 진리에 겨우 눈만 떴던 시절, 예수님을 증거하지 않고는 못 견딜 정도의 뜨거움과 부채감으로 '땅끝까지' 라는 강박감에 사로잡히기도 하였고 때로는 순교하고 싶기도 했다. 어떨 때는 예수님 말씀대로 산다는 게 불가능하게 느껴져서 체념도 했다. 또한 성경 말씀이 '나를 위하심'이었음에도 그것을 '하나님을 위하심'으로 착각도 했다. 그래서 예수님의 명령이 야속하기도 했던 10여 년을 기도로 잘 넘기게 해주심으로써, 바른 신앙인이 되기 이전에 바른 사회인이 되라는 지혜를 허락하신 그분께 감사드리며 나의 호흡과 심장의 맥박이 쉬지 않고 반복됨으로 내가 살아있을 수 있듯이, 살아있는 배움을 위하여 말씀을 나의 삶에 반복적으로 적용시키는 연습을 게을리하지 않는 성숙의 단계로 전진해야겠다는 다짐을 하는 부활절이다

〈뉴욕 한국일보〉 2003. 4. 19.

새해의 기도

하나님 아버지! 새해의 문을 또다시 열어 주시며 헌 주머니를 거두시고 새 주머니를 나누어주심에 감사드립니다.

새해에는, 아버지의 손에 의해 가치 있고 귀하게 지음받은 우리들을 값싼 상품으로 전락하게 마시고 당신 보시기에 흡족한 걸작품으로 저희들 각자를 개성 있게 빚어주소서. 요셉 같은 꿈의 사람이 될 수 있도록 우리를 도와주셔서 망상(妄想)을 환상(幻像: Vision)으로 바꾸는 저희들이 되게 해주소서.

물질보다 사랑의 소중함을 잊지 않으며 살게 해주시고 보람있는 일들과 생산적인 일들로 당신의 주머니를 채우는 한 해가 되도록 도와주소서. 부족한 중에서도 최선을 다하는 보통의 삶, 평온한 삶이 성공한 삶임을 늘 잊지 않게 해주소서. 아버지 안에서 희망의 줄을 놓지 않으며 위태로운 때에는 지체 없이 만왕의 왕이신 아버지를 부를 수 있는 든든하고 부러울 것 없는 왕자임을 잊지 않게 하소서.

주어진 환경 속에서 늘 자족 속에 감사함으로써, 기쁜 삶을 아름답게 누리게 하소서. 작은 불편이나 고통은 홀로 고요히 삭이게 하여 주시고, 초로(草露) 같은 나그네 여정(旅程)에서 겪게 되는 일시적 피곤과 고통, 역경, 장애물, 부족함이 저의 힘과 지혜와 겸손의 스승임을 잊지 않는 동시에 그것들은 아버지께서 저희를 위해 주시는 쓴 보약으로 알고 감사히 받아 마실 줄 아는 인내를 허락하소서.

폭풍우 뒤에 찬란한 무지개를 예비하시는 당신의 뒷그림을 보려는 소망을 버리지 않게 해주소서.

약점 없는 것이 가장 큰 약점임을 늘 잊지 않게 하셔서 남의 단점보다 장점을 먼저 보는 눈을 허락해 주소서. 편견과 선입관을 떨쳐 주시고, 오해와 분노로 남을 정죄하지 않게 도와주소서. 편협한 마음을 넓은 마음으로 변화시켜 주소서. 무엇보다도 아버지 안에서 애증(愛憎)으로 갈등치 않고 항상 넉넉한 마음으로 희로애락에 흔들림 없이 올 한 해를 보낼 수 있도록 도와주소서.

당신 안에 늘 깨어있음으로 해서 모든 것을 긍정적으로 바라보게 해주소서. 당신의 인자하신 귀로 이웃의 아픔을 듣게 해주시고, 당신의 사랑의 입술로 희망을 노래하며, 미지의 날들을 사랑으로 달려가게 하소서. 제가 만든 사랑의 허상에 눈멀게 마시고 제 눈이 만든 사랑의 색깔에 현혹되지 않게 지켜 주소서. 제 안에서 꿈틀거리는 또 하나의 '나'[我]를 늘 잠재워 주소서. 오직 아버지의 사랑만을 배우며 연습하는 날들만 있게 해주소서.

그리하여 사랑이란 고귀한 단어를 비천하게 남용치 않도록 간섭해 주소서. 값싼 동정심이나 이기적 산물이 되지 않게 붙들어 주소서. 그리고 무엇보다도 당신을 믿지 않는 사람들에게 예수님을 내세우지 않고서도 당신의 향기를 조금이라도 낼 수 있는 작은 예수들로 저희들을 다듬어 주소서. 그리하여 저희를 통해 아버지께서 저희와 함께 하심을 저들이 믿는 믿음의 중인들이 늘어나게 도와주소서.

결과보다 과정을 중요하게 생각게 하시고 목표를 가지되 그 목표가 세상의 오복(五福)을 향하게 하지 마시고 오직 당신의 팔복(八福)의 산정(山頂)을 향한 목표가 되게 하시어, 소중한 희망의 족쇄가 되지 않게 저희들을 도와주소서.

주는 기쁨이 받는 기쁨보다 훨씬 크다는 것을 늘 생각하며 살게 하셔서 올 한 해를 마무리할 때에는 '좀더 위해 주고 베풀어줄 걸, 좀더 기뻐해주고 좋아해줄 걸, 좀더 사랑해 주고 정성을 다할 걸' 하며 후회하지 않도록 도와주소서. 그리하여 맑고 뜨거운 심성으로 올 한 해뿐만 아니라 남은 삶을 채워 주셔서 마지막 그날엔 아름다운 세상에서 원 없이 사랑하며 잘 살다왔다고 아버지께 고할 수 있는 욕심 없는 저희들 되게 도와주소서.

말씀, 기도, 봉사의 창(窓)을 여는 데 주저하지 않는 저희들이 되게 하소서. '나'(我)만의 공간에서 '내 의지'로, 인간이 만들어 놓은 전통과 논리와 지식, 체계, 체면의 감옥에 갇힌 어두운 영혼들을 그 속박에서 벗어나게 하소서. 저희들을 통해서 닫혔던 문을 당신께 여는 놀라운 일들이 많이 일어나도록 도와주소서. 열린 하늘을 우러르며 당신을 사모(思慕)하는 저들이 되게 도와주소서.

나의 의지(意志)로 얻는 믿음이 아니요, 성령의 임하심도 아버지의 일방적인 선물이요, 아버지를 인정하고 무릎 꿇고 회개함으로 받는 축복임을 알게 하시며, 당신의 때가 되면 그들에게 인치심을 하신다는 것을 저들도 알게 하소서. 당신을 아버지라 부를 수 있는 그 특권은 세상의 그 무엇과도 바꿀 수 없는 보화 중의 보화란 걸 알 수 있게 도와주소서.

아버지로부터 이탈했던 우리 영혼이 예수님을 통로로 다시 연합하여 아버지께 예속됨으로 말미암아 거듭난 기쁨이 얼마나 큰 것인지 저희들을 통해서 저들이 알게 아버지시여 도와주소서.

당신께 예속되기를 사모하는 이들이 날로 날로 늘어나게 해주소서. '예속'이 '자유'보다, '타율'이 '자율'보다, '타력'이 '자력'보다 평안임을 알게 하여 '세속의 노예' 됨보다 '하나님의 노예' 됨이 행복의 지름길이란 걸 저들도 알게 하소서. 그리하여 본능적 인간으로 죽어가게 방치하시지 마시고 반성적 인간으로 거듭나서 세상에서 천국 맛을 보며 살다가게 하소서.

돈으로 셈할 수 없고, 돈으로 살 수도 없는 것이 진정으로 귀한 것임을 알게 해주소서. 많이 소유하고, 높게 누리려다 체하고 넘어지게 저희들을 내버려두지 마시고 필요한 만큼만 적당히 세상것들을 취하게 지켜주소서. 누가 뭐래도 아버지, 당신을 기쁘게 하는 일을 게을리하지 않는 저희들이 되게 하소서. 세상의 어느 자리에 있든지, 빛과 소금의 사명을 잘 감당하여 "낮에는 해처럼, 밤에는 달처럼" 그렇게 살 수 있게 저희를 도와주소서.

이제 미지의 날들을 달려가고자 하오니 내일 일을 알 수 없는 저희들이오나 승리의 확신으로 담대하게 해주시고 미래 속에 존재하시는 아버지께서 늘 함께 해주신다는 믿음을 더욱 굳건케 해주셔서 두려워하거나 포기하거나 방황치 않도록 바른 길로 저희들을 인도해 주소서.

염치없는 일인 줄 아오나 계속 사랑해 주시고, 실수할 때 용서해 주시고, 넘어지더라도 다시 일으켜 주소서.

빛을 찾아가는 저의 기도가 괴로움과 설움의 구름들을 걷어가는 바람이 되도록 예수여 저를 도와주소서. 아멘.

뉴욕 중부교회 회보 〈금촛대〉 제 25호, 2002. 1

인생은 네 박자인데…

나를 생각게 하는 것들
헌혈소(獻血所)에서의 단상
한국이 슬프다
하물며 인간의 자유를…
울어라 닭아, 을유년(乙酉年) 닭아!
인생은 네 박자인데…
'기루운' 큰 사람, 그 '님'!
'죽음'이 다를 수 있는 것은…
잠시 '멈춤'은 필요하다
낙화(落花)와 대통령(代(?)統領)
'모양뿐인 행복'과 '진실한 행복'
잘 가거라, 닭(乙酉) 년아!

나를 생각게 하는 것들

플러싱 한인 밀집지역, 유니언상가 보도 언저리에 광주리를 펴놓고 봄볕에 까만 얼굴로 쑥이며 냉이며 상추를 다듬는 동포 할머니의 주름진 얼굴이, 보도블록 틈에 핀 민들레꽃 한 포기가 나를 생각하게 한다. 입양한 아이도 내 자식이라며 "내 배로 낳지는 않았지만 내 가슴으로 낳았다"는 양부모의 말을 들을 때, 아들이 죽고 집 나간 며느리를 대신해 손자 손녀를 키우는 고달픈 할머니 얼굴에 어느 날 함박웃음이 번지는 모습은 나를 생각게 한다.

콜럼바인 고교 총격사건 범인들인 사탄숭배 불량학생들의 협박에도 하나님을 부인하지 않고 죽음을 택해 20세기 마지막 순교자라고까지 하는 "She said yes"의 주인공 케시 양의 죽음은 나를 생각게 한다.

포장마차에서 함께 장사하는 부부가 필로폰 중독자로 경찰에 적발되어 "이승에서는 내 능력으로 아내에게 이런 행복을 맛보게 해줄 수 없어서 함께 투약했다"는 기사를 읽을 때, 마약을 하며 윤락녀와 함께 있는 마흔

이 넘도록 가정을 가져보지 못한 박정희 전 대통령의 아들 지만 씨 그의 구속은 나를 생각게 한다.

이승만 대통령의 양자 강석 씨가 친부모를 살해하고 자살했을 때, 전두환 전 대통령의 아들 재국 씨가 부친의 비자금 관련으로 조사받았을 때, 노태우 전 대통령의 아들 재현 씨가 6공 비자금 사건으로 정치의 뜻을 접었을 때, 김영삼 전 대통령의 아들 현철 씨가 구속되었을 때, 김대중 대통령의 아들 홍업, 홍걸 씨의 구속을 앞둔 시점에서 대통령이 서울의 한 양육시설을 찾고 있는 지도력의 공백을 느끼게 하는 모습과 그의 부인 이희호 여사가 유엔에서 '도덕적 인권자상'을 받는 모습들은 나를 생각게 한다.

일하지 않고 축적한 부를 볼 때, 두 살짜리 어린 아기를 업은 탈북자를 허락도 받지 않고 영사관에 들어가 끌어내는 중국 공안원과 끌려가지 않으려고 사력을 다하는 부녀자의 모습은 나를 생각게 한다.

'남북 독재자 자녀의 회동'이란 제목으로 박근혜 씨와 김정일이 나란히 서서 찍은 사진은 나를 생각게 한다.

가난한 12살의 아이가 학교를 안 가고 갱에 가담해서 18살에 교도소에 들어간 후 8년, 영어 한국어 어느 것 한 가지도 쓰지도 읽지도 못하던 그가 독학으로 영어 중국어 한국어 스페인어를 마스터하고 검정고시에 모두 'A'를 받고 교도소에서 모든 책을 섭렵하여 새로운 지식을 깨달아가는 기쁨 속에서 살아간다는 소식은 나를 생각게 한다.

Meta age, 세계화, 정보화시대에 사는 우리들, 메마른 두뇌의 일변도의 경쟁 속에서 물질만능주의 가치관 속에서 부패의 생명력을 끈질기게 연장시키고 있는 그 무엇, 기형적(governance)의 불안정과 불투명 속에서 반복되는 불행들, 이기고 봐야 한다는 강박관념에서 수단 방법을 가리지 않고 과거 동지, 출신지역, 학연, 실력자에서 줄을 대야 된다는, 실세를 좇아 기생하는 무리들, 본질과 근원을 짚어보게 한다.

권세와 불법과 허위와 날조와 은폐의 불법 재화모으기로 국민을 절망과 분노로 밀어넣음을, 세상에서의 소외감, 고독과 좌절, 그리고 불안에 떠는 사람들에 대한 연민의 정을 겪지도 않고 누가 그들의 고이고 고인 짠 눈물을 경멸할 수가 있는가도 생각게 한다.

이런 것들은 행복이란 우리가 소유하지 못한, 소유할 수 없는 것을 향한 목마름이 아닌, 이미 소유한 것으로 자족할 수 있는 자세를 배우게 한다. 그리고 현재의 고통은 다른 시대, 어느 시대, 어느 누구에게도 동일하게 있어왔던 것임도 깨닫게 한다.

결국 인생이란 무엇으로 어떻게 피어나든 흩날려 땅에 떨어지는 꽃과 같아 죽음 앞에 모든 것이 허무하다는 걸 깨닫게 하고, 상극의 존재함에 상생이 있다는 걸 알게 하며, 세상을 사랑하게 하고 이기적인 나에게 모두의 나로, 채우는 것에서 비우는 나로 핸들을 돌리게 하며 철저히 나 혼자임을 부정할 순 없어도 최소한 방관자가 되어선 안 된다는 걸 생각게 해 준다.

〈뉴욕 한국일보〉 2002. 6. 12.

헌혈소(獻血所)에서의 단상

흰 가운의 간호사에게 볼품없는 야윈 내 팔뚝을 맡겼다. 주사바늘이 나의 혈관을 뚫었다. 난 눈을 감았다. 몇 시간 전 TV에 비쳐진 참상이 뇌리를 맴돈다.

9·11 테러는 눈깜짝할 사이에 110층의 트윈 타워와 수많은 인명을 앗아가 버렸다. 이 짧은 시간 동안에 그 건물들 안에서 벌어졌을 천태만상의 아비규환 속 사람들의 모습을 생각하니 가슴이 저민다.

"이 주사기를 통해 흘러나간 내 피가 그 어느 사람에게 수혈될지는 모르나 부디 그 사람의 생명을 구해주소서. 이 참사가 인류에게 주는 당신의 메시지가 무엇이며 어떻게 우리가 대처해야 합니까. 이 나라 지도자에게 지혜를 주소서. 성조기 물결 속에 불타는 미국 국민들의 애국심(patriotism)의 유발은 어쩔 수 없지만 악마 숭배자들(Diabolism)과의 전쟁이 최소화되어, 승자도 패자도 없이, 귀중한 생명만 앗아갈 증오와 복수의 끊임없는 악순환이 거듭되지 않도록 하나님이시여 도우소서."

간구하고 간구했다.

가엾은 우리 인생들 도토리 키 재기, 새옹지마의 힘의 추구, 불과 5분 후의 일도 알 수 없는 존재로서의 초라한 우리들의 모습. 내가 그 중의 하나가 아니라고 누가 감히 말할 수 있을 것인가. 며칠 전까지만 해도 선망의 대상이었던 그 건물들 속의 많은 망자(亡者)들과 그의 가족들은 난민이 되어 절규하고 있고, 그런가 하면 불경기로 해고되거나 임시 퇴직자가 되었다가 이번 일로 복직이 되는 희비가 엇갈리지 않는가.

이번 참사를 계기로 많은 사람들이 불만뿐이던 마음에 감사함을 갖게 되고 잊었던 하나님을 찾아 교회로 복귀했다 한다. 사람들은 스스로 참을 수 있는 정도의 고통까지는 신(神)을 찾지 않는다. 많은 사람들이 죽음 직전에 가서야 하나님을 찾는다. 그게 우리들의 모습이다.

"안개 같은 인생", "날아가는 새의 그림자 같은 인생", "들의 풀 같은 인생", 그 "인생은 칠십이요, 강건해야 팔십"이라는 그 연수가 무엇이 대수랴. 마음의 진정한 평화가 없다면 아무 소용이 없지 않은가.

헌혈 후, 셔츠의 소매를 내리고 헌혈소 문을 나섰다. 아직도 밖에는 족히 2백 명은 넘을 듯한 헌혈지원자들이 길게 줄을 지어 서 있었다. 그 중 그냥 가려던 한 한국인에게 '기왕에 온 것 기쁘게 하고 가라'고 일러주며 미소를 나누었다.

"낯선 타향에서 짧은 귀양살이를 하는 게 인생이요 삶"이라던 고교동기

305

소설가 최인호의 표현과 "낯선 여인숙에서의 하룻밤인 인생"이라던 성녀 테레사 수녀의 말, 그리고 "사랑하는 자들아, 나그네와 행인 같은 너희를 권하노니 영혼을 거슬려 싸우는 육체의 정욕을 제어하라"는 성경말씀을 생각했다.

우리가 이번 참사의 희생자가 아니었다 해서 다행이라며 다시 들뜬 세상의 봄놀이로 돌아갈 것인가. 우리는 죽음을 공부해야 한다. 그것이 빠를수록 행복한 사람이다. 까까머리 중학시절, 빨리 어른이 되고 싶어하던 날이 엊그제 같은데 순식간에 흰머리가 수북한 오늘을 맞는 게 인생이 아닌가.

오늘 하늘이 날 데려간다 해도 육체의 허물을 벗고 천지창조 이전에 있었던 본질(본향)로 기쁘게 돌아갈 수 있는 영혼을 가꾸어두는, 준비된 죽음을 맞아야 하지 않을까. 천도(薦度)도 진혼제(鎭魂祭)도 필요 없는 그런 영혼은 어떤 영혼일까….

〈뉴욕 한국일보〉 2001. 9. 22.

한국이 슬프다

어제까지 화목했어도 오늘 어떤 일이 벌어질지 모르는 게 우리들의 인간관계이다. 우리가 살아가면서 인간관계처럼 쉽고도 어려운 것이 또 있을까. 부부 사이, 자식 사이, 친구 사이, 이웃 사이, 사회 구성원 사이 … . 풍성하게 존재하기 위해서는 친구도 필요하고 이웃도 필요하다. 교제를 나누면서 서로에게 사랑과 의미를 채워주는 삶, 나에게 이익이 있으면 상대에게도 이익이 돌아가는 자이타이(自利他利)의 삶, 이(利)보다도 의(義)를 먼저 생각하며 더불어 살아가는 상생(相生)의 삶을 우리는 동경한다. 그러나 물질만능의, 즉물주의가 인류계를 지배하는 이 각박한 시대에 살고 있는 우리네 삶은 그런 것과는 너무나 먼 거리에 있다.

역지사지(易地思之)! 얼마나 좋은 말인가. 상대방의 입장을 바꿔놓고 생각해 본다는 것은 참으로 중요한 일이다. 나만을 생각하며 남에게 해를 끼치고 미워하면 그것은 부메랑이 되어 자신에게 반드시 돌아온다는 진리를 우리 인간들은 절대로 잊어서는 안 될 것이다. 사랑과 축복도 마찬

가지다. 누군가를 축복해 주었을 때 그 축복은 그에게로 가서 작용한 다음에 또 다시 내게로 돌아온다. 그것이 하나님의 섭리요, 그 섭리의 울타리를 벗어날 인간은 없다.

길손으로 잠깐 왔다가 갈 때는 누구나 빈손으로 똑같은 생각을 하며 가는 게 인생이다. 피차 어려운 세상 살아가는 처지에 가능한 한 서로가 이웃을 이해하고 돕는 그런 착한 마음씨를 길러 나가야 하지 않을까. 그러나 이런 사고는 좀처럼 찾아보기 힘든 세상에 살고 있다. 피해만 주지 않아도 고마운, 심지어 '너 죽고 나 살자' 식의 사고가 만연한 사회다.

요즘, 내 주변에 예기치 않은 황당한 일을 겪으며 마음고생을 하는 이웃을 많이 본다. 오랜 기간 동안 믿고 사귀던 사람에게 배신당하고 경제적 시간적 손해뿐만 아니라 마음의 상처를 받고 허탈감에 빠진 사람들, 소위 사기사건에 휘말려 시달리는 사람들이 동포사회에서 날로 늘어만 간다.

보통사람들뿐만 아니라 뉴욕 한인사회에서 아무개 하면 다 아는 사람, 학벌과 자기의 사업체와 거창한 이름의 단체장이라는 직함으로 사회적 약자들을 기만하고 착취하면서도 지도자연 하는 사람도 있다. 많이 배운 사람은 사기를 쳐도 지적(知的)(?)으로 친다는 사실에 경악할 뿐이다.

바다 건너 한국사회나 이곳 동포사회나 큰 욕심 없이 정직하게 열심히 살아가고자 하는 사람들이 바보가 되고 죽어가는 사회, 말도 안 되는 사건들이 연일 터져 나오는 현실, 그래서 우리는 현실보다는 정상적 사람들을 만날 수 있는 〈대장금〉, 〈로즈마리〉… 같은 TV 드라마에 열광하는지도 모른다. 드라마에서나 겨우 제대로 된 인간들을 만날 수 있는 시대에 우리는 살고 있는 것이다.

사랑과 진실이 조롱당하는 시대, 삶의 방향과 품격을 잃어버린 시대, 달을 가리키는데 손가락만 쳐다보니〔視指忘月〕모두가 깨달음도 희망도 찾을 도리가 없다.

선악개오사(善惡皆吾師)라 했는데 현실은 선악이 끝없는 힘 겨루기와 기(氣)싸움뿐이다. 서로 속이고 미워하는 비리천국으로 전락한 사회, 한국에서는 지금 옷 벗기기가 한창이다. 너도 벗고 나도 벗었으면 때를 미는 것이 순리인데, 서로의 때는 밀지 않고 서로의 때를 손가락질만 하고 있다. 시지망월(視指忘月)! 상식과 순리도 벗어던지고 본질이 아닌 것을 본질이라 우기고, 본래의 자리가 아닌데 본래의 자리라며 싸움을 한다.

생각하는 잣대도 없고 판단하는 잣대도 없는 듯하다. 이해나 협력은 서로의 가치와 이익을 추구하는 것, 그러나 이런 것들을 헌신짝처럼 내던지듯 팽개친 채 상대에 대한 승리만 추구한다.

빠져나갈 구멍만 찾고 힘 자랑과 눈치만 보며 정도(正道)도 내던진 채, 전쟁의 논리로 기회주의적 이기적 사고로 '다르다'와 '틀리다'의 분간도 없이 주먹 쥐고 노래 부르며 시위로 혼란에 빠진 사회, 큰 잘못도 작은 잘못도 잘못은 잘못일 뿐인데 크기로 잘못을 가리려 하고 대가도 치르지 않고, 용서받지도 않고 따지고 변명하는 이 사회, 그 나라는 어디로 가고 있는가.

중국동포들이 한국을 떠나면서 내뱉는 절규! "나쁜 놈들 천벌을 받는

다. ×××야, 내 영혼이 너를 영원히 저주할 거다. 한국이 슬프다." 이게
바로 어글리 코리언의 자화상이다.

〈뉴욕 한국일보〉 2004. 2. 3.

하물며 인간의 자유를 …

"윤정아, 아빠랑 '루비'와 '로미'(우리집 애완견) 데리고 '앨리 파크(Alley Park) 로 산책 가지 않으련? 가서 그곳 연못에다 자라를 해방시켜 주고 오자." 지난 토요일 딸에게 물었다.

그러나 윤정이는 "아빠, 안 돼요. 그럼 금방 죽는단 말이에요" 했다.

"죽기는 왜 죽니, 이렇게 가두어두니 얼마나 답답하겠니, 자연으로 돌려주자. 저렇게 밖으로 나오려고 안간힘을 쓰는 게 가엾다는 생각이 드는구나."

"더 큰 용기(容器)에 옮겨주면 되잖아요."

"그래도 연못만 하겠니? 죽을 때 죽더라도 자연 속에서 한 번 마음껏 자유롭게 살아보게 놓아주자."

자라를 자연으로 돌려주기로 마음먹은 후 어디에다 방생시킬까 생각해 보았다. 우리 동네 가까운 곳에 연못이 두 군데 있다. 한 곳의 연못은 크기는 하나 도로가 인접해 있어 자라가 그곳을 벗어나 도로에 나왔다가 혹

차에 깔려 죽을까 걱정스러웠고, 다른 한 곳은 그보다 작으나 도로가 멀리 떨어져 있어 안전할 것 같아 그곳으로 정했던 것이다.

그런데 딸아이가 "친구 중에 브롱스 동물원에서 일하는 친구가 있는데 자라 40여 마리도 기르고 있다는 얘길 들은 적이 있어요. 거기다 데려다 주면 어때요?" 한다.

"그곳 역시 가두어서 기르는 곳 아니니? 물론 우리가 마련해준 것보다는 더 좋은 환경이겠지만…"

"일단 그 친구 의견이나 들어볼게요" 하더니 전화를 걸어 몇 마디 대화를 나누고 나서 "만약에 겨울을 보낼 안식처를 찾지 못하면 얼어죽을 수도 있대요" 한다. 나는 거기까지는 생각해 보지 못했었다.

"그럴 수도 있겠구나. 하지만 모든 생물은 자연 속에서 잘 적응해가는 본능이 있어서 스스로 안식처를 찾아낼 것이고 물 속은 겨울에도 따뜻하지 않니?" 그렇게 말하면서도 이 작은 생물을 놓고 '자유를 누릴 권리' '생명의 고귀함' '평화' '외로움과 그리움' 이런 거창한 단어들을 머릿속에서 지우지 못한 채 망설이며 선뜻 결론을 내리지 못하고 있었다.

가끔씩 서로의 등 위에 올라앉거나 돌 위에 올라앉아 밖을 내다보며 눈을 끔벅이고, 때로는 그 높이에서 조금만 용을 쓰면 바깥으로 나갈 수 있다는 걸 아는 이놈들은 안간힘을 쓰곤 한다. 세 마리 중 한 마리는 어렸을 때 밖으로 기어나와 행방불명이 되었다. 온 집안 가구 밑을 다 뒤져봐도 찾을 수 없었다. 어딘가에서 굶어 말라죽었을 것임에 안쓰럽다.

사람이나 동물이나 제각각 지고 갈 짐과 태어난 자리가 있다는 것, 이

312

놈들은 태어날 때부터 애완용으로 태어난 팔자라고 생각하며, 당분간 더 넓은 용기에 옮겨 기르면서 좀더 생각해 보기로 했다. 해줄 수 있는 최상의 환경을 제공해 주는 게 우리의 몫이요, 이것도 인연이란 생각을 해 본다.

깔아놓은 조약돌을 놈들이 잘그락잘그락 움직여대는 소리를 들으며 이 글을 쓰고 있다.

어떤 선택이 너희들을 사랑하고 잘 보호해 주는 것인지도 헤아리지 못하는 안타까움, 그것만은 네 녀석들도 알아주렴. 자연이 인간에게 속해 있는 게 아니요, 인간이 자연에 속해 있건만 이를 착각하며 땅에다 멋대로 경계선을 긋고 땅을 빼앗고, 사고 팔고 멋대로 훼손하고 파괴하는 인간들 ….

심지어 동물도 아닌 사람, 그것도 같은 민족, 한핏줄의 부모형제들을 짐승보다 못한 한 인간과, 그의 아들의 권력유지를 위해 만들어진 굴레 안에 반세기 이상의 세월을 묶어놓고 무언가 얻어내고자 할 때만 가끔씩 특정 장소에서 겨우 얼굴만 대면시켜 주는 반인륜적 집단이 이 지구상에 존재하고 있다는 기막힌 현실, 그게 남의 나라가 아닌 바로 우리 조국이라는 사실, 그 한 사람의 심기를 자극할까 봐 전전긍긍하며 외면했던 '북한 인권'을 위한 특별법이 한국이 아닌 미국 하원에서 만장일치로 통과됐다는 부끄러운 소식과, 중국이 아닌 제3국 체류 탈북자 400여 명이 제3국의 동의를 얻어 한국에 온 소식은 그동안 한국정부의 탈북자 정책을 두고 가졌던 우리들의 회의를 다소나마 썻어주는 일이어서 반가운 일이다.

그러나 여당의 일부 국회의원들이 미국을 향해 "북한 내정을 간섭하는 일"이라고 성명을 내고 반발했다는 어두운 소식은 한국의 앞날이 험난함을 예언하는 듯해서 마음이 무거울 따름이다.

〈뉴욕 한국일보〉 2004. 7. 28.

울어라 닭아, 을유년(乙酉年) 닭아!

　'꽃이 이슬을 머금고 있으니 나비가 찾아들어 목을 축이도다. 짙어지는 녹음 속에 뻐꾹새 웃음소리 귓속을 파고든다. 늦잠 자고 침상에서 몸을 일으키니 길 떠날 꽃마차는 문 앞에 머물고 어서 떠나자고 말방울소리 높기만 하다.'

　자못 시적이기도 한 이 글은 심심풀이로 들여다보는 한국신문 주간지에 실린 을유년 첫 주간의 닭띠 운세풀이이다. 믿던 안 믿던 기분은 그리 나쁘진 않다. 나와 나의 아내는 동갑으로 둘 다 닭띠이다. 그러니 새해를 맞는 우리 부부의 감회는 남다를 수밖에 없다.

　그런 우리가, 태어나서 다섯 번째 맞는 그 닭의 해가 밝았다. 한 쌍의 닭이 닭을 만나는 해라 그런지 관심들을 가져주고 덕담을 건네주니, 운명 또는 숙명을 자연스럽게 깨닫는 나이라는 지천명(知天命)이란 오십도 다 보내고 어느새 환갑을 코앞에 두고 있는 것도 그리 서글프지만은 않다. 아내와 나는 해방둥이 닭띠이다. 생일도 양력으로는 한날이다. 다만 아내

는 겨울 닭이요 나는 봄 닭인 것이 다를 뿐이다. 그러고 보니 올 2005년
은 조국광복 60주년이 되는 해, 그런 의미에서 우리 부부만의 해가 아닌
우리 민족 모두에게 뜻 깊고 특별한 해가 아닌가.

60년 전 을유년에 우리는 일제(日帝)하의 암흑을 밀어냈고, 나와 내 아
내 역시 선조들과 광복(光復)된 기쁨의 만세를 함께 부르려고 각자의 어
머니 자궁 안 깜깜한 암흑 속을 박차고 우렁찬 첫울음을 울며 세상에 태
어났다. 그래서 빛에 민감한 닭의 다섯 가지 덕목 문(文), 무(武), 용(勇),
인(仁), 신(信)을 지니고 새벽을 깨우라고 나의 조부님께서 내 이름을 빛
광(光) 매울 렬(烈)로 지어 주셨는지도 모른다.

나라마다 표현하는 모양새는 달라도 어둠을 물리치고 새벽을 불러대는
우렁찬 닭 울음소리에는 모든 나라 모든 민족이 한목소리를 낸다. 닭은
동서양을 막론하고 새로운 시작과 태초, 희망, 길함을 의미하는 길조(吉
鳥)이자 잡귀를 쫓아내고 액을 막고 복을 불러들이는 상서로운 벽사초복
(辟邪招福)의 동물로 알려졌다.

동서양의 문학에서도 닭은 그런 것들의 상징이었다. 독립지사 시인 이
육사의 시 〈광야〉(曠野)는 닭 울음소리를 아득한 과거에 연결시킨다. '까
마득한 날에/하늘이 처음 열리고/어디 닭 우는 소리 들렸으랴… ' 이 의
지적 시는 조국광복이라는 미래가 닿아있다. 닭 울음소리에서 현재의 고
통을 이기는 희망의 메시지가 들어있다.

셰익스피어도 〈햄릿〉에서 '닭은 새벽을 고하는 나팔수/그 드높고 날카
로운 목청이 하늘을 찔러서 태양신을 일깨운다./그 울음소리에 천지간을

316

방황하던/온갖 헛것들이 다 자기 처소로 허둥지둥 달려간다'고 했다.

그런가 하면 한국에서 군부독재가 한창 기승을 부릴 때, '닭의 목'이 민주주의의 상징이었던 시절이 있었다. '닭의 목을 비틀어도 새벽은 온다'는 의미심장하고 멋진 말로 재야지도자는 젊은이들의 가슴을 끓어오르게 했었다. 그로부터 26년이 흐른 오늘날, '닭과 새벽'을 은어로 싸웠던 그 대학생들은 사회의 주축이 됐고, 극적으로 정권을 잡았는데도 우렁찬 닭 울음소리는 들리지 않고 오히려 어둡고 음울하기만 한 조국의 분위기는 어인 일인가. 아마 닭들도 이젠 울 맛을 잃었을 것이다.

까투리보다 어리석은 장끼는 기억하면서 정작, 인간들을 위해 살아서도 죽어서도 헌신과 희생을 다하는 닭들의 소리는 들으려 하지 않고 인간들은 인간들의 소리만 들으려 한다며 올해부터는 더 이상 인간들을 위해 울어주지 않겠다고 시위를 벌일 것만 같다.

"이 풍진 세상에 희망이 무엇인가?" 사주풀이, 금주운세, 올해 운수에 매달려 어이 웃고 울고 할쏘냐. "부귀와 영화를 누린다 한들 희망이 족할" 쏜가. 내 '문 앞에 머물고 어서 떠나자고 말방울 울리는 꽃마차'야! 날 데리고 네가 갈곳은 어디메뇨?

자연의 법칙을 따라 웃고 울고 병들고 번식하고 때가 되면 죽는 크로노스(Chronos)의 시간, 그 동물적 연대기적 시간을 500년 산들 무엇하랴. 내사 '물 한 모금 입에 물고 하늘 한 번 쳐다보고/물 한 모금 입에 물고 구름 한 번 쳐다보고' 하는 병아리의 예쁜 짓의 뜻과 이유는 모른다마는 나도 그렇게 땅만 보고 살지 않고 순간 순간 하늘을 우러러 슬플 때나 기쁠 때나 하늘에 감사하며 그분의 관점에 초점을 맞추면서 의미 있는 시간을 재창조하는 카이로스(*Kairos*)의 시간을 살고 저라. 아무도 알 수 없는 내일의 기적은 그분의 선물, 뿌리지 않고 어이 거둘쏘냐. 뿌린 대로 거둔다는 걸 어이 잊을쏘냐.

닭아, 울어라 닭아! 네가 세 번 울었을 때 비로소 주님을 기억하고 통곡으로 참회했던 베드로를 닮을 수 있도록 울어라 닭아! 김정일의 가슴에 회개의 눈물샘을 올해는 기필코 터뜨려다오. 너의 해가 아니더냐! 그리하여 우리 모두의 배에서 복락의 생수가 허드슨 강물처럼 흘러 넘치게 울어라 닭아, 을유년의 닭아!

〈뉴욕 한국일보〉 2005. 1. 24.

인생은 네 박자인데 …

　우리네 인생길에는 미로(迷路)도 있고 기로(岐路)도 있고, 험로(險路)가 있는가 하면, 막다른 길도 있다. 인생의 기로에는 이정표도 없고 방향표시도 없다. 길에는 눈으로 볼 수 있는 물리적 길과 눈으로 볼 수 없는 정신적 길이 있다. 우리에게 중요한 건 눈에 보이지 않는 길이다. 그걸 우리는 도(道)라고 일컫는다.

　눈으로 볼 수 없는 길은 하늘의 길이다. 이 길은 참(眞)이요 성(誠)이다. 볼 수 있는 길은 사람의 길이다. 이 길은 참을 행하고 성을 실천하는 길이다. 그러므로 사람은 하늘을 믿고, 본받고, 우러러보고, 배우고, 하늘을 숭상해야 한다. 참된 말, 참된 행동, 참된 생활, 참된 인격을 갖추기 위해 그 길의 근본인 '참'의 구도자가 되어 큰 길〔大道〕과 올바른 길〔正道〕을 가야 한다. 이 길을 벗어나면 그릇된 길, 어지러운 길을 걷게 된다.

　'군군신신 부부자자'(君君臣臣 父父子子), 이 말은 공자의 정치사상의 핵심을 요약한 말로 "임금님은 임금답게, 신하는 신하답고, 아버지는 아버지답고, 자식은 자식답게" 자기분수를 지키고 자기분수에 맞는 생활을 하는 자세로 걸어가야 한다는 말이다. 지극히 평범한 말이지만 틀림없는 진리다. ' … 답다'는 것은 그 이름에 부끄럽지 않은 알맹이와 자격과 실질(實質)을 갖추는 것이다.

그런 길을 가려면 수학(修學), 수업(修業), 수덕(修德)을 쌓으며 뜻을 굳세게 하고 계획을 잘 세워야 한다. 그렇지 못하면 돛대가 없는 배와 같이 이리저리 바람에 흔들리며 표류하고 굽이 없는 말과 같이 힘차게 달릴 수 없다.

인물이 되려면 지(知), 인(仁), 용(勇)의 삼덕(三德)과 오기(五氣: 정기 있는 눈, 의기 있는 마음, 향기 있는 인격, 생기 있는 몸, 화기 있는 얼굴)를 갖추어야 한다고 했다. 또 자기의 감정과 인격과 정신을 잘 관리하지 못하면 명예를 잃고 신뢰가 떨어져 남의 손가락질과 빈축을 받는 소인(小人)이 되기 쉽다고 했다. 이를 위해서 자기와의 부단한 싸움을 하며 이겨야 한다. 그러려면 하늘의 길을 배워야 한다.

지도자의 참 힘(Power)은 '겸손'이다. 내려오는 물의 힘이 가장 강력하다는 걸 하늘은 폭포를 통해 가르쳐 준다. 지도자건, 보통사람이건 다 적용되는 말이다. 성실의 모자를 쓰고 겸손의 허리띠를 띠고 근면의 구두를 신고 스스로에게 주어진 사명의 길을 걸어간다면 실패는 줄어들 것이다.

따지고 보면 산다는 게 그저 밥 세 끼 먹고 사는 것만은 아니지 않는가. 인생만사 새옹지마(塞翁之馬), 좋은 것이 나쁜 결과를 가져올 수 있고 나쁜 것이 좋은 결과를 가져올 수 있기에 인생을 한 토막만 끊어서 보지 말고 '통'으로 전체를 보는 안목을 가져야 함을 배운다.

인생의 한 면만 보는 사람은 외골수로 융통성이 없다. 책 한 권만 읽은 사람은 그래서 무섭다. 선무당이 사람잡는다. 이런 사람이 열성과 소신까지 있으면 큰 일을 저지른다. 마음대로 안 되면 "그만 두고 싶다", "못해 먹겠다"는 소리를 남발하며 때려부수고 싶어지는 것이다.

양면을 보는 사람은 한 번 더 생각하는 사람이다. 그러나 그에겐 성공과 실패만 보인다. 그러나 네 면(四面)을 보는 사람, 시간과 공간까지 보는 사람은 실수도 적고, 자유함을 누리며 쉽게 좌절하거나 돌출행동이나 도박행위를 하지 않는다. '유수부쟁선'(流水不爭先), 흐르는 물과 같이 앞을 다투지 않는다.

인생은 네 면으로 보면 '성성성실(成成成失) 실실실성(失失失成)'이요, '장장장단(長長長短) 단단단장(短短短長)'이다. 그래서 인생은 네 박자(?)이다. 전자는 '성공했기 때문에 성공한 사람도 있지만, 성공 때문에 실패한 사람도 있고, 실패했기에 실패하는 사람도 있지만 실패했지만 성공하는 사람도 있다'는 말이요, 후자는 '성공했지만 성공 때문에 실패하는 사람도 있고 장점이 있기 때문에 역시 장점인 사람도 있지만 장점이 있기 때문에 단점이 된 사람도 있고, 단점이 있어서 역시 단점이기도 하지만 단점 있는 것이 오히려 장점이 될 수도 있다'는 말이다.

인생은 이렇듯 네 박자다. 그래서 음악은 다 네 박자로 되어있나 보다. 2/4, 3/4, 4/4, 6/8박자(6/8박자는 3/4박자를 두 배로 늘려놓은 것일 뿐 결국 네 박자인 것이다).

"쿵짝 쿵짝 … 네 박자 속에 사랑도 있고 이별도 있고, 눈물도 있다 …"는 대중가요도 있다. 오늘 좀 성공했다고 교만하면 안 되는 것, 성공 때문에 실패할 수 있기 때문에, 오늘 좀 실패했다고 기죽으면 안 되는 것, 실패를 딛고 얼마든지 성공할 수 있기 때문이다.

헌정사상 일대위기, 노무현 대통령이 사면초가(四面楚歌)의 막다른 길에서 집권 8개월 만에 '재신임 국민투표' 카드를 내놓아 국민을 충격과 혼돈과 불안으로 몰아넣었다. 내려갈 수도 있다는 그분의 말이 '참'인지 '쇼'인지 '협박'인지 어느 정도는 감이 잡힌다.

그분은 앞의 두 길 중 어느 길을 갈 것인가?

남은 것은 그분이 인생의 네 박자 중 어느 박자에 속하게 될지만 남았다. 그 열쇠는 하늘의 길을 보는 눈인데, 신앙을 가지지 않은 그분이(가톨릭의 영세를 받았다지만 대통령이 되기 전에도 성당에는 별로 나가지 않았다는 얘기가 지배적이다) 자신과 나라를 어떻게 다스려 갈지 몹시도 걱정되는 가을밤이다.

〈뉴욕 한국일보〉 2003. 10. 25.

'기루운' 큰 사람, 그 '님'!

언제부터인가, 3월의 창문을 열면 내 마음의 정원 어느 곳에서 '풍란화(風蘭花) 매운 향내도 따르지 못할' 짙은 향기와 함께 내게 다가오는 이름 석 자가 있다. 크나큰 이미지와 함께 오는 그 향기는 돌아가신 내 아버지의 초상과 함께 늘 그렇게 조용히 내게 다가오곤 한다.

그 향기의 주인공은 만해 한용운 선생이시다. 나는 선생을 뵌 적이 없다. 선생은 해방둥이인 내가 태어나기 일 년 전에 안타깝게 세상을 떠나셨다. 그러나 선생의 모든 면을 기리고 존경하셨던 내 아버지로 인해 나 또한 아버지가 그랬던 것처럼 아버지가 심어준 이미지로서의 선생의 초상을 내 가슴에 간직하며 살아가게 되었다.

선생은 내 아버지의 멘토(mentor)였을 것이라는 생각, 내 아버지의 유풍(遺風)이 선생을 많이 닮아 보인다는 연유에서일까? 선생의 향기는 내 아버지의 향기와 더불어 내 마음에 머물러 나를 움직이고 있다.

내 아버지는 위당 정인보 선생의 표현을 빌려 선생의 인품에서 나는 향내를 '매운 향내'라 하였다. "고매한 인격과 식견은 본디 그윽한 향기를 지니는 법이지만, 그 향내의 짙음이 맵다는 표현에 이르지 않을 수 없는 것은 선생의 지조 높이를 아는 사람만이 가능한 발언"이라 하시며, 선생의 그런 향기는 바로 "학식과 예지와 정서가 무르녹은 더 근원적인 기품에서 우러난 것이기에 그 준열(峻烈), 그 애수가 지금도 문득 우리의 심두를 울리고 있는 것"이라고 하였다.

만해 한용운 선생은 시인만이 아니라 독립운동가였고 고승(高僧)이었고 사상가로서 우리 근대사에 큰 업적을 남겼다. 나의 아버지는 어느 글에서 "선생은 한국이 낳은 고사요, 애국지사이자 불학의 석덕이며 문단의 거벽이었다. 선생의 진면목은 이 세 가지 면을 아울러 보지 않고는 얻을 수 없는 것이다"고도 하셨다.

1919년 1월, 윌슨의 민족자결주의 제창과 관련하여 선생은 최린, 현상윤 선생 등과 조선독립을 의논하고 3·1운동의 주동자로서 손병희 선생과 거유 곽종석 선생을 포섭하였고, 참여를 주저하던 모씨를 위협 설득하여 마침내 쾌락을 받아내고 최남선이 작성한 조선독립선언서의 자구 수정을 하고, '공약 3장'을 첨가하고 3월 1일, 명월관 지점에서 33인을 대표하여 독립선언 연설을 하고 투옥되었다.

일제(日帝)의 고문 앞에서 두려워하고 나약해지는 민족대표들을 꾸짖고 격려하며 끝끝내 굴복하지 않은 유일한 분이시다. 일제의 온갖 회유와 협박에 저항하며 저명인사들의 변절을 막으려 애썼고, 세월의 흐름에 따라 민족대표들이 하나 둘 흔들리고 허물어지는 절망의 시대에 끝까지 꿋

꿋하고 억센 소나무처럼 처신한 분이었다.

1940년, 일제에 저항하여 창씨개명 반대운동을 벌이고 1943년, 조선인 학병 반대운동을 하다가 1944년 6월 29일, 총독부의 꼴이 보기 싫어서 총독부를 등지고 앉은 심우장(尋牛莊)에서, 일제의 배급 타먹기를 거부하며 단식투쟁하다가 입적하셨다.

"선생은 현실에 즉한 호국불교, 대중불교가 염원이셨다. 선생의 지조는 이 때문에 한갓 소극적 은둔에 멈추지 않고 항시 적극적인 항쟁의 성격을 띠었다. 선생의 문학을 일관하는 정신이 또한 민족과 불(佛)을 일체화한 '님'에의 가없는 사모였다. 선생의 문학은 비분강개와 기다리고 하소연하는 것과 자연관조의 세 가지로 나눌 수 있는데, 비분강개는 지조에서, 자연관조는 선(禪)에서 온 것이라 한다면 그 두 면을 조화시켜 놓은 사랑과 하소연의 정서에서 가장 높은 경지를 성취했던 것이다."

나의 아버지가 1958년 〈사조〉(思潮) 지 여름호에 쓰신 '한용운론'은 스스로 밝히고 있듯이 "선생의 유풍을 추앙함에 무슨 도움이 될까 하여 아무 자료도 없이 기억을 더듬어서 이 글을 쓴다. 내가 본 한용운 선생은 이렇다는 말이다"와 같이 주로 선생의 인품, 성격, 사상, 지조, 신념, 시 세계 등 다양하게 골격적 핵심만 짚은 것이다.

일송 김동삼 선생이 서대문 감옥에서 옥사하셨을 때 시신을 돌볼 사람이 없어 감옥 구내에 버려둔 것을 선생께서 결연히 일어나 성북동 꼭대기

심우장까지 관을 옮겨다 모셔놓고 장사를 치르셨다. 그때 아버지도 10대 후반의 나이로 장례에 참석하셨는데 "일제의 말기라 때가 때인 만큼 20명 안팎의 회장자(會葬者) 속에 묵묵히 정립하여 추연하시던 선생의 모습이 당신이 선생을 뵈온 마지막 모습이기 때문에 감회가 한층 깊은 바 있다"시며 선생의 모습에는 남들이 모르는 '다정다한(多情多恨)의 인(人)'의 그림자가 짙게 드리워져 있다고 피력하시며 글을 마무리 지으셨는데 그때가 내 나이 13살이었던 1958년이었다.

일제 36년 동안 독립투쟁에 몸 바치신 분들은 수없이 많다. 그러나 가장 튼튼한 기둥들이 있었으니 또 다른 두 분은 매천 황현과 단재 신채호 선생이시다. 매천이 '절명의 순간에도 창공을 비추는 촛불'로 자신의 죽음을 표현하였듯이, 꼿꼿하고 단단하기가 두 분 못지 않았던 단재 선생도 그 죽음을 선택한 장렬함과 비장함이 두 분 회장 선생과 다를 바 없이 맵고 맑고 뜨거웠다. 그 단재 선생의 비문을 만해 선생이 쓰셨고 만해 선생의 인물론(비문을 쓰셨는지는 확인 못했음)을 나의 아버지가 거의 최초로 쓰셨으니 이 어이 우연의 일이요 내 어찌 '님'을 잊을 수 있겠는가.

'길이 아니면 가지를 않고 정의가 아니면 손을 잡지 않았던 독립투사' 만해 선생!

"우리의 민족사 위에서 부활의 영생을 누리고 있음은 나약하고 비겁한 우리들이 만든 우리들의 자랑이고 영광"이 아닐 수 없다. 포악한 일제의 발굽 아래 신음하며 "해 저문 벌판에서 들어가는 길을 잃고 헤매는 어린 양"을 인도하시던 선생은 한국의 모세요, "이를 위해 살신성인한 의열의

사(士)를 보여주신 선생은 마치 십자가를 지신 예수의 모습"이 아니고 무엇이던가!

　숨어서 활동하시지 않고 적나라하게 한 점 누(累)를 용서하지 않으셨던 선생!

　민족정기의 지표였고 정신의 기둥이 되셨던 '님'!

　신념을 위해서는 천하에 두려운 것이 없으셨던 '님'!

　우왕좌왕 혼란에 빠진 오늘날 한국을 우려하니 '님의 침묵'이 야속타.
선생이 '기루운'(그리운) 삼일절이다.

〈뉴욕 한국일보〉 2004. 3. 1

* 첨언 : 만해의 묘소는 지금도 망우리 공동묘지에 있는데 아버지의 발의로 한국 최초로 간행된 〈한용운 전집〉 편찬위원으로 참여하여 훗날 공동저자로 〈한용운론〉을 집필한 바 있는 아버지의 제자 인권환 선생과 박노준 선생께서 1961년 함께 참배했던바 무덤, 비석 모두 초라, 그 자체였다고 한다. 후일 정부에서 비(碑)를 세워서 묘소를 단장하였는지는 모르겠고 만약 그랬다면 나의 아버지에게 비문 부탁을 했을 가능성은 있으나 그 비문을 누가 썼는지 아직 확인은 못하고 있다.

'죽음'이 다를 수 있는 것은…

스페인 마드리드 남쪽 71km 지점에 '똘레도'라는 도시가 있다. 그 도시 제일 큰 언덕 위에는 유명한 '알 카자르' 성(城)이 있다. 1936년에 좌파 민주주의를 표방하던 공화파와 민족파 간에 내전이 일어났을 때 그 성이 가장 치열한 격전지였다.

모든 전세(戰勢)는 병력과 무기가 압도적인 공화파가 우세했다. 민족파 는 '알 카자르' 성에서 포위당한 채 70일을 결사항쟁하며 버텼다. 그 성을 포위하던 공화파가 성의 함락이 쉽지 않음을 알게 되자 그 성안에서 성을 총 지휘하는 모스까르도 대령의 아들 루이스를 인질로 잡는다. 그리고는 성안에 있는 모스까르도 대령에게 전화를 걸어, 만약에 지금 항복하지 않 으면 아들을 총살시키겠다는 최후통첩을 보낸다.

그 당시 공화파 대장과 성안에 있는 모스까르도 대장이 주고받는 대화 내용이 '알 카자르' 성 지휘본부로 쓰던 방에 들어가면 여러 나라 말로 번 역되어 있으며 녹음으로 계속 방송되어 나온다. 그 내용은 이렇다.

적군대장 "지금 발생하고 있는 학살과 범죄행위에 대한 책임은 바로 당신들에게 있소. 지금 10분 이내에 항복하시오. 만약 거부할 경우 지금 나의 수중에 잡혀있는 당신의 아들 루이스를 총살하겠소."

모스까르도 "알고 있소."

적군대장 "나의 말이 거짓이 아님을 입증하기 위해 당신의 아들을 바꿔 주겠소."

아들 루이스 "아버지!"

모스까르도 "그래, 얘야 어떠니?"

루이스 "괜찮아요, 그런데 아버지가 투항하지 않으면 나를 총살시키겠대요."

모스까르도 "그럼 너의 영혼을 하나님께 맡기거라. 그리고 스페인 만세를 힘차게 외치고 애국자답게 죽어라."

루이스 "아버지, 저의 마지막 힘찬 키스를 아버지께 드립니다."

모스까르도 "루이스야 나도 이별의 강한 키스를 너에게 보낸다."

이것이 마지막이다. 그리고 아들 루이스는 하나님께 자기 영혼을 맡기는 기도를 드리고 스페인 만세를 부르고 장렬하게 죽는다. 그것을 기점으로 해서 민족파가 승리를 거두게 된다.

이상은 이재철 목사가 설교 중에 인용한 예화이다.

내가 이런 일을 당했다면 어떻게 했을까? 하나밖에 없는 귀한 생명, 아버지인 내가 아들에게 죽으라고 명령했다. 그러나 내가 아들에게 신뢰, 존경받을 만한 대상이 아니었다면 내 아들이 루이스처럼 의연하고 당당한 죽음을 택할 수 있겠는가? 이 아들이 그렇게 죽을 수 있었던 것은 그 아버지는 아들에게 신뢰할 만한 아버지였다는 것이다.

지난 23일 새벽, 일신(一神) 지하드, 테러리스트들에 의해 납치되었던 — 어려운 가정에서도 희망을 접지 않고 노력하여 학위를 3개나 따고 아랍권에서 영혼구제 사역의 꿈(선교)을 펼치기를 그토록 원했던 한 평범한 한국의 젊은이 — 김선일 씨가 "나는 죽고 싶지 않다. 살고 싶다! 당신들의 목숨이 중요하다면 내 목숨 또한 중요하다"며 그토록 "살려달라"고 몸부림쳤건만 바로 그 아랍땅에서 무참히 살해되었다. 비통한 일이다. 김 씨의 무사귀환을 빌었던 한국민의 충격과 참담함은 이루 말할 수 없이 크다. 삼가 고인의 명복을 빈다.

나는 그날 하루 종일 김씨의 죽음을 애통해 하면서, 한편으로는 그토록 피할 수 없었던 죽음이었더라면 차라리 김씨가 선교사답게 죽음을 맞이했다면 그의 죽음은 세계의 모든 나라의 국민들과 평화를 바라는 모든 사람들과, 특히 모든 기독교인들의 가슴속에 영원히 그의 비명(碑銘)이 깊이 새겨질 것이고 그의 죽음은 결코 헛되지 않았을 것인데 … 하는 안타깝고 아쉬운 마음을 가누지 못했다. 그리고 이라크와 같은 이교도의 나라에 준비되지 못한 선교사를 파견한 한국 기독교계를 원망하지 않을 수 없었다.

나도 한때는 주님에 대한 부채감으로 '선교사나 목사가 되어야 한다'고 고민한 적이 있었지 않은가. 내가 그였다면 어떤 말과 어떤 태도를 택했을까. 더구나 그는 일반인도 아닌 선교사가 아닌가. 나라면 과연 그렇게 할 수 있을까라는 생각으로 그날 밤을 내내 설쳤다. 남을 위해서, 조국을 위해서, 하나님의 나라, 공의를 위해서 나 아닌 것을 위해서 나의 목숨을 바칠 자신이 있는가. 준비가 언제라도 되어있는가. 마음으로는 자신이 있어도 죽음에 막상 부닥칠 때 그것은 아무나 다 할 수 있는 일은 아니다.

"사람의 일생은 언제 어떤 일이 닥칠지 모른다. 평소에 이러한 뜻을 실천하고 간 사람들과 실천하기 위해 노력한 사람을 존경하는 마음을 마음속으로라도 불의를 미워하고 옳은 것을 그리워하는 마음을 불태워 놓아야 어려운 자리에서 의연한 모습으로 죽을 수 있는 하나의 태도가 마련될 것이 아니냐. 최악의 경우, 주리고 배고픔과 한 걸음 나아가서는 죽음의 여러 가지 유형을 미리 생각하고 그런 때에는 어떻게 살아가고 어떻게 죽겠다는 것을 미리 생각해 두어야 한다"고 말씀하신 아버지의 교훈이 절절히 가슴을 치며 내 귓전을 때린다.

죽음의 진리를 젊어서부터 배워두어야 함이 여기에 있다. 누구나 한 번은 맞는 죽음이 다를 수 있는 것은 죽는 까닭과 죽는 태도에 달렸다는 말씀을 잘 보여준 사건이 아닐 수 없다. 준비 덜 된 죽음, 준비 안 된 협상을 지켜보면서 문득 떠오르는 스페인의 애국자 모스까르도 대령 부자(父子)를 생각하며 아버지의 교훈을 헤아려 본다.

아버지의 창문을 통해 나는 삶과 죽음의 의미를 배웠다. 힘들고 지쳐도 의연하시던 아버지, 견고하고 든든한 정신적 울타리를 쳐주신 아버지께 한 번도 해보지 못한 '사랑합니다'라는 말을 꺼내어 안겨드리고 싶다.

잠시 '멈춤'은 필요하다

힘든 세상을 살아가노라면 때때로 우리를 멈추게 하는 것들이 있다. 멈춘다는 것은 한 번쯤 생각해 본다는 것일 것이다. 멈춤은 지혜를 데리고 온다. 멈춤은 오던 길을 뒤돌아보게 하고 쉬게 한다.

자기가 지고 있는 짐의 무게와 종류를 살펴보게 하고 짐을 지고 있는 몸의 상태와 달려온 속도를 체크해 보게도 한다. 그런가 하면 몸을 재정비하게 하며 진리의 나침반과 지도를 다시 보게 한다.

멈춤은 자기를 객관화시켜 보게 한다. 자기 혁신과 여유를 가져다주고 세상을 읽는 안목과 통찰력을 보태준다.

멈춤 중에서도 가장 고귀한 멈춤은 모든 것이 다 날아간 순간, 더 이상 자신의 힘으론 아무것도 할 수 없고 한 발짝도 더 나갈 수 없다는 걸 느끼는 그런 멈춤일 게다. 그래서 반성과 회개를 하는 순간이 아닐까. 여태껏 중요했던 것들이 전혀 중요하게 생각되지 않는 그 순간을 영원히 잡아두는 사람은 누구보다 행복한 사람이리라. 그것은 찰나의 삶에서 영원한 삶을 향한 열차로 바꿔 탔기 때문이다.

　꽃을 즐길 틈도 없이 봄날은 간다. 나의 땀 냄새와 울음소리에 귀 기울일 틈도 주지 않은 채 그렇게 세상은 우리를 '욕망이라는 이름의 열차'에 태워 사정없이 질주하면서 인생의 의미를 망각하게 한다.

　빛과 그늘을 공유한 우리들, 한 번밖에 살 수 없는 우리가 아닌가. 빠름과 변화를 부추기는 세상을 흉내내고 편협한 자만에 갇혀 메마른 경쟁과 자기중심적 삶의 질주의 궤도에서 때로는 이탈해 보아야 하지 않을까. 특등칸, 일등칸에 집착하지 말고, 완행으로 바꿔 타보기도 하고, 때로는 내려서 걷기도 하고 맑은 시냇물에 발을 담그고 쉬기도 하며 이성적, 감성적, 영적인 멈춤을 시도해야 하지 않을까. 아무리 바동거려도 결국 우리 모두의 종착역은 '죽음'이 아닌가.

　톨스토이의 소설에 나오는 농부 '파홈'이 종일 땀 흘려 뛴 후 차지한 땅은 겨우 그의 시신을 누일 만큼이 전부였지 않은가. 세상적으로 잘 나갈 때일수록 자기 도취, 자만, 자랑에 빠져있기도 쉽다. 세상은 거기에 가속을 부추기기에 습관적 일방적으로 질주하던 속도에 스스로 브레이크를 밟아보기도 해야 하지 않을까. 바다의 파도 같은 욕망을 잠재울 수 없기에 그

필자의 차남 용준이 대학시절에 한 스케치

333

멈춤으로 욕망의 가지를 잘라내야 한다.

'자의'에 의한 멈춤이든 '타의'에 의한 멈춤이든 멈춤은 그래서 필요한 것. '타의'에 의한 멈춤은 때로는 분노와 좌절과 고통과 미움을 가져다주지만 그것을 긍정적으로 받아들일 때 우리의 삶은 더욱 성숙하고 행복해짐을 지난 후 알게도 된다. 정신적 평정을 얻고 더 큰 조롱과 화를 막아주어 가정과 사회를 아름답게 하는 슬기와 지혜를 선물로 받게 되었음도 깨닫게 된다.

멈춤은 패배나 후퇴가 아닌 용기. 능동적인 사람만이 실천할 수 있는 철학이자 덕목. 이것이 '멈춤의 철학'을 이론화하여 체계화한 학자 왕통(중국 수나라 때의 유학자) 사상의 요체가 아니었던가.

"삶에는 나아가는 일만 있는 것이 아니고 잠시 멈추는 것도 있다"고. '지'(止)와 '부지'(不止)는 곧 성공과 실패의 갈림길이요, 큰일을 이루는 사람과 그렇지 못한 사람의 경계라 하지 않았던가.

인생이란 드라이브하듯 '나아감'과 '멈춤'을 가려 유연하게 서로의 상호보완을 필요로 한다. '아니다' 싶을 때 멈출 줄 아는 사람이 인생을 멋지게 운전하는 드라이버이다. 이런 인생의 운전자는 '멈춤'을 위해 평상시에 브레이크를 철저하게 살피는 일을 게을리하지 않는다.

산다는 일은 쉬운 일이 아니다. 우리는 늘 인생에 햇빛만 비춰주길 원하지만 햇빛만 있는 곳이 행복하지만은 않다는 걸 자연은 가르쳐 준다. 그래서 멈춤은 세상을 사랑하게 한다. 그리고 진리가 또 하나의 나임을 알게 하여 내 안에 진리를 동거케 한다. 이해를 위해서, 화목을 위해서

변화를 위해서 자신 속에 숨겨진 잠재력을 발견하고 발전시키기 위해서
도 멈춤은 때때로 필요한 것이라는 것을.

〈뉴욕 한국일보〉 2002. 1. 3.

낙화(落花)와 대통령(代(?)統領)

꽃이 지기로 소니
바람을 탓하랴

주렴밖에 성긴별이
하나 둘 스러지고

귀촉도 울음 뒤에
머언산이 다가서다

촛불을 꺼야하리
꽃이 지는데

꽃 지는 그림자
뜰에 어리어

하이얀 미닫이가
우련 붉어라

묻혀서 사는 이의
고운 마음을

아는 이 있을까
저허하노니

꽃이 지는 아침은
울고 싶어라

1946년 발표된 이 시는 시인이 스물한 살 때인 1941년 일제(日帝)가 창씨개명의 강도를 높이자 세상을 등지고 낙향하여 은둔하고 있을 때 쓰여진 시다. 이 시 속에는 자연의 섭리와 무상, 우아한 자세, 한 발 물러나 세상을 보는 관조미(觀照美)가 녹아 있다.

한동안 묻혀있던 이 시가 이번에 구속된 한국의 박지원 전 대통령 비서실장으로 인해 세상에 다시 빛을 발하게 된 것은 아이러니요, 이 시를 몰랐거나 잊고 있던 사람들에게 다시 널리 읽혀지게 돼 반가운 일이다.

그러나 이 시를 썼던 시인과 그 가족들에게 북한의 독재자 김일성 부자가 가했던 한많은 사건들(공산당의 시달림으로 자결한 시인의 조부, 제헌 국회의원이던 시인의 부친, 서울대 교수이던 매부가 그들에게 납북당해 생이

별해 오다가 돌아가셨거나 생사를 모름)과 돈 주고 산 남북정상회담 성사에 무한한 자부심을 느꼈던 박지원 씨, 사석에서 거나하게 취하면 정상회담 얘기를 털어놓는 게 한동안 낙이었다던 그, 김정일과 서로 팔을 끼고 술잔을 비우는 '러브 샷'을 하고 고별 오찬에서 "내 곁에 있어주"를 부르며 애교를 떤 덕에 받은 앙코르로 "우린 너무 쉽게 헤어졌어요"를 불렀다는 그, 전 대통령의 명예욕과 영웅심을 부추기던 모사꾼, 권력지향 정치인으로 국민을 속이고도 적장에게 군자금을 전하고도 단 1달러도 준 적이 없다던 그, 김정일을 화통한 인물로 소개했던 그의 이미지는 시 속에 녹아있는 〈낙화〉의 마음과 자세와는 거리가 멀다.

떠나는 자신을 미화시키려는 재치가 놀랍긴 하지만, 시 한 줄의 인용이 순간적 재치가 소멸을 아름답게 해주는 건 아니어서 오히려 비난의 대상이 된 것은 그의 이미지가 시인의 그것과는 이른바 '코드'가 맞지 않았던 것이다.

시인에 대해 더 알고 싶기는 했으나 기회가 없었던 분들에게 참고가 될 자료가 마침 한국서 내게 검토를 의뢰해 온 사업계획서 및 실내전시 설계도면이 지금 내 책상에 놓여있기에 소개한다.

"조지훈은 〈승무〉의 저자이며 청록파 시인중 한 사람이다"라는 일반적 정보를 가지고 '지훈문학관'을 방문한 관람객에게 그는 4·19 혁명의 불꽃을 집히고 추상과 같은 질책으로 지조 있는 삶을 외친 논객이요, 한국의 민족문화사를 재정립한 민속학자라는 사실을 알리고, 일제시대 이후 험난한 역사적 현실 아

래 선비의 지조와 열정을 지니고 살아 온 조지훈의 삶을 통해 이 시대가 요구
하는 지성인의 소명이 무엇인가를 생각하고, 학습하는 공간으로서의 역할, 끊
임없이 고뇌하면서 어떤 상황에서도 불의와 타협하지 않는 꿋꿋한 기개와 지
조를 보여 주었던 조지훈의 삶을 '노블리스 오블리주'의 원형으로서 제시하면
서, 그의 삶을 체험하고 그와 같은 열정과 신념을 자신의 분야에서 두각을 나
타내는 사람들이 되도록 유도하는 데 목적이 있다."

'지훈기념관 건립계획안'을 승인, 지원한 정부부처의 수장이었던 박지
원 씨가 자신의 처지를 아름답게 꾸미기 위해 선택했던 이 시로 인해 세
인들의 비난을 받을 줄 어찌 알았겠는가.

　권불십년(權不十年)이 아니라 '권불오년'이다. 바야흐로 새 정부 출범 후
대북 송금문제로 시끄러운 한국 정치판에 과거 박지원 씨를 부러워하던
뉴욕 한인사회의 언론인들과 한인사회 인사들이 뛰어들고 있다. 제 2의 박
씨가 더 이상 나오지 않기 바란다.

〈뉴욕 한국일보〉 2003. 7. 10.

* 첨언: 이 글을 신문에 쓰고 있을 당시에는 필자가 시 〈낙화〉를 쓴 시인의 아
들인 줄 아는 이는 많지 않았었다. 필자 스스로도 밝히기를 원치 않았음을 독
자들의 이해를 돕기 위해서 밝혀둔다.

'모양뿐인 행복'과 '진실한 행복'

    연일 들려오는 충격적인 자살소식들, 안타깝고 우울하고 불안한 소식들로 도배질한 신문들, 후덥지근한 날씨와 함께 불쾌지수는 한국으로부터 전해오는 소식들로 더욱 높아만 간다.

    모두가 어디론가 도망치고 싶다고 한다. 그러나 몸만 빠져 나온다고 해결될 문제가 아니다. 때묻은 마음, 찌들린 마음, 무거운 짐들, 상처, 응어리진 분노의 마음들, 그 오그라든 영혼의 세포들을 부드럽게 적셔줘야 한다. 어떻게 해야 하나? 그래! 웃는 것이다. 이럴수록 한바탕 신나게 웃어보는 것이다. 아니면 마음껏 울어보는 것이다. 달리고, 두들기고, 소리치고, 부수어도 봤지 않았는가? 이젠 이 방법밖엔 없다. '이주일'도 갔고 '밥 호프'도 떠났다. 웃겨 주길 기다리지 말고 우리 스스로가 웃자. 뒤집어지도록 웃는 폭소만이 웃음이라는 착각을 말자. 최상급의 웃음은 언제나 얼굴에서 떠나지 않는 잔잔한 미소이다. 그렇게 되려면 연습이 엄청 필요하다.

오늘은 한 번 실컷 웃어보자. 그리고 나서 진지하게 고민을 해보자. 왜 우리가 웃음을 잃고 살게 되었나를.

수수밭 김매던 계집이 솔개그늘에서 쉬고 있는데
마침 굴비장수가 지나갔다
굴비사려, 굴비! 아주머니 굴비사요
사고 싶어도 돈이 없어요
메기 수염을 한 굴비장수는
뙤약볕 들녘을 휘둘러 보았다
그거 한번 하면 한 마리 주겠소
가난한 계집은 잠시 생각에 잠겼다
품팔러 간 사내의 얼굴이 떠올랐다
왠 굴비여?
계집은 수수밭 고랑에서 굴비잡은 얘기를 했다
사내는 굴비를 맛있게 먹고 나서 말했다
앞으로는 하지마!
수수밭 이랑에는 수수이삭 아직 패지도 않았지만
소쩍새가 목이 쉬는 새벽녘까지 사내와 계집은
풍년을 기원하며 수수방아를 찧었다.
며칠 후 굴비장수가 다시 마을로 나타났다
그날 저녁 밥상에 굴비 한 마리가 또 올랐다.
또 웬 굴비여?

계집이 말했다
앞으로는 안 했어요
사내는 계집을 끌어안고 목이 메었다
개똥벌레들이 밤새도록
사랑의 등 깜박이며 날아다니고
베짱이들도 밤이슬 마시며 노래 불렀다.

시인 오탁번의 〈굴비〉라는 시다.

"해학과 웃음으로 가득 찬 음담패설을 이 시인은 그것으로 그치지 않고 그 속에 묻어있는 삶의 질곡함까지 통찰하는 마음의 눈으로 전혀 엉뚱한 활기를 우리에게 불어넣어 준다. 가난한 아내의 남편을 사랑하는 마음과 그 마음에 목이 메고 마는 사내 얘기를 음담(淫談)임에도 불구하고 정조와 순결을 비난하는 차원을 훌쩍 뛰어넘어서 그 너머에 있는 삶의 진실 앞에 어설프게 웃다가 사내와 계집이 서로를 위하는 마음만큼은 참으로 신실하게 보여주기에 결국은 우리를 울고 말게 한다"는 어느 시인의 해설처럼 이런 이야기가 우리들 생활 속에 얼마나 많은가.

입술근육이 좀 풀렸으니 다음으로 넘어가자.

SBS TV에서 은퇴노인을 위한 프로그램을 본 적이 있었다. 노인 부부들이 나와 4자 고사성어를 알아맞히는 시간에 어느 부(富)티 나는 노부부가 마주 앉았다. 할머니가 답해야 할 정답은 '천생연분'이었다. 할아버지는 '식은 죽 먹기'라 생각하며 입이 째졌다.

자신 있게 할머니에게 물었다.

"자네와 나 사이를 무어라 하는감?"

할머니가 할아버지를 똑바로 쳐다보며 대답했다.

"원수."

할아버지는 황당하고 창피해서 어쩔 줄 모르다가 "아니, 아니 두 자 말고 넉 자로 '당신과 나 사이'를 무어라고 하는 감?"

할머니는 잠깐 생각하다 대답했다.

"평생원수."

방청석은 떠나갈 듯 폭소가 터졌다.

다음날, 나도 한 번 해보자 싶어 아내에게 물었다. 답은 무엇? 맞았다. '천생연분'. 잘 아시네요. 이래서 한 번 또 웃어봤다.

이 노부부의 삶의 연기, 물론 재치부족일 수도 있다. 하지만 그 두 분의 표정으로 볼 때 앞의 가난한 부부의 신실함에는 못 따라갈 듯하다는 생각이 들었기 때문이다. 할머니 혼자 인내하며 용서하며 모든 짐을 지고 살아온 응어리를 숨길 수 없었기 때문이다. 농담 속의 진담이었는지도 모른다. 만인 앞에서.

한바탕 웃었으니 결론으로 들어가자.

〈굴비〉라는 시 속의 남편과 '천생연분'의 연기를 했던 할머니를 '국민'이라 가정하고 상대방을 나라의 '지도자'라 생각해 본다고 하면 어느 나라가 더 살기 좋은, 행복한 나라일 것인가?

마음이 통하는 것과 안 통하는 것, 겉모습과 속모습, 가난해도 행복한 부부와 넉넉해도 불행한 부부, 가난해도 진실한 것과 넉넉해도 위선인 것, 모양뿐인 행복과 진실한 행복 … 정답은 나왔다.

그렇다! 개인소득 2만 달러 달성, 좋은 얘기다. 그러나 가난하더라도 투명하고 정직하게 국민 앞에 고백할 줄 아는 나라. 그래서 서로 마음이 통하는, 늘 국민들 얼굴에 미소를 주는 그런 나라가 '유쾌지수'가 높은 엔돌핀이 넘쳐나는 2만 달러가 눈앞에 보이는 희망 있는 아름다운 나라인 것이다.

행복 뒤의 웃음은 사치다. 웃음이 먼저다. 서러워도 웃자. 그러면 행복이 따라온다.

〈뉴욕 한국일보〉 2003. 8. 11.

잘 가거라, 닭(乙酉) 년아!

 인간의 지혜로움인가 우매함인가. 그 년(年)이 그 년(年)이지 뭐 다를게 있다고 무슨 년(年) 무슨 년(年) 이름을 붙여놓고 매년 다른 년(年)을 맞아들이며 호들갑을 떠는가.

 보내야만 하는 년(年), 떠나는 년(年)에게 이리도 아쉽고 미안한 마음이 들 줄 알았더라면 이 년(年)을 그리 소홀히 다루지는 않았을 터인데 … . 이리도 약한 마음을 보이면 끝내 가야 할 이 년(年)의 발길은 또 얼마나 허둥거릴까마는 그러나 이 년(年)은 사람이 아니기에 다행이로구나.

 이 세상의 어느 누가 이 년(年)을 붙잡아 둘 수 있는가. 살아있는 자라면 그 누구로부터라도 떠나버리고야 마는 이 년(年), 가고 나면 되돌아올 리 없는 그런 무정한 년(年)이 아닌가. 다른 열두 년(年)이 왔다간 후에라야 같은 이름의 이 년(年)이 되돌아오긴 하겠지만 그 년(年)은 이름만 같을 뿐 그때의 이 년(年)은 오늘의 이 년(年)이 아닐 것이요, 그 년(年)이 온다고 해도 내가 그 년(年)의 얼굴을 다시 볼 수 있다는 보장도 없음의 적막함이여!

한치의 오차도 허용치 않는 이 년(年)은 이토록 살아있는 자들을 부끄럽고 난처하게 만든다. 떠날 때를 알고 주섬주섬 보따리를 챙기는 이 년(年)은 속으로 나에게 무어라 할까. "나하고 살던 것처럼 어디 한 번 살아봐라. 새 년(年)이라고 별날 줄 아느냐?"고 빈정거리고 있지나 않을까.

새 년(年)을 위해 자리를 내어주는 이 년(年)을 아름답다고 칭찬해줘야 하는가 매정하다고 탓해야 하는가. 가는 년(年)을 잡을 수도 없고 오는 년(年)을 마다할 수도 없는 이 난감함, 참으로 무능하고 무력함이여!

오면 오고 가면 가는가 보다 하면 될 터인데 헌 년(年)을 보내기가 이리도 아쉬운 것은 그 X의 정(情) 때문인가. 가는 년(年), 오는 년(年), 철따라 다른 얼굴, 다른 이름으로 우리의 정(情)을 충동질하는도다.

헌 년(年)보다는 새 년(年)이 그래도 좀더 나을 것이라는 막연한 기대로, 낯익으면서도 낯선 사람을 맞는 묘한 기분으로 어정쩡하게 서서 대책없이, 오는 새 년(年)을 맞이해야만 하는 측은함이여!

오래 사는 자가 이기는 자라는 속된 계산을 두들기며 "99—88(99세까지 팔팔하게 살자)"이라는 건배사를 나도 덩달아 외치며 헌 년(年)을 보낸다. 그러면서 나는 "88—99" 하면 안 된다고 다짐한다. 왜? 88세까지 구질구질하게 산다는 것은 욕이 되기에.

그렇게 오래 살아서 뭐하느냐는 이들도 있지만 건강하게 보다 오래 행복하게 사는 것이 살아있는 사람들의 소망인 것을.

눈 깜박할 사이에 지나간 시간의 장막 속으로 숨어버린 삶. 산다는 것은 무엇이 들어있는지조차도 모르는 하늘이 준 선물꾸러미를 쬐끔씩 풀면서, 얼마나 차 있는지 알 수 없는 술병의 술을 홀짝홀짝 마셔대는 일, 무거운가 하면 때로는 가볍고, 가벼운가 하면 또 그지없이 무거운 삶의 지게를 어깨에 메고 우리는 각자의 길을 가고 있도다.

나그네로서 가야 하는 새 년(年)과의 그 길은 어떠한 길일까. 시원하게 잘 닦인 고속도로일까, 비포장 도로일까, 아니면 오솔길? 그렇지 않으면 미로(迷路)일까.

어쩌면 황당한 모습으로 나를 태운 채 어디론가 냅다 달릴지도 모른다는 불안 속에 사람들은, 오는 년(年)의 그 속을 알지 못해 점괘를 보고 토정비결을 뒤적이리라.

그래도 매년 같은 것은, 꼽아보면 좋은 것들도 많았건만 지난 것들은 오는 년(年)과의 삶의 화두도 '어떻게 사느냐'가 될 터인데, 거꾸로 보아야만 제대로 보이는 이 세상을 어떻게 살아야 한단 말인가.

새 년(年)과 보낼 시간들일랑은, 덜 배우고 거친 말하는 이라도 좋으니 진실한 사람과 인연을 많이 맺고 싶다. 앞과 뒤가 닮은 사람을 만나고 싶다. 겉과 앞만을 치장하기에 바빴던 삶, 내 뒷모습에도 신경을 더 써야겠다. 남의 뒷모습에도 더 너그러워져야겠다.

쓸쓸하고 허전함의 연속인 삶일지라도 순결한 기쁨으로 보여주는 어린 아이 같은 사람, 그런 영혼과 교감을 나누며 자유로이 시공(時空)을 주유(周遊)하고 싶다.

을유년(乙酉年)이 가고 병술년(丙戌年)이 오고 있다. 잘 가거라 닭 년

(年)아! 어서 오라 개 년(年)아! 새해엔 우리 모두 실컷 웃으며 살아보자.

〈뉴욕 한국일보〉 2005. 12. 15.

책
을
엮
고
나
서

　이 책에 실린 대부분의 글들은 뉴욕 맨해튼 세계무역센터(World Trade Center)가 테러에 의해 붕괴되기 직전 2001년 늦은 여름부터 2005년 말까지 약 4년여 동안 미주판 〈뉴욕 한국일보〉 오피니언란과 문예란에 실렸던 글들과 다른 곳에 실렸던 몇 편을 모아 엮은 것이다. '삶과 생각'이란 큰 제목을 붙여 놓고 그때그때 소제목으로 살아가며 생각나는 이야기를 격주로 올렸던 글들이다.

　미주 한인독자들에게는 이미 선을 보인 글들이나 모국의 독자들에게는 나의 글을 처음 내놓게 되는 셈이다. 하기에 부끄럽고 두렵기조차 하다. 이곳에 사는 동포들의 정서와 모국의 독자들이 느끼는 정서에는 분명 차이가 있으리라는 생각이 들기 때문이다. 꼭 책으로 내어야만 하느냐는 생각으로 미루어 왔는데 주위에서, 특히 내 아이들의 성화에 못 이겨 부끄러움을 무릅쓰고 책으로 펴내게 되었다.

　4년여 동안 글을 쓸 수 있도록 해주신 〈뉴욕 한국일보〉의 많은 분들에게 감사드린다. 무엇보다 한국에는 알려지지 않은 나의 글들을 선뜻 책으로 만들어 주시겠다고 나선 나남출판 조상호 사장님의 특지(特志)에 깊은 감사를 드린다. 또 신문에 실리기에 앞서 내 글을 읽고 나름대로의 평과 조언을 해 준 아내와 딸 윤정에게 고맙다는 말을 전한다. 또 학업에 바쁜 중에도 원고를 컴퓨터 작업으로 정리해준 강민경 양의 수고에 고마움을 표한다.

끝으로 나의 글을 사랑하여주신 독자들에게 진정으로 감사드린다. 많은 분들의 격려를 받았기에 4년여 동안 지속할 수 있었다.

떨리는 마음으로 이 책을 돌아가신 나의 아버님 영전에, 그리고 한국에 계신 사랑하는 나의 어머님께 엎드려 바친다.

2007년 5월
뉴욕, 더글라스톤 언덕의 작은 집에서

승무의 긴 여운
지조의 큰 울림

아버지 趙芝薰 – 삶과 문학과 정신

조광렬 지음

아버지와 함께 살았던 23년이라는 세월은 인생으로 친다면 겨우 기어다니기 시작할 시기인 열다섯 해를 빼고 나면 겨우 10년도 안 되는 세월이었다. 내 인생의 들판 위에 남겨진 아버지의 흔적들은 그리 많지도 않았다. 아버지와 관련된 기억이나 추억들 또한 선명히 떠오르는 것들이 별로 없다. 가족에게 따스한 추억거리를 남겨주신 기억도 없다.

아버지 무릎 위에서 재롱을 피워본 기억도, 목욕탕에 함께 가본 어린시절의 기억도 없다. 아버지의 커다란 손이 내 작은 손을 꼭 쥐어 주신 기억도, 나의 머리를 쓰다듬어 주신 기억도 없다. 이렇듯 부자간의 잔정을 나눠 보지 못한 나로서 그 짧은 세월을 가지고 아버지의 이야기를 풀어가는 데는 한계가 있었다.

그러나 아버지 살아 생전에 "언제 우리, 가족문집 한 번 내보자" 하시던 말씀을 생각하면서 써내려갔다. 때로는 북받치는 회한(悔恨)과 그리움으로, 때로는 맏이노릇 못하고 해외에서 살고 있는 나의 모습과 어머니에 대한 불효가 죄스러워 눈물을 쏟기도 했다.

두렵고 떨리는 마음으로 이 책을 아버님 영전에 바친다.

· 신국판 · 양장본 · 632쪽 · 값 30,000원

나남 nanam 경기도 파주시 교하읍 출판도시 518-4번지
Tel 031)955-4600 www.nanam.net